사건은 끝났다
The Case Is Over

JIKEN WA OWATTA : The Case Is Over by Ten Furuta

Copyright © 2022 by Ten Furuta

All rights reserved.
First published in Japan in 2022 by SHUEISHA Inc., Tokyo.
This Korean edition published by arrangement with Shueisha Inc., Tokyo
in care of Tuttle-Mori Agency, Inc., Tokyo, through JM CONTENTS AGENCY CO., Seoul

이 책은 JMCA를 통해 일본의 Shueisha Inc.와 독점 계약하여 한국어판 출판권이
블루홀식스에 있습니다.
저작권법에 의해 한국 내에서 보호를 받는 저작물이므로 무단 전재와 복제를 금합니다.

사건은 끝났다

후루타 덴 연작소설 문지원 옮김

The Case Is Over

블롬6

목차 사건은 끝났다
The Case Is Over

- 00 사건 7
- 01 소리 13
- 02 물의 향기 77
- 03 얼굴 141
- 04 영웅의 거울 213
- 05 문 269
- 06 벽과 남자 331
- * 옮긴이의 말 391

일러두기

본문의 각주는 전부 독자의 이해를 돕기 위한 옮긴이 주입니다.

12월 20일, 저녁 7시 21분.

도에이 지하철 S선, 역마다 정차하는 히노하라행 보통 열차가 요코쿠라역에서 정각에 출발했다.

열 량으로 편성된 열차는 퇴근하는 직장인들과 하교하는 학생들로 붐볐다.

열차의 한가운데, 다섯 번째 칸.

머리를 녹색으로 염색한 청년이 한 손에 휴대폰을 들고 문 옆 난간에 기대 작게 하품했다. 하품은 근처에 서 있는 중년 남성, 그 앞에 앉아 있는 커플, 커플의 대각선 맞은편에 있던 부모와 아이에게 전염됐다가 6인용 좌석 끝에 앉아 있던 남성을 마지막으로 멈췄다. 이제 막 일흔이 된 그는 타인의 시선은 신경 쓰지 않는 듯 크게 하품하고서 구깃구깃한 트렌치코트 옷깃을 바짝 여미 여윈 목을 가렸다.

그 맞은편 좌석 중간쯤에는 위장무늬 패딩을 입은 청년이 상체를 앞으로 구부리고 검은 배낭을 꽉 껴안고 있었다. 그의 오른쪽 옆에 앉은 회사원이 맞닿은 팔꿈치 때문에 불쾌해하며 쏘아봤지만 청년은 무시했다.

그의 왼쪽 옆자리에는 가방에 임산부 배지를 단 여성이 멍하니 허공을 바라보고 있었다. 임산부의 모습은 맞은편에 앉아 있던 대학생이 치켜든 휴대폰 카메라에 찍혔다.

대학생은 임산부의 왼쪽 자리에서 경마 신문을 활짝 펼쳐 보고 있는 중년 남성을 찍기 위해 카메라 애플리케이션을 실행했다. 대학생은 유튜브 채널 운영자인데 중년 남성의 민폐 행동을 주제로 한 컨텐츠에 이 영상을 사용할 생각이었다.

승객은 저마다 일상을 보내고 있었다. 이 순간까지는.

그러나 패딩을 입은 청년이 배낭에서 칼을 꺼낸 순간 일상은 비일상으로 바뀌었다.

그 경계를 명확하게 포착한 사람은 없었다.

무슨 일이 일어났는지 승객들이 파악하기도 전에 칼이 여성의 팔을 벴다. 임산부 배지를 단 여성. 사람들이 좌석과 바닥에 흩뿌려진 피를 목격한 순간에야 좁은 전철 안은 아수라장으로 변했다.

칼에 베인 여성은 바닥에 주저앉았다. 청년은 자리에서 일어나 괴성을 지르며 칼을 마구 휘둘렀다. 중년 남성이 떨어뜨린 경마 신문이 청년의 운동화에 짓밟혔다.

가해자의 오른쪽 옆자리에 앉아 있던 회사원이 다른 승객들을 밀치며 도망쳤다. 많은 사람이 그 뒤를 따랐다. 개중에 몇 사람은 여성을 구하려고 했지만 청년이 마구잡이로 칼을 휘두르는 바람에 다가갈 수 없었다. 앞쪽 문 근처에 있던 고등학생이 비상 버튼을 연달아 누르며 인터폰을 향해 소리쳤다. 살려주세요, 어떤 남자가 칼을 휘둘러요!

위험에서 벗어나려는 자, 버티려는 자, 사고가 마비된 자. 모두를 둘러싼 공통된 감정은 혼란과 공포였다.

트렌치코트를 입은 노인이 칼부림하는 청년을 제압하려고 달려들었다. 그 틈에 사람들이 임산부 배지를 단 여성을 끌어 멀리 떼어 놓았다.

그 직후 칼이 노인의 배에 꽂혔다.

청년은 쓰러진 노인 위에 올라타 노인을 칼로 마구 찔렀다. 두 번, 세 번, 네 번.

비명과 노성이 난무했다. 거대한 공황에 빠져버린 전철.

인파를 헤치고 달려온 승무원이 일부 승객과 힘을 합쳐 청년을 붙잡았다. 노인은 피투성이 상태로 천장을 바라본 채 희미하게 경련했다. 마침 전철에 타고 있던 여성 간호사가 달려왔다가 그 모습을 보고는 숨을 삼키며 몸을 떨었다.

다음 역인 아오사토역에서 전철이 멈춰 섰다. 요코쿠라역을 출발한 지 불과 삼 분밖에 지나지 않은 시간이었다.

사스마타*와 방패로 무장한 역무원들이 전철로 진입했다. 공포에 지배당한 승객들은 플랫폼으로 대피하라는 안내를 받기도 전에 앞다투어 우르르 도망쳤다. 아오사토역도 금세 혼란해졌다.

한편 전철에서 내리지 않고 카메라로 현장을 찍는 사람도 있었다. 유튜브 소재를 촬영하던 대학생도 그중 한 명이었다. 그 학생이 촬영한 영상에 사건이 처음부터 끝까지 기록됐다. 해당 영상을 포함해 몇몇 영상이 인터넷에 퍼지며 엄청난 조회수를 기록했다. 그때 그 학생을 움직인 힘은 돈이 될 만한 영상을 찍겠다는 집착이 아니라 눈앞에서 벌어지는 사건을 기록해야 한다는, 핑계가 아닌 책임감이었다.

칼부림을 벌인 청년은 철도경찰에 체포됐다. 칼에 찔린 노인은 긴급 이송된 병원에서 사망했다. 맨처음 칼에 베인 여성을 비롯해 부상자가 다수 발생했지만 모두 생명에 지장은 없었다.

이것이 후에 '지하철 S선 무차별 칼부림 사건'이라고 불리는 사건이다.

사건은 끝났다.

그리고 다시 일상이 시작됐다.

---

* 괴한이나 범인을 제압할 때 사용하는 막대 끝 모양이 U자형으로 된 진압 도구.

쿠구구구궁…….

지하철이 굉음을 웅웅 울리며 어둠을 헤치고 달렸다.

혼잡한 열차에 몸을 실은 승객들은 대부분 눈을 감거나 휴대폰을 보고 있었다. 여느 때와 같은 저녁 풍경이었다. 아무도 그 위험을 감지하지 못했다.

가즈히로 한 사람만 애태우며 몸부림쳤다.

내려야 해. 한시라도 빨리 여기서 벗어나야 해.

옆 승객의 몸에 닿은 왼팔이 고통스러울 정도로 경직됐다. 거슬려서 견딜 수 없었지만 섣불리 옆 사람을 쳐다봤다가 눈이라도 마주칠까 봐 두려웠다. 정면의 검은 창문에 비친 모습을 보는 것조차 무서웠다.

다음 역은 아직인가?

양옆의 문은 꽉 닫혀 있고 속도는 줄어들 기미가 보이지 않앉다.

 자리에서 일어나 이곳을 벗어날까? 아니야, 괜히 돌발 행동을 했다가 옆자리 남자를 자극하기라도 하면 어떡하지? 나를 표적으로 삼지는 않을까? 아아, 그렇다고 여기 계속 앉아 있으면 안 되는데. 빨리 도망쳐야 해. 이곳에서 벗어나야 해. 달아나야…….

 물에 빠져 잠겼다가 간신히 물 밖으로 얼굴을 내민 사람처럼 거친 숨을 몰아쉬며 눈을 번쩍 떴다. 다행히 꿈이라는 사실을 인지한 덕분에 정신 차리고 일어나자며 스스로 연신 채찍질해 겨우 현실로 돌아왔다. 해가 이미 중천에 뜬 듯 암막 커튼 사이로 햇빛이 들이쳤고 원목 천장에 진 얼룩이 선명하게 보였다. 형광등에 매달린 끈 위로 전철에 매달린 손잡이의 잔상이 겹쳐 보였다.
 취이이이익. 수도관에서 물이 흐르는 소리가 들리자 가즈히로는 혀를 찼다. 어느 집인지 모르겠지만 화장실을 사용할 때마다 나는 소리, 변기 물 내리는 소리가 또렷하게 들렸다.
 탕, 탕, 탕, 탕. 계단을 뛰어 내려가는 신발 소리.
 꺄악. 흥분한 아이의 새된 목소리.
 덜덜덜덜. 한낮이든 한밤중이든 시도 때도 없이 요란하게 돌아가는 세탁기.
 2층짜리 낡은 목조 아파트에서는 온갖 소리가 새어 나왔다.

잠들기 직전까지 만지던 휴대폰이 얼굴 옆에 있었다. 시간을 확인하니 이미 낮에 가까웠다. 일어나기 귀찮았지만 허기를 이기지 못해 어쩔 수 없이 침대에서 나왔다.

아무도 없는 부엌에는 차디찬 공기만 감돌았다. 여러 곳에서 파트타임으로 일하는 어머니는 매일 이른 아침에 집을 나선다. 식기 건조대에 놓인 1인분의 식기가 완전히 말라 있었다.

입은 지 며칠이나 됐는지 모를 맨투맨 아래로 배를 북북 긁으며 냉장고를 열었다. 어젯밤에 먹고 남은 조림, 새로 만들어 둔 반찬과 절임을 담은 밀폐용기 몇 개.

냉동실에는 한 공기씩 소분한 밥과 한 쪽씩 랩으로 싼 식빵도 있었다.

찬장에서 컵라면을 발견하고는 전기포트에 물을 끓여 부었다. 분명 공복이었는데도 반쯤 먹으니 입맛이 사라졌다. 가즈히로는 어려서부터 체격이 좋았지만 최근 석 달 사이에 부쩍 여윈 탓에 대학 시절 보트부에서 애써 단련한 근육을 이제는 찾아볼 수 없었다.

대학을 졸업한 지 삼 년. 중견 종합상사에 취직해 타고난 밝은 성격과 체력을 무기로 영업부에서 열심히 일했다. 업무에 보람을 느꼈고 꾸준히 좋은 실적을 냈다. 일주일에 몇 번은 동료들이나 친구들과 술을 마셨고 술자리에서 만난 여성과 관계를 발전시켜가고 있었다. 모든 것이 순조로운 일상이었다.

여느 때처럼 식탁에 놓여 있는 천 엔짜리 지폐 속 노구치 히데요*의 얼굴에 컵라면 국물이 튀어 얼룩졌다. 가즈히로는 덥수룩한 수염에 덮인 입가를 손으로 거칠게 닦은 뒤 먹다 남은 음식을 그대로 두고 방으로 돌아갔다.

그러고는 타성에 젖어 소셜 게임을 하다가 잠이 들었다. 거의 매일 이런 식으로 시간을 보내다가 하루가 끝났다. 회사원 시절에는 시간만 있으면 하고 싶은 일이 많았는데 이제는 어느 것에도 흥미를 느끼지 못했다.

8시가 지나자 퇴근한 어머니가 돌아왔다. 저녁은 대개 8시 30분쯤 먹는다.

"역시 냄비 요리가 빠르다니까. 봄이지만 아직 밤에는 쌀쌀하기도 하고."

어머니는 휴대용 버너를 약불로 켜면서 멋쩍은 듯 변명조로 말했다. 끓어오르는 냄비 옆에는 냉장고에 있던 조림과 평소 익숙한 반찬들이 빼곡했다. 그리고 매일 빠지지 않고 식탁에 오르는 미역귀 낫토. 어머니가 "건강에 좋다"며 거르지 않고 내놓는 반찬이었다. 미역귀 낫토가 등장하기 전에는 콩가

---

* 일본의 의학자이자 세균학자로 천 엔 지폐에 등장하는 인물. 2024년 7월 이후 신권이 발행되면서 천 엔권 인물은 근대 일본 의학의 아버지 기타자토 시바사부로로 바뀌었다.

루 요거트가, 그전에는 아몬드 멸치가 매일 밥상에 올랐다.

"점심은 뭘 먹었니?"

얼룩진 천 엔짜리 지폐는 식탁 구석으로 밀려나 있었다.

가즈히로는 말없이 냄비 요리를 그릇에 덜었다. 어머니도 언제 물었냐는 듯 입을 다문 채 식탁 옆에 놓인 전기난로를 켰다. 온풍기가 시원치 않아서 싸구려 난로를 샀는데 켜자마자 한동안 지독한 냄새를 풍겼다.

옆집에서 문을 여닫는 소리가 들렸다. 손보지 않은 낡은 자전거가 삐걱거리는 소리도 지나갔다. 어머니가 입김을 불어 뜨거운 두부를 식히는 소리. 가즈히로가 배추를 씹는 소리.

어머니가 텔레비전을 켰다. 아무렇지 않은 척 행동하지만 사실은 짙게 깔린 정적에 숨이 막힐 것이다. 퀴즈 프로그램 속 사회자가 젠체하며 정답을 알리는 목소리에 침묵이 깨졌다. 텔레비전으로 말벗을 바꾼 어머니는 다소 편안해진 기색이었다.

가즈히로는 서둘러 음식을 몇 입 먹고는 방으로 돌아가 맹장지 문을 닫았다. 십오 분이 채 되지 않는 저녁 식사 시간 동안 어머니와 아들은 단 한 번도 얼굴을 마주 보지 않았다.

경고음과 미세한 진동에 잠에서 깼다. 이리저리 뒤얽힌 아파트 주변의 좁은 길을 트럭이 지나간 탓이었다. 이 동네는 도쿄에 속하지만 도심의 번화한 분위기와는 거리가 먼, 허접

한 임대주택만 난잡하게 밀집된 지역이었다.

어머니는 이웃과 단절되어 지내기를 바라며 이 동네로 이사했을 터다. 이 아파트에 산 지 이제 한 달이 다 되어 가지만 사교적인 어머니의 입에서 특정 이웃의 이름이 나온 적은 없었다. 그런 만큼 은둔형 외톨이인 가즈히로의 존재는 더욱더 아무에게도 알려지지 않았으리라.

온 동네에 오후 4시를 알리는 음악이 희미하게 울려 퍼졌다. 아니, 5시를 알리는 음악이었다. 3월부터 5시로 바뀌었다.

늘어진 몸을 일으키려고 했지만 그대로 맥없이 쓰러져 벽에 기댈 수밖에 없었다. 어디에도 가고 싶지 않았고 아무것도 하기 싫었다. 그렇게 멍하니 시간을 흘려보내는 동안 한 번도 걷지 않은 커튼 너머로 해가 저물고 있었다. 서둘러 집으로 돌아가는 누군가의 발걸음 소리와 저녁 특유의 분주한 분위기에 마음이 괜히 술렁거렸다.

무언가로부터 도망치듯 정처 없이 헤매던 시선이 문득 천장 구석에서 멈췄다. 모서리 부분의 약 오 센티미터를 천장 원목과 거의 같은 색 퍼티로 발라 보수한 흔적이 눈에 들어왔다. 그동안 전혀 눈치채지 못했던 자국이었다. 가즈히로는 학창 시절에 방을 멋지게 꾸미고 싶어서 벽 한 면을 압정을 꽂은 엽서로 가득 채운 적이 있었다. 그때 생긴 구멍을 메우려고 퍼티를 발랐던 기억이 났다. 벽과 중인방은 상처가 난 그대로 방치해 놓았으면서 왜 굳이 저 부분만 보수했을까? 도저히 그냥 둘 수 없을 정도로 보기 싫어서 그런 걸까?

그때 초인종이 울렸고 가즈히로의 얼굴이 구겨졌다.

어차피 잡상인이겠지.

평소처럼 무시했지만 방문자는 초인종을 두 번 세 번 쉬지 않고 누르더니 급기야 문을 두드려댔다. 생활 소음이 줄줄 새어 나가는 낡은 아파트인 만큼 집에 사람이 있다는 사실을 알아차렸는지 떠날 기색은 좀처럼 보이지 않았다.

끈질기게 이어지는 기척에 발소리를 죽이고 현관으로 다가갔다. 현관문의 피프홀로 밖을 살피니 몸집이 작은 여자 한 명이 몹시 불쾌한 얼굴로 서 있었다. 삼십 대 중반 정도 됐을까. 헐렁한 스웨터 차림에 부드럽게 웨이브 진 머리를 한쪽 어깨에 늘어뜨린 모습이었다. 이웃에 사는 주부 같았는데 집에 틀어박혀 사는 가즈히로로서는 누군지 알 길이 없었다.

"문 열어요."

여자가 심상치 않은 기세로 피프홀을 노려보며 말했다. 그 너머에 사람이 있다고 확신하는 태도였다.

가즈히로는 현관문의 체인을 건 뒤 얼굴이 보이지 않도록 아주 조금만 열었다. 여자는 덩치가 큰 그를 올려다보며 순간 기가 죽은 눈치였지만 이내 다시 분기탱천한 표정을 지었다.

"상식적으로 그런 시간에 집안일 하는 게 말이 돼요? 작작 좀 해요."

인사도 자기소개도 생략하고 느닷없이 시비조로 지껄였다.

"새벽 5시 전부터 청소하고 빨래 널죠? 베란다 방충망 여닫는 소리가 얼마나 소름 끼치는지 알아요? 옷걸이나 빨래집게 걸이에서 나는 삐거덕거리는 소리는 또 어찌나 시끄러운지. 쓰레기를 내놓을 때 문을 여닫는 소리도 그렇고. 병이나 캔을 버리는 날이면 달그락거리는 소리가 얼마나 거슬리는지 알아요? 그 소리 때문에 깨는 사람 입장도 생각하시라고요."

여자가 무슨 말을 하는지 짐작이 갔다. 평일과 휴일을 가리지 않고 세 군데에서 파트타임으로 일하는 어머니는 출근하기 전 이른 아침 시간과 퇴근하고 저녁 식사를 마친 후에 집안일을 한다. 가즈히로도 그 소리에 잠에서 깨 벽을 후려친 적이 있었다.

짜증이 왈칵 치밀어 눈 밑이 경련하듯 떨렸다. 말없이 문을 닫으려고 하자 순간 여자가 손으로 붙잡아 저지했다.

"잠깐만요, 아직 내 말 다 안 끝났……."

그때 가즈히로와 여자의 눈이 똑바로 마주쳤다. 여자가 돌연 말끝을 흐리더니 무언가 알아챈 표정으로 멈칫하며 입을 다물었다. 어라? 이 사람…….

그 순간 온몸에 열이 치솟은 가즈히로는 문을 거세게 닫았다. 여자가 짧게 비명을 질렀지만 아랑곳하지 않고 문을 잠갔다.

눈치챘다. 알아봤다고!

심장이 고통스러울 정도로 날뛰었고 온몸의 땀구멍에서

땀이 뿜어져 나왔다. 그날 밤 지하철에서 들었던 굉음이 이명처럼 덮쳐왔다.

석 달 전, 12월 끝 무렵에 일어난 사건이었다.

회사에서 퇴근해 집으로 돌아가던 중 지하철 S선을 달리던 전철 안에서 한 남자가 칼을 휘둘렀다. 그로 인해 남자의 왼쪽에 앉아 있던 여성이 칼에 베여 다쳤고 남자를 막으려고 끼어든 노인이 칼에 무참히 찔려 사망했다. 가즈히로는 범인의 바로 오른쪽에 앉아 있었지만 사건이 일어나자마자 곧바로 도망쳐서 무사했다.

사건 발생 과정을 대학생 유튜버 승객이 촬영했고 해당 영상은 그날 바로 SNS에 올라왔다. 영상에는 피해자 여성의 가방에 달린 임산부 마크가 선명하게 찍혔다. 희생된 노인이 범인과 맞서는 장면도, 몇몇 승객이 여성을 돕는 장면도, 승무원과 승객이 힘을 합쳐 범인을 붙잡는 장면도, 또 다른 여성이 칼에 찔린 노인을 지혈하는 장면도. 그리고 범인과 가장 가까이 있었으면서 피해자를 구하려고도, 범인에게 맞서려고도 하지 않은 채 다른 승객들을 밀치며 도망친 힘 센 젊은 남성, 가즈히로의 모습도.

물론 가즈히로에 대해서는 언론에 보도되지 않았다. 하지만 그의 신상이 인터넷에 유출되는 데는 며칠 걸리지 않았다. 엎친 데 덮친 격으로 그 영상이 텔레비전 뉴스에도 보도됐다.

그날 사건 현장에 있을 때는 그렇게 보이지 않았건만 화면으로 본 범인의 몸은 맥 빠질 정도로 볼품없었다. 게다가 언론 보도에 따르면 희생된 노인은 일흔 살이었는데 팔의 굵기도 체격도 가즈히로의 반 정도밖에 되지 않았다.

—인간도 아니야.

—덩치값도 못하고, 부끄럽지도 않나.

—자기보다 약한 사람들을 못 본 척했을 뿐 아니라 밀치고 도망치기까지 하다니.

불특정 다수가 가즈히로를 비난하고 무시하고 비웃었다. 인터넷뿐 아니라 면전에서 욕을 퍼붓는 사람도 있었고 전화를 걸거나 편지까지 보내며 괴롭히는 사람도 있었다. 가즈히로는 그런 반응을 최대한 신경 쓰지 않고 자연스럽게 행동하려고 했지만 그와 거리를 두고 싶어 하는 주변 사람들의 마음이 뼈저리게 느껴졌다. 그런 많은 사람 중에는 친하게 지내던 동료나 친구, 점차 연인 사이로 발전할 것 같았던 여성도 있었다. 그런가 하면 어떤 의미로 유명인이 된 가즈히로에게 몇 년 만에 연락을 한 사람도 있었다.

실제로 얼마나 많은 사람이 그 영상을 봤는지, 혹은 이야기를 들었는지 모른다. 사실은 그렇게까지 널리 알려지지 않았으며 그저 가즈히로의 피해망상일지도 몰랐다. 예전과 다름없이 대해주는 사람도 있었고 신경 쓰지 말라며 위로해 준 사람도 있었다. 하지만 수많은 배신과 악의 앞에서 이성과 따뜻한 마음은 무력했다.

업무 실적이 뚝 떨어졌고 출근 시간만 되면 배가 아팠다. 잠도 제대로 못 자고 밥도 넘기지 못하는 나날이 이어졌다. 정신을 차리고 보니 회사에서도, 나고 자란 동네에서도 자신이 설 자리는 사라지고 없었다.

"갑자기 무슨 짓이에요! 위험하잖아!"

억지로 닫은 현관문 너머에서 여자가 고함을 질렀다.

"그래도 계속 시끄럽게 굴면 쫓아내라고 관리회사에 항의할 거야!"

여자가 으름장을 놓으며 떠날 때까지 가즈히로는 마치 구명줄이라도 되는 것처럼 문손잡이를 절박하게 붙잡고 있었다. 얼굴이 뭉개지다시피 일그러졌다.

어머니가 집에 돌아왔을 때 가즈히로는 침대에서 소셜 게임에 삼만 엔을 결제한 참이었다.

쾅!

현관에서 평소와 다른 소리가 울렸다. 그러고 보니 문에 체인을 걸어둔 사실이 떠올랐다.

어쩔 수 없이 현관으로 향했더니 빼꼼히 열린 문틈으로 집 안을 살피는 어머니가 보였다. 얼굴을 보지 않아도 불안해하는 기색이 저절로 느껴졌다. 어머니가 뭐라고 말을 걸었지만 무시하며 현관문을 닫고 체인을 푼 뒤 다시 열었다.

봄밤의 차가운 공기가 어머니와 함께 숨어들었다.

"무슨 일 있어?"

어머니가 두려운 듯 물었다. 오른손에 든 쇼핑백과 왼손에 든 화장지의 손잡이가 거칠거칠한 손가락에 사정없이 구겨졌다.

"무슨 일이냐니, 무슨 소리야?"

"현관문에 체인을 걸어놨잖아."

저녁에 들이닥쳤던 여자가 문을 잡던 손이 순간 떠올랐다. 가느다랗고 예쁜 손가락에 봄기운을 물씬 풍기는 파스텔 색상으로 수놓은 손톱. 이유는 알 수 없지만 갑자기 어머니의 손이 유난히 눈에 띄며 거슬렸다.

가즈히로는 혀를 차며 돌아섰다. 어머니는 방 앞까지 쫓아와 연신 가즈히로를 불러 댔지만 그가 벽을 후려치자 잠잠해졌다. 문을 열려는 시도조차 하지 않았다.

오늘도 저녁 식사는 냄비 요리였다. 어머니가 그릇에 음식을 담으며 입을 열었다.

"그러고 보니 오늘 아침에 쓰레기를 정리하다가 봤는데, 선불카드 또 샀니?"

아무렇지 않은 듯 물었지만 말투에 긴장감이 고스란히 묻어났다.

가즈히로는 소셜 게임에서 결제할 때 선불카드를 사용했다. 예전에는 신용카드로 결제했지만 걱정 많은 어머니가 멋대로 카드 명세서를 본 이후로 선불카드를 쓰기 시작했다. 그래서 선불카드를 사러 아파트에서 이백 미터 정도 떨어진 편의점까지 자주 가야 했다. 모자를 깊게 눌러쓰고 고개를 푹 숙인 채 사람들의 시선을 두려워하며.

"돈을 좀 많이 쓰는 거 아니니?"

가즈히로는 눈을 치켜뜨며 덥수룩하게 자란 앞머리 사이로 어머니를 노려봤다. 시선을 눈치챘는지 눈치채지 못했는지, 어머니는 자신의 손만 뚫어지게 쳐다봤다.

"내 돈인데 어떻게 쓰든 내 마음이지."

"그야 그렇지만, 그래도 지금은 아껴 쓰는 게 좋지 않겠니."

속에서 짜증이 치밀어올라 안면 근육이 쎌룩댔다.

가즈히로는 현재 무직이다. 일자리를 다시 구할 계획도 전혀 없다. 회사원 시절 소소하게 저축한 돈과 어머니가 파트타임으로 벌어오는 돈이 집안 재산의 전부였다.

아버지는 가즈히로가 태어나자마자 집을 나간 뒤 일방적으로 이혼서류를 보냈다고 한다. 부기 자격증이 있던 어머니는 홀로 가즈히로를 키워 대학까지 보냈다. 아들이 취직한 뒤에도 계속 일했는데, 지금 사는 지역으로 이사 오기 전까지 오랫동안 중견 세무사 사무소에서 일했다. 그런데 나이 탓인지 이 동네에서는 자격증을 살릴 만한 직장을 구할 수 없었다.

"돈이 없으면 빨리 제대로 된 직장이나 구해."

어머니의 몸이 눈에 띄게 경직됐다.

"딱히 널 혼내려는 게 아니야. 네 일이니까 네가 알아서 잘

하겠지."

어머니는 어색할 정도로 가벼운 말투를 꾸며내 황급히 변명하면서 냄비 속 음식을 연신 휘저었다. 왼손에 든 그릇은 이미 가득 찼는데도.

"그냥 아무 생각 없어. 시간 때우려고 하는 시시한 소셜 게임에서 아이템 뽑으려고 돈 쓰는 거야. 별 의미 없는 도박이라고. 돈을 시궁창에 버리는 셈이지."

어머니가 조용히 숨을 삼키는 모습이 뒤틀린 쾌감을 자극했다. 마음 한구석에서 작은 불씨가 음습하게 타오르듯 잔혹한 마음이 부풀어 올랐다. 그래, 아까 그 여자가 들이닥쳐 진상 부렸을 때부터 줄곧 생각했다. 누군가를 공격해 상처 주고 싶다고. 내가 당했던 것처럼.

"지금 너한텐 그런 게 필요하다는 말이지? 미안해, 엄마가 쓸데없이 참견해서."

겁에 질려 조심스럽게 행동하는 어머니의 태도가 기름을 부었다. 현실을 인정하기 싫으니 마음 넓은 척하는 것이다. '상황은 그렇게 심각하지 않아, 내 아들은 쓰레기가 아니야'라고 믿고 싶은 심리일 터다.

"이사하면 괜찮을 거라고 말한 사람이 누군데?"

어머니가 가즈히로를 휙 돌아봤다. 순간 시선이 마주쳤지만 어머니는 금세 눈을 피했다.

"역시 오늘 무슨 일이……."

"당신 때문이잖아. 당신이 몰상식하고 시끄럽게 구는 바람에 어떤 여자가 시비를 걸러 왔잖아. 게다가 그 일까지 눈치챘다고. 어떻게 할 거야. 맨날 괜찮다는 둥 무책임한 소리나 지껄이고. 당신 때문에 맨날 같은 일이 반복되잖아. 그런데 고작 이런 푼돈 가지고 뭐라고 해?"

눈 흰자위가 뒤집어졌다. 어머니가 무슨 말을 하려다가 결국 꺼내지 못한 채 고개를 떨궜다. 어느새 머리숱이 줄어들어 두피가 훤히 보였다.

가즈히로는 악다구니를 단숨에 쏟아낸 뒤 자리를 박차고 일어났다. 자리를 떠나면서 미역귀 낫토가 담긴 작은 그릇을 밀어 떨어뜨렸다.

잠시 후 저녁상을 치우는 소리가 들렸다. 그리고 이어진 베란다 문 여는 소리. 빨래 걷는 소리. 욕조를 닦고 뜨거운 물을 받는 소리.

어머니는 분명 내일도 이른 새벽부터 생활 소음을 일으켜 그 여자를 화나게 하리라. 그러면 여자가 고함을 치며 또 쳐들어오거나 관리회사에서 전화가 오겠지. 어떻게 되든 내 알 바 아니다.

그날 밤은 좀처럼 잠들지 못했다. 정체를 알 수 없는 소리에 시달린 탓이었다.

느리고 단순한 박자로 반복되는 무겁고 둔탁한 소리.

어떤 기계가 작동하는 소리 같기도, 음악 비트 같기도 했다. 소음이라고 할 만큼 시끄러운 소리는 아니었다. 어디서 들리는 소리인지, 아파트 안에서 나는 소리인지 밖에서 나는 소리인지도 알 수 없었다. 하지만 묘하게 귀에 거슬리며 신경을 긁었다.

불쾌한 기분으로 연신 뒤척이다가 어느새 잠들었나 보다. 점심 전에 눈을 떴을 때는 더 이상 그 소리가 들리지 않았다.

집에는 가즈히로 혼자 있었고 식탁에는 얼룩진 천 엔짜리 지폐가 여전히 놓여 있었다. 어제저녁에 가득 남긴 냄비 요리를 데워 먹고 소셜 게임을 하면서 시간을 보내는 사이에 또 꾸벅꾸벅 졸았다. 어제 찾아왔던 여자는 아직 조용했고 관리 회사의 전화도 오지 않았다. 여느 때와 같은 오후였다.

오후 5시를 알리는 음악 소리를 듣다가 문득 그 노래의 제목이 떠올랐다. '집으로 돌아가는 길'. 학교에서 배운 기억이 났다.

가즈히로는 어제와 똑같이 침대에 널브러져서 천장 구석을 쳐다봤다. 왜 그랬는지 사정은 알 수 없으나 집에서 유일하게 목공용 퍼티로 수리한 부분. 이상하게 자꾸만 신경이 쓰였다.

불을 켜고 식탁 의자를 옮겨와 그 위에 올라서서 퍼티를 만져봤다. 딱딱하게 굳어 있는 줄 알았는데 조금만 힘을 주니 서서히 손가락 모양으로 바뀌며 움푹 들어갔다. 에어컨 덕트

구멍을 막을 때 사용하는 퍼티처럼 찰흙 같은 감촉이었다. 시험 삼아 떼어 보려고 했지만 점착력이 강해서 생각보다 쉽지 않았다. 그래도 도구를 쓰면 어떻게든 떼어낼 수 있을 것 같았다.

 자신이 왜 그렇게까지 집착하는지 모른 채 부엌에 있는 펜꽂이에서 스테인리스 자를 빼 왔다. 디자인은 평범했지만 더할 나위 없이 단단해서 퍼티를 떼어내기에 제격이었다.

 가장자리에 자를 대고 힘을 주자 퍼티 모양이 서서히 변했지만 떨어지지는 않았다. 우선 가장자리만 긁어 떼어냈지만 그것만으로는 퍼티 아래에 무엇이 있는지 보이지 않았다.

 전등이 너무 밝게 느껴져 주머니에서 휴대폰을 꺼내 시간을 확인하니 삼십 분이 지나 있었다. 불현듯 정신을 차린 순간 허탈감에 사로잡혔다.

 내가 도대체 무얼 하고 있지? 이 얼마나 어리석은 짓인가.

 갈기갈기 찢어져 방바닥에 떨어진 퍼티 조각이 시야에 들어오자 갑자기 분노가 솟구쳤다.

 그때, 공교롭게도 또 그 소리가 들려왔다. 어젯밤 가즈히로의 잠을 방해한 무겁고 둔탁한 소리. 여전히 정체 모를 소리지만 기분 탓인지 어제보다 더 크게 들렸다.

 의자 위에 서서 귀를 쫑긋거리다가 내려와 온 집 안을 돌아다녔지만 어디서 나는 소리인지 알 수 없었다. 벽을 여기저기 두드려봐도 소리는 그치지 않았다.

"시끄러워……."

고함을 지르고 싶었지만 중얼거리는 소리만 맥없이 흘러나왔다. 소리 지를 용기도 없다는 사실을 자각하자 그런 자신에게도 화가 치밀었다. 이 소리를 내는 존재가 듣도록 소리치고 싶었지만 한편으로는 상대가 자신의 고함을 들으면 어쩌나 겁이 났다.

이어폰을 신경질적으로 귀에 꽂고 게임을 시작했다. 그런데도 한동안 그 소리가 들리는 듯해 자잘한 실수를 연발했다. 실수를 만회하려고 유료 아이템을 많이 사용하는 바람에 내일 또 돈을 써야 할 것 같았다.

그 소리가 다시 들려온 것은 한창 저녁을 먹을 때였다. 오늘 저녁 메뉴는 냄비 요리가 아니었지만 얼룩진 천 엔 지폐와 미역귀 낫토는 여전히 식탁을 차지하고 있었다. 가즈히로는 유채나물무침을 씹다 말고 예고도 없이 시작된 그 소리에 귀를 기울였다.

텔레비전에서 흘러나오는 무슨 내용인지 모를 방송 소리가 가즈히로의 집중을 방해했다. 그런데,

—아니에요.

연예인처럼 보이는 여자가 반복한 그 말이 날아와 귀에 꽂혔다. 지하철 사건 후에 사람들이 가즈히로를 비난할 때 많이 한 말 중 하나였다.

사건 당시 가즈히로의 머릿속에는 도망쳐야 한다는 생각

밖에 없었다. 다른 사람은 안중에도 없었다. 자신의 뒤로 함께 도망치는 사람들이 있는 것을 봤을 때는 범인과 자신 사이에 보호벽이 생겼다는 생각에 안심하기까지 했다.

"사람이 아니에요."

"……시끄러워."

가즈히로가 텔레비전 소리를 지적하는 줄 알고 어머니는 황급히 소리를 줄였다. 여자 연예인의 말이 더는 들리지 않아 다행이었지만 가즈히로가 지적한 소리는 그 소리가 아니었다.

"이 소리, 도대체 뭐야."

"소리?"

어머니가 움직임을 멈추고 귀를 쫑긋 세웠다.

"환풍기 소리 아니야?"

"아니야. 쿵, 쿵, 쿵, 하는 무겁고 둔탁한 소리잖아."

어머니는 조금 전보다 더 오래 귀를 쫑긋거리며 집중했지만 의아한 얼굴로 모르겠다며 고개를 갸웃했다.

"쿵쿵쿵?"

"좀 더 느리게. 쿵, 쿵, 쿵."

가즈히로가 들리는 소리에 맞춰 입으로 흉내 냈지만 아무래도 나이 든 사람에게는 들리지 않는 듯했다. 소리가 크지는 않았지만 어째서인지 귀에 거슬렸다.

소리를 감지하려고 애쓰는 어머니를 무시하고 일부러 시끄럽게 소리를 내며 유채나물무침을 씹었다. 자신만 불쾌한 일을 겪는다고 생각하니 더욱 분노가 일었다.

아니에요.

텔레비전 속 연예인이 또다시 말하며 웃었다.

불쾌한 소리가 이어졌다.

왜 또 이 짓을 하고 있을까.

의자 위에 올라서서 천장 모서리에 붙어 있는 퍼티를 스테인리스 자로 긁으면서 가즈히로는 벌써 몇 번째인지 모를 이상한 생각에 사로잡혔다. 어제도 똑같이 퍼티를 긁어 봤지만 헛수고였다. 그런데 오늘 다시 '집으로 돌아가는 길'이 울려 퍼지고 밤이 다가오자 이유는 모르겠지만 퍼티가 거슬려 도저히 가만히 있을 수 없었다.

어제와 비슷한 시간에 작업을 시작했다. 처음에는 수월하게 떼어낼 수 있을 줄 알았는데 생각처럼 쉽지 않았다. 역시 바보 같다는 생각이 든 그때, 떨어진 퍼티 뒤로 하얀 물체가 보였다. 눈을 부릅뜨고 퍼티를 조금씩 떼어냈다. 잠시 후 모습을 드러낸 것은 종이였다.

'이게 뭐지?'라는 생각보다 섬뜩한 기분이 먼저 들었다. 어두컴컴한 천장 구석에 퍼티를 발라 은밀하게 숨겨 놓은 종잇조각. 도대체 누가 무슨 이유로 이랬을까. 종이는 그동안 퍼티로 가려져 있었기 때문에 깨끗했는데 낡은 집과 어울리지 않는 그 새하얀 색감에 더욱 소름 끼쳤다.

한편으로는 호기심도 강하게 일었다. 어떻게든 이것의 정체를 알아내고 싶었다. 설명할 수 없는 충동에 사로잡혀 무작정 시작한 퍼티 떼어내기에 드디어 목적이 생겼다.

가즈히로는 매일 오후 5시가 되면 의자 위에 올라섰다. 무엇을 하느냐는 추궁을 받기 싫어서 일부러 어머니가 집을 비운 시간에 작업했다. 특별한 이유가 있어서 5시를 선택한 것은 아니다. 저도 모르게 습관이 됐을 뿐이었다.

그러는 사이에도 그 묵직하고 둔탁한 소리는 계속됐다. 종일은 아니어도 최근 일주일 동안 한 번도 들리지 않은 날이 없었다. 하루에 몇 번씩 들린 날도 있다. 수도관 소리, 계단을 오르내리는 발소리, 아이들의 고함, 세탁기 소리처럼 그 소리는 점점 일상의 일부가 됐다.

소리가 들리는 시간은 일정하지 않았고 정체와 출처도 도무지 알아낼 수 없었다. 다만 점점 커지는 기분이었다. 정확하게는 커진다기보다 또렷해졌다. 처음에는 두꺼운 막을 사이에 둔 것처럼 어렴풋이 들리던 소리가 날이 갈수록 선명해졌다. 아무리 생각해도 텔레비전 같은 전자기기에서 나는 소리 같지 않았다.

곰곰이 생각해 보니 어머니에게 말한 '쿵'이라는 표현은 적절하지 않았다. '탁'이나 '퍽'처럼 더 딱딱하고 날카로운 소리였다.

마치 사람을 때리는 소리 같다.

소리가 들리기 시작한 지 일주일이 지난 오후에야 문득 그런 생각이 들었다.

그때, 생활 소음 때문에 시끄럽다며 트집을 잡았던 여자가 다시 들이닥쳤다. 다음에는 관리회사에 신고하겠다고 으름장을 놓더니 직접 항의하기로 마음먹은 듯했다.

가즈히로는 지난번처럼 현관문의 피프홀로 상대를 확인했지만 이번에는 절대 문을 열지 않았다. 기척을 지우고 방으로 돌아와 침대 구석에 몸을 웅크리고서 시간이 흐르기만을 기다렸다. 온몸이 잘게 떨렸고 악문 이에서 빠드득 소리가 났다. 진땀이 날 정도로 쑤시는 복통을 견뎠다.

그 여자는 분명 가즈히로가 지하철 사건 때 도망친 남자라는 사실을 눈치챘을 것이다. 그러니 이렇게 기세등등하게 들이닥쳐 거리낌 없이 몰아세울 수 있겠지.

불끈 움켜쥔 주먹이 시야에 들어왔다. 큰 주먹이었다. 저 여자가 신나게 놀리는 좁은 턱을 이 주먹으로 후려치면 얼마나 속이 시원할까. 사람을 때린 적은 없지만 그런 장면을 생생하게 상상할 수 있었다. 한겨울의 매서운 추위 속에서 초여름의 청명한 햇살을 떠올리는 것처럼 기분이 좋아졌다.

문제의 소리는 조금 전부터 들려왔는데 여자를 때리는 상상과 그 소리가 겹치자 깨달음이 퍼뜩 머리를 스쳤다.

사람을 때리는 소리.

헛소리 같지만 한번 그런 생각이 들자 그렇게밖에 들리지 않았다.

    탁…… 탁…… 퍽…….

  누군가가 사람을 때리고 있다. 천천히, 사정없이, 집요하게. 온 동네에 울려 퍼지는 '집으로 돌아가는 길'의 멜로디에 현실로 돌아왔다. 정신을 차리고 보니 몇 시간이 사라졌고 현관문을 끈질기게 두드리던 여자는 어느새 돌아갔다.

  슬슬 시간이 됐다는 생각에 가느다란 숨을 내쉬고 온몸을 감싸던 긴장을 떨쳐낸 뒤 부엌에서 의자를 옮겨왔다. 그러고는 사 분의 일 정도 남은 퍼티를 신중하게 떼어내며 지금은 멎은 그 소리를 떠올렸다.

  정말 사람이 구타당하고 있다면 어떻게 해야 할까. 관리회사나 경찰에 신고해야겠지. 그런데 생각은 거기서 멈췄다. 머리가 너무 복잡해서 뭐가 뭔지 갈피를 잡을 수 없었다. 모르겠다. 나는 타당한 판단을 내리지 못하는 사람이다. 그때도 그랬다. 그리고 틀렸다.

  인간도 아니야. 덩치값도 못하고. 글러 먹었어.

  머릿속이 웅웅 울렸다.

  스테인리스 자가 퍼티를 깊게 파고든 줄 알았는데 미끄러져 천장에 흠집을 냈다. 손끝에 온 신경을 집중하고 싶지만 뜻대로 되지 않았다. 별안간 분노가 맹렬히 치솟아 자를 바닥에 내동댕이쳤다. 다다미에 부딪힌 자는 예상치 못한 순간에 등장한 곡예사처럼 섬뜩할 정도로 높이 튀어 올라 벽장의 맹장지를 때린 뒤 맥없이 떨어졌다.

가즈히로는 두 팔을 축 늘어뜨리고 의자 위에 우뚝 서 있었다. 그대로 시간이 흘렀다. 후욱, 후욱 하고 코에서 밭은 숨이 새어 나오는 가운데 자신이 웃고 있는지 울고 있는지조차 알 수 없었다.

그래서 그 목소리가 귀에 닿았을 때, 처음에는 저도 모르는 사이에 오열하는 줄 알았다. 괴롭게 헐떡이는 듯 거친 목소리가 목에 걸려 금방이라도 꺼질 듯 가냘팠다.

계속 듣다 보니 여자 목소리 같았다. 흠칫 놀라 또 그 여자가 찾아왔나 싶어서 저도 모르게 바짝 긴장했다. 하지만 초인종은 울리지 않았고 애초에 목소리 자체도 완전히 달랐다. 흥분한 아이의 외침과도, 행인의 대화 소리와도 달랐다.

줘…….

뭐라고 하는지 알아들을 수 없었다. 하지만 절박하게 들렸다.

쥐어짜는 듯한 목소리와 사람을 때리는 소리처럼만 들리는 그 소리가 자연스럽게 연결됐다. 당황해서 주변을 둘러봤지만 뭐가 보일 리 없었다. 의자에서 내려왔다가 다시 올라갔고, 휴대폰을 손에 쥐었다가 다시 주머니에 넣었다. 갈 길을 잃고 허공을 헤매던 손이 머리를 쥐어뜯고 추리닝에 화풀이 했다.

기분 탓에 들리는 환청이라며 스스로 진정시켰다. 모든 것이 착각이다. 망상이다. 계속 집 안에 틀어박혀 있으니 이상해진 것이다. 자신에게는 이렇게나 또렷하게 들리는 소리가 어머니는 들리지 않는다고 했다.

소리도 목소리도 멈추지 않았다. 다음 날도, 그다음 날도 멈추기는커녕 더욱 또렷해졌다.

누가 신고하겠지. 자신과 달리 멀쩡한 판단력을 지닌 누군가가.

그렇게 생각했는데 아무도 신고하지 않은 듯했다. 설마 정말로 자신에게만 들리는 소리일까?

탁…… 탁…… 퍽…….
줘…….
탁…… 탁…… 퍽…….
려줘…….
탁…… 탁…… 퍽…….
살려줘…….

히익. 비명을 지르며 두 귀를 꽉 막았다.

내던진 휴대폰 화면에는 '새 삶 응원 캠페인'이라는 글자가 빛나고 있었다. 이제 며칠만 더 지나면 같은 게임을 하던 누군가가 신입생이 되고 신입사원이 된다. 자신만 홀로 남겨진다는 사실을 깨닫고는 화면 속에서 무심하게 웃고 있는 미소녀가 미워지려던 그때, 또 그 소리가 들렸다.

여자의 말을 정확하게 알아들은 적은 처음이었다.

살려줘.

그렇게 말했다. 구타당하며 도움을 청하고 있었다.

눈을 질끈 감으니 순식간에 그날 지하철 풍경이 선명하게 떠올랐다. 숨을 삼키며 본능적으로 도망치려고 몸부림치던 가즈히로는 침대에서 굴러떨어졌다.

옆으로 쓰러진 가즈히로의 시야에 먼지와 머리카락과 스테인리스 자가 보였다. 자는 가즈히로가 바닥에 내동댕이쳤을 때 떨어진 그대로였다. 가즈히로는 어제도 그제도 퍼티를 떼어내는 작업을 하지 않았다. 아무 일도 하기 싫었다. 아무것도 보고 싶지도, 듣고 싶지도 않았다. 아무 생각 없이, 아무것도 느끼지 못한 채 그저 가만히 있다가 자신도 모르는 사이에 심장이 멎는다면 얼마나 좋을까.

하지만 침대에서 떨어질 때 부딪친 부위가 아팠다. 볼에 닿은 다다미는 까칠까칠하고 차가웠다. 오수가 흐르는 수도관 소리, 그리고 그 소리가 들렸다.

그 무렵부터 식탁의 풍경은 무섭도록 **빠르게** 최악으로 치달았다.

"엄마가 가즈히로에게 사과해야지."

어머니는 여느 때처럼 아들의 얼굴을 보지 않은 채 말을 꺼냈다.

"오늘 아침에 출근하려는데 어떤 여자가 말을 걸더라고. 엄마가 새벽에 집안일 하는 소리가 시끄럽다나. 우리 집에 두 번인가 찾아왔다며. 전에 가즈히로가 말한 사람이 바로 그 여자지? 엄마 때문에 기분 상했지? 미안해. 그 사람한테 다시 한번 정식으로 사과하려고 몇 호에 사는지 물어도 안 알려주지 뭐니. 그 사람 혹시 어디 사는지 들었어?"

가즈히로는 어머니의 말을 무시했다. 그럴 때면 어머니는 대개 조용히 물러났는데 이번에는 "아니?"라고 목소리를 곤두세우며 재차 물었다.

"나랑 무슨 상관이야. 무엇보다 그런 거지 같은 여자 말고 나한테 먼저 사과해. 얼마나 짜증 났는지 알아? 다 당신 때문이야."

"미안해, 정말로."

"이게 미안하다는 말로 끝날 일이야?"

"엄마가 어떻게 했으면 좋겠니?"

"엄마는 아무것도 못 한다고!"

저도 모르게 탁자를 거칠게 두드리다가 화들짝 놀랐다. 그릇에 담긴 된장국이 찰랑댔다. 젓가락 한 개가 바닥에 굴러떨어졌고 나머지 한 개마저 한 박자 늦게 그 뒤를 따랐다. 손바닥이 저릿저릿 울렸다. 움츠러든 어머니를 차마 볼 수 없어 가즈히로는 시선을 피하며 도망치듯 방으로 들어갔다.

탁…… 탁…… 퍽…….
살려줘…….

텔레비전을 켠 어머니가 갑자기 숨을 들이켜는 기색이 느껴졌다.
텔레비전에서 뉴스 프로그램이 흘러나왔다. 오늘은 어머니가 평소보다 훨씬 늦게 퇴근해서 저녁 식사를 시작했을 때는 이미 밤 10시에 가까운 시간이었다.
지하철 사건 이후, 어머니가 뉴스 같은 방송을 조심스럽게 피한다는 사실을 알았다. 이사하고서는 신문도 구독하지 않고 주간지 같은 것도 집에 가지고 오지 않았다. 당연히 사건 관련 보도가 아들의 눈에 띄지 않도록 신경 쓴 행동이었다.
―작년 12월, 지하철 S선에서 발생한 무차별 칼부림 사건을 두고 경시청 철도경찰대는 역과 열차 내의 방범 체계를 강화하기 위해…….
어머니가 급히 채널을 돌렸지만 당황한 나머지 리모컨을 제대로 누르지 못했는지 한 박자 늦고 말았다. 지나가듯 흘러나온 아나운서의 말이 가즈히로의 귀에 꽂혔다.

온몸이 차갑게 식고 옴짝달싹할 수 없었다. 귀에 거슬리는 숨소리에 맞춰 몸이 크게 부풀었다가 오그라들었다.

"뭐야……."

십 초도 안 되는 사이에 우연히 흘러나온 뉴스가 하필 그 내용일 이유가 뭐란 말인가. 이런 우연은 너무하지 않은가.

예능 프로그램으로 바뀐 화면으로 고개를 돌린 어머니가 억지스럽게 웃었다.

"닥쳐!"

웃음소리가 뚝 그쳤다. 부엌 조명이 갑자기 어두워진 듯 텔레비전 화면만 기이하게 밝았다.

"도대체 내가 뭘 잘못했는데. 칼 휘두르고 사람을 찌른 건 내가 아니잖아. 나만 안 도와준 것도 아니라고. 다른 사람들도, 영상을 찍던 사람도 결국 다 똑같잖아. 그런데 왜 나한테만 그래, 왜!"

"가즈히로……."

불안에 떠는 어머니가 가즈히로를 애처롭게 바라봤다.

"나도 그 할아버지처럼 범인과 싸우다가 칼 맞아 죽었어야 했다는 거야?"

"아니야, 절대 그렇지 않아. 잘 도망쳤어. 네가 살아 줘서 얼마나 다행인지 몰라. 아무리 훌륭한 일을 해도 네가 죽으면 엄마는 못 살아. 가즈히로에겐 아무 잘못 없어."

영상이 세상에 공개된 직후부터 어머니는 한결같이 그렇

게 말했다.

거친 손이 가즈히로의 주먹을 감쌌다. 만질까 말까 하는 망설임이 희미하게 느껴지더니 떨리는 손이 주먹을 힘차게 감쌌다.

"살아서 정말로 다행이야."

싸늘하게 식은 손. 어머니의 손이었다.

이 손에 마음의 평온을 찾은 적이 있었으리라. 그러나 그것이 언제였는지 이제는 기억나지 않았다.

손을 힘껏 뿌리쳤다. 어머니가 작게 소리를 지르더니 겁먹은 눈빛으로 자신의 손을 꽉 쥐었다.

"아니야! 그런 듣기 좋은 말 집어치워. 당신도 사실은 창피하다고 생각하잖아. 쓰레기 같은 아들 때문에 인생 망쳤다고 생각하잖아."

"그런 거……."

"나 같은 건 죽는 게 나았어. 그냥 죽으라고 해, 이 위선자야!"

탁…… 탁…… 퍽…….

살려줘…….

어머니가 오늘은 퇴근이 늦었다며 반찬을 이것저것 많이 사 왔다.

팩에 붙은 할인 스티커를 보자 짜증이 일었다. 반찬을 접시에 옮기는 손길도 짜증 났다. 반찬이 이래서 미안하다고 사과하는 소리에 짜증이 치솟았다.

그날은 이유도 없이 짜증이 났다. 아파트 안에서 울리는 다양한 소리, 어디선가 풍기는 카레 냄새, 게임에 추가된 새 캐릭터, 갑자기 따뜻해진 날씨까지 모든 것이 다 짜증스럽게만 느껴졌다.

온통 밖에서 사 온 반찬뿐인 식탁에 미역귀 낫토만은 여전히 자리를 차지하고 있는 것에도 짜증이 솟구쳐 주체할 수 없었다. 가즈히로는 느닷없이 그 작은 그릇을 바닥에 내던졌다. 도기 그릇이 깨지는 소리가 날카롭게 고막에 꽂히며 짜증을 더욱 부채질했다.

어머니가 펄쩍 뛸 기세로 심하게 어깨를 떨었다. 난폭한 아들을 보는 얼굴이 경악과 공포로 물들었다.

아, 짜증 나 죽겠네.

"이건 도대체 언제까지 내놓을 거야! 안 먹는 거 알잖아."

"그래도 몸에 좋으니까……."

"억지로 먹으라고? 누가 건강 챙기고 싶대? 어차피 난 끝났어. 지금도 죽지 못해 산다고. 살고 싶지도 않아!"

사납게 몰아치는 감정을 그대로 쏟아내며 식탁 위에 놓인 식기들을 쓸어버렸다. 어머니가 오래전부터 모은 아리타 도자기 그릇들이 요란한 소리와 함께 산산조각이 나며 흩어졌다.

어머니는 두 손으로 얼굴을 가리고 고개를 숙였다. 휘몰아치는 폭풍에 휩쓸리지 않으려는 듯 경직된 몸을 최대한 움츠렸다. 활짝 벌어진 열 손가락이 맹금류의 발톱처럼 피부를 파고들었다.
　　"……그런 소리 하지 마. 엄마는 가즈히로가 살아서 얼마나 기쁜지 몰라. 네가 살아 있으면 좋겠어."
　　어머니는 조용히 자리에서 일어나 바닥에 흩어진 닭 튀김을 주웠다. 닭 튀김은 가즈히로가 어릴 적부터 좋아하던 음식이었다.

　　탁…… 탁…… 퍽…….
　　살려줘…….

　　이대로는 정신이 이상해질 것만 같았다.
　　고민에 고민을 거듭한 끝에 결심했다. 이제는 끊이지 않고 들리는 저 소리가 도대체 어느 집에서 나는 소리인지, 아니면 환청인지 집마다 돌며 확인해야겠다고.
　　오랜만에 세수하고 면도한 뒤 추리닝을 벗고 청바지를 입었다. 근육이 빠진 탓에 청바지가 헐렁했는데도 기이하게 몸을 압박하는 기분이 들었다. 가슴에 누름돌이라도 얹어놓은 듯 숨이 가빠졌고 익숙한 복통이 도질 조짐이 보였다.
　　현관문을 열 때는 언제나 마음의 준비가 필요했다. 지금은 햇살이 비치지만 오전에 비가 내렸는지 공기가 습하고 무거웠다. 최근 한동안은 편의점조차 가지 않았는데 그 사이에 봄기운이 완연해져 후드티가 다소 덥게 느껴졌다.

큰마음 먹고 밖으로 나간 순간, 시야가 하얗게 변하며 풍경이 사라졌다. 시각이 정상으로 돌아오기를 기다렸다가 겨우 발걸음을 내디뎠는데 옆집인 101호의 현관문까지 불과 몇 미터밖에 안 되는 거리가 천릿길 같았다. 간신히 현관문 앞에 섰을 때는 순간 자신이 왜 이곳에 있는지 이해할 수 없었다.

집 밖에 있으니 그 소리도 목소리도 들리지 않았다. 실제로 나는 소리인지 아닌지 모르지만 건물 구조 때문에 가즈히로의 방에서만 들리는 소리일 수도 있다. 그렇다면 이사만 가면 해결되는 문제였다. 하지만 돈이 없었다.

제대로 쉬기 힘든 숨을 억지로 깊게 들이마신 뒤 초인종을 눌렀다. 눈을 가릴 정도로 깊이 눌러쓴 모자의 각도를 재차 확인하며 집주인의 반응을 기다렸다. 그러는 동안 이 자리를 벗어나고 싶은 충동을 억누르려고 상당한 인내심을 발휘해야 했다. 현관문 너머로 인기척이 느껴졌을 때는 심장이 목구멍으로 튀어나올 뻔했다.

"네" 하는 대답과 함께 경계하는 낌새도 없이 문을 연 사람은 살집이 있는 나이 든 여성이었다. 혈색이 좋아서 매우 건강해 보였다. 피부에 멍 따위는 없었고 표정도 밝았다.

이 여자는 아니구나, 직감했다. 느낌일 뿐이지만 확신했다.

구타당해 도움이 필요한 여성의 얼굴은 이렇지 않다.

"누구세요?"

이렇게 편안하게 묻지도 않으리라. 목소리도 달랐다.

현관으로 나온 여자 뒤로 지금까지 신고 있던 것으로 보이는 슬리퍼와 그보다 크고 색이 다른 슬리퍼가 보였다. 남편의 슬리퍼 같았다.

"아……."

"저기요?"

"아닙니다."

준비했던 말을 겨우 내뱉고 허둥지둥 자리를 떴다. 바로 옆에 있는 자신의 집으로 뛰어 들어가고 싶었지만 그 모습을 보이기 싫어서 길로 나갔다. 여성의 시선이 닿지 않는 건물의 후미진 곳으로 숨어들자마자 그 자리에 주저앉을 뻔했다. 입 안이 바짝바짝 마르고 땀이 비 오듯 쏟아졌다. 회사에서 처음 영업을 나갔을 때도 이렇게까지 긴장하지 않았는데. 역시 안 되겠다. 이런 일을 여러 번 반복해야 한다니. 도저히 해낼 수 없을 것 같았다.

하지만 으슬으슬해질 때까지 건물 뒤에서 시간을 보내는 사이에 조금만 더 노력해 보기로 마음을 고쳐먹었다. 집으로 돌아가면 그 소리를 다시 견뎌야 하니까. 두 가지 공포를 저울질한 결과였다.

집 앞을 지나쳐 103호의 초인종을 눌렀다. 현관문에 회사

이름이 적혀 있었고 집 안에는 골판지 상자가 가득 쌓여 있었다.

"저 혼자라 일손이 부족하거든요."

몸을 비틀어 상자 더미 사이로 빠져나온 중년 남성이 내가 입을 열기도 전에 먼저 쓴웃음을 지으며 말했다. 제법 캐주얼하고 개성 있는 셔츠를 입고 있었다. 업종은 모르지만 아마도 주로 전자 상거래 사업을 하는 사람 같았다.

집 안에서 음식 냄새가 났고 창가에 널어놓은 빨래도 언뜻 보였다. 사무실 겸 집으로 사용하는 듯했다.

혼자 사는 듯하지만 혹시 몰라 넌지시 떠봤다.

"댁에 여자분이……."

"네? 우리 회사는 여직원이 없고 나는 아내도 없어요."

어리둥절한 그 모습에서 거짓말하는 기색은 느껴지지 않았다.

조금 전과 마찬가지로 사과한 뒤 자리를 떴다. 심장은 여전히 세차게 뛰었지만 첫 번째로 옆집을 방문했을 때보다는 그나마 나았다.

잠깐 시간을 두었다가 이번에는 104호를 찾아갔는데 아무도 없었다.

긴장의 끈이 풀리자 금세 피로가 덮쳐왔다. 지친 몸을 이끌고 집으로 돌아간 뒤 이어폰을 꽂고 침대에 누워 머리부터 발끝까지 이불을 뒤집어썼다. 몸을 웅크리고 가만히 눈을 감으니 다행히 오래 지나지 않아 수마가 찾아왔다. 그대로 저녁 식사도 거르고 아침까지 푹 잤다.

그래서인지 다음 날은 아침 일찍 눈을 떴다. 물론 어머니는 진작 출근했지만 9시라면 아직 아침이라고 부를 수 있는 시간이었다.

냉동실에서 얼린 식빵을 꺼내 굽고 인스턴트 커피를 내렸다. 간단하지만 오랜만에 먹는 아침 식사였다. 이를 닦고 세수를 하고 면도도 했다. 아침에 눈을 뜬 순간 결심했다. 어제 한 일을 계속하자고. 지금은 그 소리 대신 아이가 뛰어다니는 발소리가 자주 들렸다. 그러고 보니 오늘이 토요일이었던가.

어제 부재중이던 104호에는 유학생으로 보이는 청년 몇 명이 살고 있었다. 운동화가 현관에 어지럽게 널려 있었고 집 안에서는 모르는 언어와 밝은 웃음소리가 들려왔다.

아이가 있는 집은 밖에서도 금방 알 수 있었다. 105호는 현관문 옆에 장난감이 있었고 집 안에서 발소리와 신난 목소리가 새어 나왔기 때문이었다. 오늘은 날이 따뜻해서 창문을 열어 놨는지 아이 엄마의 말소리도 또렷하게 들렸다.

이로써 1층에 있는 집은 전부 돌았다. 그저 현관에서 보고 들은 뒤 추측한 것에 불과하지만 폭행당해 도움을 청하는 여자가 있을 만한 집은 없어 보였다.

그렇다면 2층인가.

그렇게 추측하며 101호 옆에 있는 계단을 오르려는데 201

호 현관문이 열리며 젊은 남녀가 나왔다. 부부인지 동거 커플인지는 몰라도 손을 잡고 좁은 계단을 내려오기에 가즈히로는 순간적으로 집이 있는 방향으로 자리를 피했다. 역시 타인의 시선은 두려웠다. 자신과 나이가 비슷한 사람 여러 명이 지척에 있다면 더더욱. 아무도 가즈히로를 신경 쓰지 않는다는 사실을 알아도 마치 상대가 "저 사람 뭐야"라며 비웃는 것 같다는 생각이 자꾸만 들었다.

순식간에 땀범벅이 된 얼굴을 숙이고 집 현관문을 여는 척 시간을 끌며 두 사람이 지나가기만을 기다렸다. 그리고 그 자리에 서서 몇 번이고 침을 삼키며 땀을 닦은 뒤 다시 용기를 쥐어 짜냈다.

만약에 대비해 조금 전 커플이 나온 집도 찾아갔지만 초인종을 눌러도 아무 반응이 없었다.

그 옆집인 202호도 집을 비운 것 같았다.

203호도 부재중인가 싶어서 포기하고 다음 집으로 넘어가려는데 현관문이 열리며 손끝에 새까만 잉크를 잔뜩 묻힌 청년이 귀찮다는 듯 삐죽 고개를 내밀었다. 만화가인가? 잠자리에 들려던 참인지 움푹 꺼진 눈을 껌벅거렸다.

204호는 고양이를 길렀다. 가즈히로가 파악한 것만 다섯 마리였는데 분명 더 있을 터다. 그리고 노인 한 명. 외출한 커플까지 포함해 폭력의 기운이 느껴지는 사람은 아무도 없었다. 온 정신을 집중해 모든 집에서 나는 소리에 귀를 기울이고 집 안 상황을 살피려고 신경을 곤두세웠지만 그럴듯한 소리는 들리지 않았다. 넌지시 떠봐도 수상한 반응을 보이는 사람은 없었다.

205호, 이 아파트에서 집세가 가장 비싼 2층 끝 집은 공실이므로 남은 집은 이제 하나였다.

가즈히로는 그 집 현관문 앞에 섰다. 자신의 집 바로 위에 위치한 202호. 초인종을 눌러도 아무 반응이 없었지만 집에 사람이 있으면서 없는 척할 수도 있었다.

아직 그 여자를 만나지 못했다. 생활 소음이 시끄럽다며 불만을 쏟아낸 진상 이웃. 다른 집을 도는 와중에도 그 존재가 줄곧 머릿속을 떠나지 않았고 언제 마주칠지 몰라 조마조마한 마음으로 경계했다. 그 여자가 분명하다. 그 여자야말로 그 소리의 주인공이다. 물론 맞는 사람이 아니라 때리는 사람이겠지.

그 자리에 우뚝 선 채로 몇 분이 흘렀다. 이 시점에서 망설이는 이유는 가즈히로가 지하철 사건 영상 속 인물이라는 사실을 그 여자가 눈치챘기 때문이었다.

그때, 현관문이 벌컥 열리는 바람에 하마터면 가즈히로는 소리를 지를 뻔했다. 상대도 마찬가지였던 모양이다. 상대는 전기 충격이라도 받은 사람처럼 온몸을 움찔 떨며 발을 내디딘 자세로 이 초 정도 굳어 있었다.

그 사이에 가즈히로는 목격했다. 현관에 가득 쌓여 금방이라도 밖으로 쏟아져 나올 것 같은 쓰레기봉투 더미를.

곧바로 문이 닫혔고 풍압과 함께 악취가 코끝에 닿았다. 현관문을 등으로 힘껏 누르는 자세로 가즈히로를 노려보는 사람은 바로 그 여자였다. 지난번과 같은 평상복 차림이었지만 가방을 들고 외출하는 듯했다.

"뭐야?"

여자가 위협이라도 하듯 무시무시한 기세로 따져 물었지만 바로 대답하지 못했다. 긴장한 데다 두렵기까지 했지만 그런 불안한 심리보다 산처럼 쌓여 있던 쓰레기더미를 본 충격이 더 컸다.

"무슨 일이냐고 묻잖아요. 지난번 일 때문이라면 그쪽 어머니한테 사과받았어요. 더 사과할 필요 없다고 거절했고 몇 호인지도 안 알려 줬는데."

"아니……."

말을 잇지 못했다.

"설마 복수하러 왔어요? 경찰 부를 거야."

"아니……."

"그럼 당장 돌아가요. 할 말 없으니까."

서슬 퍼런 기세에 압도되어 저도 모르게 한 걸음 물러섰다. 마치 사냥감을 몰아붙이는 사나운 사냥개 같았다. 아니, 궁지에 몰린 사람은 오히려 여자 같아 보였다. 온몸의 털을 바짝 세우고 어떻게든 제 영역에서 적을 쫓아내려고 몸부림쳤다.

가즈히로는 어쩔 수 없이 쭈뼛쭈뼛 계단으로 향했다. 뒤돌아보지는 않았지만 머리꼭지가 계단 밑으로 사라질 때까지 험악한 감시의 눈초리가 느껴졌다. 그리고 얼마 후 현관문을 닫아 잠그는 소리가 들렸다.

집으로 돌아오자마자 현관문에 기대 주저앉았다. 피로감이 몹시 심했고 머리가 쪼개지는 것처럼 아팠다.

202호에서 목격한 장면이 눈앞에 선명하게 떠올랐다. 공간을 가득 메운 쓰레기더미. 그 집은 사람이 사는 아파트가 아니라 쓰레기 집이었다.

쓰레기봉투 입구가 꽉 묶여 있어서인지 끔찍한 악취가 나지는 않았다. 그래도 불결한 냄새가 얼굴에 달라붙은 것 같아 마른세수를 했다. 어느새인가 땀을 흘리고 있어서 미끈거렸다.

그러고 보니 현관에 쌓여 있던 쓰레기더미 아래에 눌려 납작해진 작은 분홍색 운동화가 있었다. 그 벨크로 운동화는 아무리 봐도 어린 여자아이의 신발이었다. 아이가 있나? 그 여자의 딸인가? 집 내부가 전혀 보이지 않았고 낌새도 느끼지 못했는데 방 안에 아이가 있었을까? 여자는 외출하던 참이었다. 쓰레기에 파묻혀 홀로 웅크리고 있을 아이를 상상하고는 다시 마른세수를 했다.

아이 엄마는 잠깐 나갔다가 돌아올지도 모른다. 그동안 아이는 부모의 부재를 개의치 않으며 텔레비전이라도 볼지 모른다. 다른 가족과 함께 있을 수도 있다. 혹은 그 운동화는 그 집 아이의 신발이 아닐 수도 있다. 매우 낡은 것으로 보아 과거에 그 운동화를 신었던 아이는 벌써 자라서 친구들과 놀러 갔을지도 모른다. 머릿속에서 낙관적인 가능성이 저절로 잇따라 떠올랐다.

이상한 생각 말라며 자기합리화를 했다.

'202호가 쓰레기 집이라는 사실은 나와 아무 관계 없어. 내 목적은 문제의 소리가 어디서 나는지 찾는 것이고 그 여자가 폭행당하는 모습은 보지 못했어. 도움을 요청하는 소리는 분명 아이의 목소리는 아니었다. 202호에 무슨 문제가 있더라도 그래, 나와는 관계 없어.'

곧바로 자리에서 일어나 화장실로 가서 세수했다. 결국 원하는 것은 찾지 못했다. 학대의 기운이 느껴지는 집도 폭력의 냄새가 나는 사람도 없었다. 아니면 역시 비밀은 현관에서 보이지 않는 곳에 도사리고 있는 걸까. 범죄가 밝혀졌을 때 많은 사람은 말한다. 그렇게는 안 보였다고.

사실은 그대로 침대에 기어들어가고 싶었지만 조금만 더 버티자며 마음을 다잡았다. 어머니가 각종 서류를 보관하는 서랍장을 뒤져 아파트 임대 계약 서류를 꺼내 관리회사에 전화를 걸었다. 통화 버튼을 누르기까지 용기가 필요했지만 남의 집 현관문을 두드리는 일보다는 쉬웠다.

하지만 능숙하게 전화를 받는 상대방의 목소리를 듣자마자 후회했다. 남자는 분명 일주일 전에도 일 년 전에도 오늘처럼 출근해서 자리에 앉아 있었을 것이다. 그리고 아마 내일도 마찬가지이리라. 부러움, 주눅, 시기심, 자괴감 등 여러 감정이 어지러이 뒤섞여 가슴을 짓눌렀다. 준비했던 말이 나오지 않았다.

―여보세요?

그 소리에 애써 입을 열어 아파트 이름과 거주자라는 사실을 밝혔다. 집 호수와 이름은 말하지 않았다.

"목소리가, 이상한 목소리가 들려서요. 여자 목소리인데 살려달라고, 계속. 사람을 때리는 것 같은 소리도 들리고."

―아, 네.

웃음기 섞인 대답이었다. 수화기를 턱과 어깨 사이에 끼우고 벌써 다른 업무를 하려는 기색이 뚜렷하게 느껴졌다. 무의식중에 전화를 끊을 뻔했지만 간신히 참았다.

"뭔가 짚이는 게……."

―다른 입주자들에게 그런 말은 못 들었습니다.

"꼭 목소리가 아니더라도……."

―글쎄요, 없습니다. ……아, 잠시만요.

딱 잘라 말하던 남자 직원은 갑자기 무언가 떠오른 듯했다.

―댁이 몇 호인가요?

"……왜 그러시죠?"

―생각해 보니 전에 무슨 소리가 나서 거슬린다며 나간 분이 있거든요. 오래된 목조건물이라서 어느 정도 그럴 수는 있

어요. 때리는 소리가 났다거나 살려달라는 소리가 들렸다거나 그런 불길한 말을 한 건 아니지만.

"그게 몇 호였나요?"

―으음, 분명 102…….

끝까지 듣지 않고 전화를 끊었다. 휴대폰을 세게 누르고 있던 탓에 둔통이 느껴지는 귀에 요란하게 뛰는 심장 소리가 울렸다.

102호. 바로 이 집이었다. 전에 살던 사람도 소리에 시달렸다니 도대체 어떻게 된 일일까? 역시 건물 구조의 문제일까? 아니면 이 집에 불길한 사연이라도 있는 걸까? 초자연 현상이 일어나는. 아니, 그보다는 예전부터 조금씩 의심한 대로 자신이 미쳤다고 생각하는 편이 더 설득력이 있었다.

탁…… 탁…… 퍽…….

시작됐다. 그 소리가, 그 목소리가 또다시 들렸다.

살려줘…….

가즈히로는 머리를 감싸 안았다. 시간을 가리지 않고 이렇게나 또렷하게 들리는 이유는 머릿속에서 만들어낸 소리이기 때문일까.

이 머리. 이 머리.

머리를 쥐어뜯으며 두 주먹으로 마구 때렸다.

쾅, 쾅, 쾅, 쾅, 쾅.

자신을 괴롭히는 소리보다 훨씬 빠른 박자로 여러 번. 두 소리가 불협화음으로 뒤엉켜 머리가 어지럽고 불쾌했다. 현실과 망상의 경계가 모호해졌다. 끝내 정신이 이상해졌다.

비틀비틀 걸어가 식탁 의자를 방 구석으로 옮겼다. 자를 들고 의자 위로 올라서서 천장에 붙은 퍼티를 떼어냈다. 한동안 관심이 식었던 작업을 왜 이제 와 다시 시작하는지 모르겠다. 퍼티를 떼어내는 스스로가 마치 몽유병 환자처럼 느껴졌다. 무슨 행동이라도 좋으니 그저 몸을 움직이고 싶은 심정일지도 몰랐다.

그 소리가 들렸다. 그 목소리가 들렸다.

머리는 비웠지만 몸은 필사적으로 움직여 퍼티를 떼어냈다. 퍼티 안에 붙여 놓은 종잇조각이 조금 더, 조금만 더……, 떨어졌다!

바닥으로 떨어진 종이를 따라 구르듯 의자에서 내려왔다. 다다미를 허둥지둥 기어가 종이를 주웠다. 종이는 가느다랗게 접혀 있었고 생각보다 두꺼웠다.

이게 도대체 뭐지?

알고 싶어서 안달이 난 마음과 달리 파르르 떨려서 뜻대로 움직이지 않는 굵은 손가락 때문에 답답했다.

마침내 종이를 겨우 펼친 가즈히로는 눈을 의심했다.

백지였다.

아무것도 적혀 있지 않았다. 무언가가 싸여 있지도 않았다. 그야말로 평범한 흰 종이였다.

부릅뜬 두 눈에서 눈물이 왈칵 쏟아졌다. 그제야 비로소 자신이 이 종이에 기대를 걸고 있었다는 사실을 깨달았다. 어떤 기대였는지는 모르겠지만.

소리가 들린다.

눈물이 흐르면서도 메마른 웃음이 새어 나왔다.

백지였다.

아무것도 없었다.

"가즈히로! 가즈히로!"

어머니가 가즈히로를 부르며 방문을 두드리는 소리에 잠에서 깼다.

그 영상이 세상에 공개된 후에도 간신히 사회와 접점을 유지하고 지낼 때 병원에서 처방받아 놓은 신경안정제를 먹고 잠든 상태였다. 약효가 약해서 최근에는 먹지 않았지만 이번에는 피곤했던 탓인지 효력이 제대로 들었던 모양이다. 약 기운이 돌자 새카만 물속 저 밑바닥으로 잠겨 들었다. 아무것도 보이지 않고 들리지 않는 그곳에서는 마음이 평온했다. 그런데 갑자기 누군가가 목덜미를 낚아채 물 밖으로 거칠게 끌어

올렸다.

어머니의 모습이 심상치 않았다. 머리가 무거워 베개를 베고 누운 채 멍하니 현실을 인지했을 때 문이 열렸다.

"일어나. 불이 났어, 빨리 대피해야 해!"

불. 그 소리에 벌떡 일어났다. 그런데 우리 집에 불이 난 것은 아닌 듯했다.

"빨리. 엄마도 귀중품을 챙겨서 바로 나갈 테니까."

형광등 불빛 아래로 어머니의 실루엣이 흔들거렸다. 역광 때문에 얼굴은 잘 보이지 않았다.

"……어디?"

"아파트 2층이래."

"그게 아니라 귀중품."

"아."

어머니가 당황스러운 목소리를 흘렸다.

"엄마 방 장롱 맨 위에……."

다다미에 떨어져 있던 무언가를 밟았다. 갈기갈기 찢어진 그 종잇조각이었다.

"가즈히로?"

그 목소리를 무시한 채 어머니의 방으로 향했다. 이불과 장롱만으로 꽉 찬 약 2.5평짜리 방. 침대도 화장대도 책상도 전부 이사할 때 처분했다. 예전에 자주 읽던 책도 이곳에는 한 권도 없었다.

"엄마가 할 테니까 넌 당장……."

"엄마야말로 빨리 나가."

어머니가 뒤따라왔지만 거들떠보지도 않고 서랍을 열었다. 옷가지 밑에서 통장과 도장이 든 주머니를 꺼낸 뒤 문간에서 불안한 기색으로 지켜보는 어머니의 등을 떠밀다시피 재촉하며 현관으로 향했다.

어머니가 문을 열자마자 매캐한 연기가 밀려들어서 순간 입과 코를 막고 밖으로 뛰쳐나갔다. 먼저 대피한 주민들이 아파트 앞 도로에 서서 2층을 올려다보고 있었다. 104호에 사는 유학생들. 103호에 사는 사업가. 203호에 사는 만화가는 두 손 가득 종이 뭉치를 안고 있었다. 아이가 셋 있는 일가족은 105호 거주자이리라. 204호는 아마 고양이가 여덟 마리, 아니 아홉 마리였던가. 고양이 주인이 어디 있는지 찾는데 201호 커플의 부축을 받으며 계단을 내려오고 있었다. 101호 부부도 함께 나왔다. 대부분 잠옷 차림이었다. 가즈히로만 낮에 입었던 후드티와 청바지 차림 그대로였다.

어디서 불이 났는지 한눈에 알 수 있었다.

202호.

깨진 창문으로 불길이 치솟은 202호는 섬뜩한 검은 연기에 휩싸였다. 다행히 바람이 불지 않아서 아직 옆집으로 번지지는 않았지만 불길은 점점 거세지기만 했다. 곧 집 한 채를 통째로 집어삼킬 기세였다.

불길의 원인이 쓰레기라는 것을 가즈히로는 알았다. 집에 가득 쌓여 있던 쓰레기가 연료가 된 셈이었다.

"저 집 사람은요?"

누군가의 목소리에 심장이 오그라들었다.

그러고 보니 그 여자가 보이지 않았다.

"집에 없을걸요. 보통 저녁에 나갔다가 새벽에 들어오는 것 같던데. 아아 정말, 소방차는 아직인가? 작업 도구도 거의 다 집에 놔뒀는데."

203호 거주자가 넋이 나간 모습으로 불길을 주시하며 대답했다.

"나도."

103호 사업가도 울먹이는 목소리로 말했다.

"다들 무사해서 다행이에요. 불행 중 다행이야."

고양이를 품에 안은 노인이 모두를 위로하듯 말했다.

가즈히로는 그 얼굴들을 응시했다. 만화가의, 사업가의, 아파트에 거주하는 모든 주민의 얼굴을 하나하나 확인했다. 손발이 얼음장같이 차갑고 심장이 아플 정도로 뛰었다.

설마 아무도 모르나? 202호에 아이가 있을지도 모른다는 사실을.

쓰레기봉투 밑에 깔려 납작해진 운동화가 떠올라 황급히 머리를 흔들었다. 아동용 운동화가 있었다고 해서 반드시 아이가 있으라는 법은 없다. 105호에 사는 가족이 증명하듯 아이의 목소리와 발소리는 여기저기 울릴 수밖에 없다. 방음이 엉망인 이 낡은 아파트에서 이웃 주민이 그 소리를 전혀 듣지 못했을 리 없고, 외출했다면 그 모습을 보지 못했을 리 없다.

하지만 그런 자신의 옆에서 또 다른 자신이 반박했다. 가즈히로가 202호에 찾아갔을 때 그 여자는 집에 없는 척했고, 현관에서 마주쳤을 때는 몹시 놀라 적의까지 드러내며 자신을 쫓아냈다. 다른 이웃이 집 안을 볼까 봐 지나치게 경계하는 것 같기도 했다. 아이를 방에 가둬 두고 아무 소리도 내지 못하게 했다면…….

설마, 하고 웃어넘기고 싶었다. 그러나 무시무시한 상상이 머리를 떠나지 않았고 호흡은 점점 가빠졌다.

"가즈히로?"

노인의 말을 곱씹듯 고개를 끄덕이던 어머니가 걱정스러운 듯 아들을 올려다봤다.

가즈히로는 타들어 가는 202호를 바라봤다. 머릿속에서 지우고 지워도 끊임없이 떠오르는 쓰레기더미에 짓눌린 분홍색 운동화. 그리고 불길 속에 남겨진 어린 여자아이.

"가즈히로!"

등 뒤에서 어머니가 외치는 소리가 들렸다. 가즈히로는 집으로 뛰어들어가 신경안정제를 게걸스럽게 입에 넣었다.

아이 같은 건 없어. 그런 아이는 존재하지 않아. 아무도 몰라. 모두가 옳다고 하면 당연히 그런 거야. 그래, 나는 미쳐가고 있어.

 별안간 기침이 터져 나와 입 안에 욱여넣은 알약들을 뱉어내고 헐떡이면서 몸을 일으켰다. 그때 형광등 불빛에 비친 천장 구석이 눈에 띄었다. 백지가 붙어 있던 부분에 퍼티 조각이 희미하게 달라붙어 있었다.
 그렁그렁한 눈이 그곳에 자잘하게 난 흠집을 포착했다. 빨려 들어가듯 가까이 다가가 자세히 들여다보니 흠집이 아니라 글자였다.

 미래의 소리

 종이가 그 다섯 글자를 가리고 있었던 듯하다.
 당장은 그 의미를 알 수 없었다. 그러나 잠시 후 깨달음이 머릿속을 강타한 순간 온몸이 떨렸다.

 미래의 소리

 황당무계하다고 생각했지만 왜인지 조금도 의심이 들지 않았다.
 102호에서 미래의 소리가 들린다.
 그 사실을 깨달은 누군가가 글자를 새겨서 남겼다. 집을 수리할 때 글자가 지워질까 봐 잘 보이지 않는 천장 구석에 새긴 뒤 퍼티로 가린 것 아닐까. 천장에 새긴 글자의 홈에 퍼티가 끼어 가려질까 봐 종잇조각을 덧댔으리라.

아니, 그런 건 아무래도 좋았다. 누가 무슨 의도로 글자를 새겼는지 따위는 아무리 고민해도 알 수 없는 문제였다.

핵심은 미래의 소리가 들린다는 사실이었다. 이런 상황에서도 아까부터 계속 그 소리가 들렸다. 그동안 줄곧 사람을 때리는 소리 같다고 생각했는데 지금은 화재와 관련된 소리 같았다.

이 방 바로 위에 있는 방에서 뭔가가 불에 타서 떨어진 듯했다. 뚝, 하고 딱딱한 것이 부딪치는 소리가 천장을 울렸다. 유리 깨지는 소리와 파열음, 온갖 소리가 끊이지 않았다.

이 화재 소리가 전부터 들리던 소리라면.

살려줘…….

아이의 목소리일 수도 있다. 성인 여자라고 단정한 것은 오판이었을지도 모른다.

갑자기 지독한 공포에 휩싸여 숨이 멎었다.

쿠구구구궁…….

어둠 속을 달리던 지하철의 굉음이 귓속에서 되살아났다. 사방에서 쏟아지던 비명. 무너져 내리던 여자. 피에 젖어 번뜩이던 칼.

도망쳐야 한다는 생각뿐이었다. 도망치지 않으면 다음 표적은 나다. 칼에 찔려 죽고 만다.

어머니의 얼굴이 떠올랐다. 홀몸으로 아들을 키운 어머니. 어머니는 처자식을 버리고 집을 나간 아버지 이야기를 전혀 하지 않았다. 다만 가즈히로가 외출할 때 "다녀오렴"이라는 인사 뒤에 꼭 "무사히 돌아와"라는 말을 세트처럼 붙였다. 어려서는 깊이 생각하지 않았는데 어른이 된 후 돌이켜 보니 어머니는 '돌아오라'라는 말에 진심을 담지 않았을까 하는 생각이 들었다. 직접 물은 적은 없지만.

만약 자신이 집으로 돌아오지 않으면 어머니는 홀로 남겨진다.

어머니를 생각하면 결코 죽을 수 없다. 어떻게든 도망쳐야 한다.

그래. 그때 나를 움직인 힘은 공포보다 더 강한 그 일념이었다.

비난 세례를 맞고 무너져내린 가즈히로에게 살아줘서 다행이라고 어머니는 끊임없이 말했다.

지금 상황도 똑같았다. 설령 남을 돕기 위한 것이라고 해도 어머니는 가즈히로가 위험을 무릅쓰기를 원하지 않으리라. 훌륭한 사람이 되지 않아도 좋으니 집으로 건강하게 무사히 돌아오기만 하라고, 살아 돌아오라고 말하겠지.

하지만.

"미안, 엄마."

도움이 필요한 아이가 있을지도 모른다. 그 사실을 아는 사람은 가즈히로뿐이다. 자신만이 그 아이를 구할 수 있다.

목욕탕으로 들어가 옷을 입은 채로 샤워기를 틀어 온몸을 적셨다. 그리고 그대로 집을 나와 어머니 쪽은 보지 않으려고 애쓰며 계단을 뛰어올랐다.

202호 주변은 손에 잡힐 정도로 짙은 연기가 자욱해 한 치 앞도 보기 힘들었다. 코와 목이 따갑고 눈물이 맺혔다. 깨진 유리창 파편을 밟았는지 신발 밑에서 짤그락거리는 소리가 났다. 치솟는 불길과 열기에 얼굴이 타는 듯 뜨거웠고 공포가 솟구쳤다. '사실 아이는 없는 것 아닐까'라고 속삭이는 목소리가 머릿속 한구석에 울렸다. 아이의 존재를 아는 사람이 없으니 이번에는 모르는 척해도 비난받지 않는다…….

가즈히로는 두 손으로 뺨을 때린 뒤 옆집인 201호로 달려갔다. 현관문 손잡이를 잡았다가 뜨거운 온도에 놀라 손을 떼고는 젖은 스웨터 소매로 손을 감싼 뒤 다시 잡았다. 집에 있던 주민이 황급히 대피해서인지 현관문은 잠겨 있지 않았다. 크게 숨을 들이마신 후 안으로 뛰어 들어가 실내를 가로질러 단번에 베란다로 나갔다. 그러고는 베란다 벽을 발로 걷어차 옆집으로 이어지는 통로를 만들어 202호로 넘어갔다.

베란다 창문은 깨지지 않았다. 두꺼운 커튼이 쳐져 있어서 집 안이 전혀 보이지 않았지만 현관보다는 불길이 약한 것 같앉다. 잠겨 있는 창문을 아무리 두드리고 흔들고 소리쳐도 안에서는 아무런 반응이 없었다.

가즈히로는 201호로 돌아가서 집 안을 가로지를 때 눈여겨본 다리미를 들고 왔다. 혼신의 힘을 다해 창문을 내리쳤지만 유리는 파르르 떨리기만 했다. 다시 한번 내리치자 더는 버티지 못하고 창문이 깨졌다.

커튼을 걷자마자 집에 쌓여 있던 쓰레기봉투더미가 눈사태를 일으키듯 우르르 무너져내렸다. 이 집은 원룸인지 가즈히로가 사는 집과는 구조가 달랐다. 공기가 유입되면서 실내에서 일렁이던 불길이 삽시간에 거세졌다. 불길은 거대하고 흉포한 생물처럼 꿈틀대면서 탐욕스럽게 쓰레기를 먹어 치우며 점점 베란다 쪽으로 다가왔다.

망설이지 않았다. 무언가를 느끼기도 전에 몸이 먼저 움직였다. 고개를 돌려 숨을 크게 들이마신 뒤 코와 입을 가리고 안으로 뛰어들었다. 쓰레기를 헤치면서 불꽃이 으르렁거리는 소리에 지지 않으려고 소리를 질렀다.

"어디 있니! 구하러 왔어!"

아이의 이름을 몰라서 답답했다.

대답은 없었다. 온몸이 불덩이가 된 것이 아닐까 싶을 정도로 후끈거리고 눈과 코와 목이 따끔거렸다. 불똥이 사방으로 튀며 머리와 피부에 내려앉았다. 이상하게 통증은 느껴지지 않았다. 마음을 갉아먹던 두려움도, 사실 아이는 없는 것 아닐까 하는 의심도 흔적 없이 사라졌다.

"구하러 왔다고! 누구 없어요?"

맨 처음 시야에 들어온 것은 다리였다. 하늘색 바지에 감싸인 가느다란 두 다리가 바닥에 널브러져 있었다. 아이는 엎드린 자세로 쓰레기에 반쯤 파묻혀 있었다.

있다!

정신없이 달려가 쓰레기봉투를 치웠다.

어린 여자아이였다. 네댓 살쯤 됐을까? 아이는 깡마르고 창백한 옆얼굴을 드러낸 채 눈을 감고 있었다. 외상은 보이지 않았지만 몸을 흔들며 말을 걸어도 꿈쩍하지 않았다.

가즈히로가 치운 쓰레기봉투 중 하나에 불이 붙어 메케한 냄새를 풍기며 녹아내렸다. 베란다 커튼도 자락부터 타올라갔다. 시간이 얼마 지나지 않았는데도 불길에 포위될 위기에 처했다.

머리도 어지러웠다.

살려줘…….

필사적으로 애원하던 목소리가 떠올랐다.

여자아이를 추슬러 일으켜 몸으로 감싸 안았다. 큰 덩치가 이런 상황에서 크게 도움이 됐다.

반드시 구할 거야. 이 아이도, 그리고 나도.

무사히 돌아갈게, 엄마.

마음속으로 다짐하고는 발을 내디뎠다.

어린 시절 어머니와 보낸 시간은 많지 않았다. 어머니는 풀타임으로 일했기 때문에 평일에는 가즈히로 스스로 자신을 돌봐야 했고 휴일에도 어머니는 종일 밀린 집안일에 시달렸다. 식탁에는 사온 반찬과 냉동식품이 자주 올랐다. 가즈히로가 축구 시합 멤버에서 탈락해 울었던 일도 어머니는 모를 것이다.

그래도 외롭다는 생각은 그다지 들지 않았다. 참관 수업 시작 시간에 맞춰 쫓기듯 참석한 정장 차림의 어머니가 은근히 자랑스러웠다. 어머니가 가즈히로의 축구팀에 충분히 지원하지 않는다며 사람들이 비난할 때는 화가 났다.

몽롱한 와중에 그런 추억들이 떠올랐다. 눈을 뜨니 눈물로 젖은 어머니의 얼굴이 바로 앞에 있었다.

침대에 누워 있는 가즈히로는 하얀 천장과 독특한 냄새로 이곳이 병원이라는 사실을 알아차렸다.

"……그 아이는?"

목소리가 잘 나오지 않아서 억지로 쥐어짰더니 목이 몹시 아팠다. 손으로 목을 만지는데 목과 손에도 붕대가 감겨 있었다.

"무사해."

어머니의 대답에 마음이 놓여 온몸을 옥죄던 긴장이 사라졌다.

"정신을 잃었지만 이미 다 회복했고 화상도 거의 입지 않았대. 네 덕분이라고 아이 엄마가 울면서 고마워했어. 예전에 시끄럽다며 우리 집에 찾아온 사람이 아이 엄마였더라고. 다시 한번 감사 인사를 하러 온대."

그 여자가 그런 말을 하는 모습은 상상이 가지 않았지만 딸이 무사해서 고마워한다는 말은 사실 같았다.

"그 아이 일곱 살이래."

어머니가 코를 훌쩍이며 툭 내뱉은 말에 놀랐다. 네댓 살 정도 되는 줄 알았는데. 보통 아이들의 몸무게가 어느 정도 되는지는 모르지만 안아 들었을 때 매우 가볍다고 느꼈다. 무엇보다 일곱 살이면 초등학교에 다닐 나이 아닌가.

학교에 다니지도 못한 채 쓰레기가 가득한 방에 홀로 갇혀 있던 여자아이.

어떤 사정이 있는지는 모르지만 용서할 수 없는 짓이라고 생각했다.

그런데.

"엄마 혼자 아이를 키우니까 많이 힘들 거야."

가즈히로가 천장을 바라보며 중얼거렸다. 고성을 지르거나 신음하지 않는 자신의 목소리를 들으면서 '이곳은 조용하구나' 하는 생각이 문득 들었다.

잠시 침묵한 어머니가 코를 크게 훌쩍였다.

"주변 사람이나 관공서의 도움을 많이 받으라고 말해줬어. 우리도 그렇게 살았다고."

슬픔과 눈물에 잠긴 목소리였지만 한편으로는 웃음도 섞여 있었다. 어머니의 밝은 목소리는 오랜만에 듣는 것 같았다. 머리맡에 있던 휴지를 집어 어머니에게 내미는데 온몸이 욱신거렸다.
"그런데 그 집에 아이가 있다는 걸 어떻게 알았어? 아무도 몰랐는데."
"목소리를 들었어. 살려달라고."
미래의 소리에 대해 솔직히 말해도 믿기 힘들 것이다. 큰 화상을 입고 기절까지 했으니 혹시 머리를 다친 것 아니냐며 걱정할 수도 있다.
그런데 그 말에 어머니가 코를 풀던 손을 내리고 의아한 표정을 지었다.
"그럴 리 없는데. 그 아이는 말을 못 하거든."

10월의 쾌청한 푸른 하늘에 기운찬 목소리가 울려 퍼졌다. 유니폼을 갖춰 입은 건장한 남자들이 차례차례 짐을 옮겼다. 애초에 살림살이가 많지도 않았던 102호는 순식간에 텅 비었다.
"막상 떠나려니 조금 서운하기도 하네."
마지막 청소를 하던 어머니가 혼잣말처럼 중얼거렸다.
가즈히로는 부엌 바닥을 닦으면서 그곳에 난 수많은 흠집을 하나하나 눈으로 덧그렸다. 짜증이 솟구쳐 식기를 내던졌을 때의 일은 잊고 싶은 기억이지만 여전히 생생했다. 잊어서는 안 된다는 생각도 들었다.

부엌 바닥을 다 닦고 자신의 방으로 들어가 천장 구석을 올려다봤다. 그곳에 새겨진 글자는 다시 하얀 종이와 퍼티로 가려졌다. 어제 마지막 밤을 보내며 가즈히로가 다시 가려 놓은 것이다.

미래의 소리.

이 방에서 미래의 소리가 들린다는 것을 가즈히로는 지금도 믿는다. 하지만 목소리의 주인이라고 생각해 가즈히로가 구한 소녀는 말을 하지 못한다.

그렇다면 살려달라고 애원하던 목소리는 누구의 것이었을까.

화재가 난 날 이후로는 소리가 전혀 들리지 않았다. 가즈히로는 건강을 회복한 뒤 구직활동을 시작했고 마침내 여름에 작은 식품회사에 취직했다. 어머니도 마구잡이로 일하던 파트타임을 그만두고 다시 자격증을 살린 일을 하고 싶다며 일자리를 찾고 있다.

"가즈히로, 이만 갈까?"

어머니의 재촉에 얼마 되지 않는 짐을 들고 아파트를 나왔다. 비록 날림으로 지은 낡은 건물이지만 202호도 말끔히 수리되어 있었다. 그 모녀는 더 이상 이곳에 살지 않지만 떠나기 전에 가즈히로를 찾아왔다. 고개를 깊이 숙이며 인사한 여자는 얼굴과 차림새 모두 예전과 같았지만 왠지 다른 사람처럼 보였다.

여자가 지하철 사건을 눈치챈 듯하다는 짐작은 자신의 착각이나 피해망상은 아니었을까. 지금에 와서는 그다지 중요한 일도 아니지만 그런 생각이 들었다.

도로로 나가자마자 소형견을 산책시키는 사람과 마주쳤다. 개가 날카롭게 짖는 소리에 놀란 어머니가 그보다 더 큰 소리로 비명을 질러 개 주인을 머쓱하게 했다. 개를 몹시 무서워하는 어머니가 평소에 내지 않던 소리를 낸 것이었다.

그 비명을 듣는 순간 가즈히로는 눈을 부릅뜨고 그 자리에 못 박힌 듯 멈춰 섰다.

살려줘.

더는 들리지 않던 오래된 그 목소리가 떠올랐다.

아닐 수도 있다. 하지만 만약 그렇다면 이해가 갔다.

그것은 역시 미래의 소리였다. 가즈히로의 스트레스가 극에 달할 때면 으레 그 소리가 들렸다. 그럴 때마다 가즈히로는 어머니에게 폭력적으로 행동했다. 고함을 지르고 욕하고 벽을 마구 때리고 손을 세차게 뿌리치고 식기를 깨뜨렸다. 그렇게 시간이 흘러 상황이 더 심각해졌다면 언젠가는 분명 어머니에게 손찌검했을 터다.

사람을 때리는 소리와 도움을 요청하는 목소리. 어쩌면 자신과 어머니에게 닥칠 수도 있던 미래.

개 짖는 소리가 점점 멀어지자 가즈히로는 주먹을 불끈 쥐었다. 어머니는 아들의 변화를 눈치채지 못한 듯 멋쩍게 웃었다.

가즈히로는 역을 향해 걷기 시작한 어머니의 가방을 빼앗아 들었다.

"괜찮아, 엄마가 들게."

"됐어. 내가 들게."

이 손은 폭력을 휘두르는 손이 아니다. 누군가를 돕는 손이 되고 싶다.

"가자."

정면에서 태양이 비췄다. 새 보금자리는 분명 희망과 온기가 가득한 곳이리라는 예감이 들었다.

02 물의 향기

이상한 소리를 한다고 생각했다.
하지만 그때는 깊이 생각하지 않고 흘려들었다.
"썩은 물 냄새가 나."

가위바위보를 외치는 소리에 아유무가 가위를 냈다. 손을 내기 전부터 가위 모양을 만들고 있었기 때문에 모를 수 없었다. 두 번은 져 줬으니 세 번째 승리는 고타로가 가져갔다. 아이 특유의 새된 목소리가 일요일 아침부터 식탁 위에 울려 퍼졌다.
"자, 주먹밥 먹어."
"안 먹어."
"지면 먹기로 했잖아. 주먹밥 말고 빵이나 달걀이나 바나

나도 괜찮으니까 얼른 먹어."

"싫어!"

큰마음 먹고 단독주택을 샀을 때 부모님이 선물해 주신 원목 식탁에는 입이 짧은 큰아들에게 어떻게든 아침을 먹이려고 한바탕 전쟁을 치른 흔적이 남아 있었다. 가위바위보를 해서 지면 밥을 먹겠다는 아유무의 말에 황당했지만 게임이라도 해서 흥미를 끌어보자는 심정으로 승낙했다. 하지만 가위바위보를 즐기기만 하는 아유무 때문에 그 고육지책은 통하지 않았다.

"아유무가 후리카케 주먹밥 먹고 싶다고 해서 엄마가 만들어 줬잖아. 안 먹으면 엄마가 속상하지."

아유무가 걱정스러운 표정을 지으며 옆에 앉아 있는 어머니를 올려다봤다. 지호는 깜짝 놀란 척하며 두 손으로 눈을 가리고 우는 흉내를 냈다. 지호 본인도 자신 있을 만큼 제법 실감 나는 연기였다.

"이거 봐, 엄마 울잖아. 어떡할 거야."

작은 손으로 주먹밥을 잡는 아들을 보고 지호와 고타로는 슬며시 눈빛을 주고받았다. 지호의 입가에 감도는 미소를 본 고타로는 내심 안심했다.

지호는 요즘 기운이 없었다. 우울해 보였고 멍하니 보내는 시간이 많았다. 지금도 몸은 이곳에 있지만 마음은 다른 곳에 있는 것 같았다.

"아유무, 대단한데? 엄마 배 속에 있는 동생도 역시 우리 오빠, 아니면 우리 형 최고라고 생각할 거야."

"내가 오빠나 형이 돼요?"

"그래."

지호 앞에 놓인, 그녀가 좋아하는 터키 식기에는 손도 대지 않은 요거트가 고스란히 남아 있었다. 요거트가 태아에게 좋다는 말에 아유무를 임신했을 때도 열심히 챙겨 먹었는데 요즘은 요거트를 목구멍으로 넘기기도 힘든 듯했다.

임신 중에는 컨디션이 들쭉날쭉하고 마음이 불안정해진다고들 하지만 순전히 그 때문만은 아닐 것이다.

지호는 그 사건을 겪은 뒤 변했다.

지난달 20일에 발생한 지하철 S선 무차별 칼부림 사건.

철로를 달리던 지하철에서 한 남자가 칼을 휘둘러 승객 한 명이 사망하고 여러 명이 다친 사건이었다. 지호는 피해자 중 한 명이었다. 어쩌다 보니 일 때문에 평소보다 퇴근이 늦어져 우연히 그 전철의 그 칸에 탔고 범인 옆자리에 앉아 있었다는 이유로 가장 먼저 공격당했다.

천만다행으로 가벼운 부상에 그쳐 고타로가 연락받았을 때는 이미 치료를 받고 경찰 조사도 마친 뒤 집에 돌아온 상태였다. 하필 출장 중이었던 고타로와 연락이 닿지 않아 친구의 도움을 받았다고 했다. 아유무가 다니는 어린이집에서도 갑작스러운 보육 시간 연장 요청을 흔쾌히 받아줘서 다행이었다.

배 속 아이는? 아이도 무사해? 하고 고타로는 물었다.

그때 지호는 임신 8주차였다.

응…….

수화기 너머에서 들려온 작은 목소리를 들은 순간 어찌나 마음이 놓이던지. 집으로 달려가자마자 지호를 끌어안고 아직 불룩하지 않은 배를 어루만졌다. 범인을 향한 분노가 치밀었지만 아내와 아이가 모두 무사하다는 사실이 무엇보다 기뻤다.

다행이라는 말을 반복하는 고타로를 지호는 복잡한 얼굴로 바라봤다. 나중에야 깨달았는데 지호는 줄곧 사망한 노인 피해자 때문에 마음이 무거웠다. 피해 노인은 무카이 마사미치라는 일흔 살 노인이었다. 지호는 무카이가 범인에게 맞서는 장면과 칼에 찔려 사망하는 장면을 바로 앞에서 목격했다. 그의 희생으로 지호와 배 속의 아이가 목숨을 구한 셈이었다.

지호가 손도 대지 않은 요거트를 싱크대에 버렸다. 그녀가 원해서 만든 개방형 부엌이지만 최근에는 남편과 아들에게 침울한 얼굴을 보이지 않으려고 늘 고개를 숙이고 있었다. 결혼 전부터 지금까지 지호를 안 세월은 십 년이 다 되어가지만 이렇게 어두운 모습은 처음이었다.

고타로도 자리에서 일어나 식탁을 정리했다.

"다음 주에 갈까? 무카이 씨네."

무카이 마사미치의 장례는 가족끼리 치렀기 때문에 고타로와 지호는 참석하지 못했다. 지호는 최소한 향이라도 올리고 싶어 했지만 심신의 안정을 찾고 나서 방문하자며 고타로가 말렸다. 그래도 한 번은 제대로 고인을 참배해서 마음의 빚을 더는 편이 나을지도 모른다고 생각했다.

  잠시 침묵하던 지호가 굳은 얼굴로 고개를 들었다.
  "같이 갈래?"
  "당연하지."
  "다음 주 언제 갈까?"
  "토요일이나 일요일."
  두 사람 모두 주말에는 출근하지 않는다.
  "어린이집 쉬는 날이잖아."
  "아유무도 데리고 가면 되지. 어르신 덕분에 이 아이가 어머니와 형제를 잃지 않았다고 말씀드릴 수 있잖아."
  자신의 이름을 들은 아유무가 고타로와 지호를 돌아봤다. 입가에 묻은 밥풀을 떼어주면서 "맛있어?"라고 물었더니 "맛있어!"라고 천진한 목소리로 대답했다.
  "내가 가도 괜찮을까?"
  지호는 다시 고개를 숙였다.
  "여러 번 말했지만 당신 잘못 아니야. 유족도 당신이 무사해서 다행이라고 생각한다고 경찰이 말했잖아. 주소도 알려줬고."

"응……. 하지만 역시 아유무는 데리고 가지 말까?"
"알았어. 아유무를 봐주실 수 있는지 부모님께 여쭤볼게."
어쨌든 지금은 지호의 안정이 가장 중요하다.
"고마워. ……있잖아 나, 당신한테 할 말이 있는데…….'
앗. 고타로가 크게 탄식했다. 아유무가 컵에 든 주스를 쏟은 것이다.
"아아, 아이고, 이런."
서둘러 달려가 컵을 세웠지만 식탁과 아유무의 옷이 주스에 젖고 말았다. 아유무는 무슨 일이 일어났는지 모르는 듯 눈을 동그랗게 떴다.
자리를 정리하고 옷을 갈아입힌다고 분주하게 움직이는 사이에 지호가 하려던 말은 어디론가 사라져버렸다. 나중에 문득 떠올라서 무슨 말을 하려고 했느냐 물었지만 잊어버렸다는 대답만 돌아왔다. 자주 있는 일이었기에 고타로는 마음에 두지 않았다.

일주일 후인 일요일, 고타로의 부모님에게 아유무를 맡기고 부부 둘이서 무카이의 집을 방문했다. 1월 중순을 지나고 있지만 오래된 주택가에는 아직 설 분위기가 남아 있었다. 활기가 부족하고 한적해서 젊은 가족들이 주로 거주하는 고타로의 동네와는 시간의 흐름부터 다른 것 같았다.
옆에서 걷던 지호가 빠르게 뛰는 심장을 진정시키듯 검은

코트의 앞섶을 움켜쥐었다.

"무리하지 마. 힘들면 지금이라도 돌아갈까?"

"괜찮아. ……저기, 여보."

"응?"

"……아무것도 아니야."

지호는 몹시 예민해 보였다. 고타로도 아내만큼은 아니지만 긴장해서 추운 줄도 몰랐다.

무카이 마사미치는 독거노인이었다고 하는데 그가 생전에 살던 아파트에 이제는 마사미치의 누나인 시즈코가 산다.

"추운 날씨에 찾아와줘서 고마워요."

무카이 마사미치가 일흔 살이었으니 시즈코도 그와 비슷한 연배이리라. 미닫이 현관문을 여는 손에 주름과 혈관이 눈에 띄었지만 등은 꼿꼿했다. 과거에 보수적인 직업에 종사하지 않았을까 짐작되는 말투였다. 고타로와 지호에게 앙금이 없는 듯한 시즈코를 보고는 안심했다.

깨끗이 쓸고 닦고 정돈한 현관에는 고케시*가 장식되어 있었다. 고타로 스스로 마음의 빚을 느끼기 때문인지 마치 시즈코가 자신들을 지그시 바라보는 것 같아서 마음이 불편했다. '내가 그런 생각을 하면 안 돼'라며 고타로는 마음을 다잡

---

* 일본 도호쿠지방의 특산품인 전통 목각인형.

았다. 무카이 마사미치가 불행한 일을 당한 것이 안타까웠고 한편으로 깊이 감사했지만, 지호가 자책하는 것은 다른 문제였다.

고타로가 신발을 벗고 먼저 들어갔고 지호가 뒤를 따랐다. 시즈코의 안내에 따라 복도를 걷는데 옆에 있는 맹장지 문 너머에서 돌연 개 짖는 소리가 났다. 집 안이 조용했던 만큼 화들짝 놀라 저도 모르게 움츠러들었다. 시즈코가 개를 진정시키려고 달랬지만 개는 멈추지 않고 내장까지 뱉어낼 것처럼 격하고 요란하게 짖었다.

"미안해요, 평소에는 얌전한데."

지호는 꼼짝도 못하고 서 있었다. 안색이 나빴다. 고타로는 지호를 재촉해 맹장지 문 앞을 지나갔지만 개 짖는 소리는 끝없이 따라왔다. 케이지에 몸을 부딪치는 듯한 격렬한 소리도 들렸다.

"이상하네, 왜 그러지."

시즈코는 연신 뒤돌아보며 고타로와 지호를 불단으로 안내했다. 고인의 불단은 마당을 마주하고 있었는데 꽃이 지고 앙상하게 가지만 남은 수국 나무의 실루엣이 유리창 너머로 보였다.

커다란 불단에는 생생한 국화와 교복을 입은 청년의 사진이 놓여 있었다. 꽤 오래전 사진인지 흐릿해 보였다.

"여기가……?"

"동생의 불단이에요. 영정으로 쓸 사진을 찾았지만 이런 옛날 사진밖에 없어서."

영정사진을 보고 사건 당시의 모습을 상상하기는 어려웠지만 이를 드러내며 웃는 얼굴은 쾌활하고 선해 보였다. 이런 사람이 억울하게 목숨을 잃었다고 생각하니 가슴이 아팠다.

"실례하겠습니다."

보라색 방석에 바른 자세로 앉은 고타로는 종을 울리고 향을 피워 올린 뒤 합장했다. 뒤이어 불단 앞에 앉은 지호는 두 손을 모은 채 한동안 자리에서 움직이지 않았다. 입술을 꽉 다물고 울음을 참는 듯했다.

시즈코가 차를 내왔다. 고타로가 팔을 만져 신호를 보내자 지호도 비로소 눈을 뜨고 시즈코를 향해 돌아앉았다. 두 사람은 함께 다다미에 손을 얹고 거듭 감사의 말을 전했다.

"방문해 주셔서 저야말로 감사합니다."

답례 인사를 한 시즈코의 시선이 지호의 가방에 달린 임산부 배지에 닿았다. 지하철 사건 때도 달고 있던 배지였다.

"사모님도 아기도 무사해서 다행이에요. 동생도 그렇게 생각할 겁니다."

"정말로 무카이 마사미치님 덕분입니다."

"동생이……."

시즈코가 당혹스러운 기색으로 영정을 바라봤다.

"미안해요. 동생이 그런 의로운 일을 했다는 게 뜻밖이라."

"어떤 분이셨습니까?"

"어떤…… 그러게요, 서로 안 보고 지낸 지 벌써 몇십 년이나 지나서. 창피한 이야기지만 젊었을 적에는 엇나간 면이 있던 아이라 관계가 소원했습니다. 하지만 가까운 가족이 저뿐이고 제대로 공양하지 않으면 망자가 편히 잠들 수 없으니 고인의 넋을 기리고자 했죠."

"죄송합니다."

지호의 이마가 다다미에 닿았다. 그녀의 입에서 나온 말이 감사 인사가 아니라 사과의 말이라는 사실에 가슴이 미어졌다. 고타로도 고개를 숙였다.

"진심입니다. 그만 말씀하셔도 괜찮아요. 노인 한 명의 목숨으로 젊은 생명과 새 생명을 구했으니 이로운 일을 한 셈 아니겠어요?"

곁눈질로 살피니 지호는 새파랗게 질린 얼굴로 눈을 부릅뜬 채 여전히 같은 자세로 소리도 없이 떨고 있었다. 이제 한계였다. 실례일지 몰라도 아내를 더는 이 자리에 둘 수 없었다. 몸도 마음도 정상이 아니었다.

고타로는 이만 돌아가겠다고 정중하게 양해를 구했다. 조심스럽게 지호를 이끌며 복도를 지나는데 또다시 개가 심하게 짖었다.

집을 나와 잠시 걷던 지호가 불쑥 말을 꺼냈다.

"썩은 물 냄새가 나."

"응?"

허공에 대고 아무리 냄새를 맡아도 무슨 냄새가 난다는 말인지 이해할 수 없었다. 근처에 물은 없었고 날씨가 추워서 물이 썩을 만한 환경도 아니었다.

"몸이 안 좋은 거 아니야? 병원 갈까?"

"……괜찮아."

지호는 그 말을 끝으로 아유무를 데리러 갈 때까지 아무 말도 하지 않았다.

나중에 생각하니 무카이 마사미치 씨의 집을 방문한 일은 잘못된 선택이었다. 그야말로 엄청난 실수였다.

그날은 퇴근하고 집으로 돌아와 현관문을 열자마자 불길한 예감이 가슴을 짓눌렀다. 저녁 8시인데도 집이 조용했다. 거실과 부엌의 불빛이 복도로 새어 나왔지만 대화 소리도 텔레비전 소리도 들리지 않았다.

"다녀왔어."

소리를 내며 들어갔더니 아유무가 거실 바닥에서 뒹굴며 그림을 그리고 있었다. 한창 집중했는지 "다녀오셨어요"라고 인사는 했지만 스케치북에서 눈을 떼지 않고 혼자서 중얼거리며 크레파스를 움직였다.

"나 왔어."

부엌을 향해 다시 말했다. 가스레인지 앞에서 멍하니 서 있던 지호가 그 소리를 듣고는 흠칫 몸을 떨며 비로소 고타로의 존재를 인식한 듯했다.

"아…… 왔어?"

지호는 불안해 보이는 얼굴로 이마를 짚으며 아유무를 찾듯 시선을 헤맸다.

식기 건조대에 설거지한 아동용 식기가 놓여 있었고 프라이팬에는 새 기름을 두른 상태였다. 아유무에게 저녁을 먹인 후 고타로의 퇴근 시간에 맞춰 음식을 만들려고 했나 보다. 멍하니 서 있던 시간은 그리 길지 않았을지도 모른다.

"괜찮아?"

의미 없는 질문이라는 사실을 알면서도 물었다.

"괜찮아."

지호는 시선은 맞추지 않고 입만 어색하게 웃으며 대답했다.

이런 대화가 벌써 보름 넘게 이어졌다.

오늘은 그나마 나은 편이었다. 적어도 집에 불을 켜 놓았으니까. 어느 날은 칠흑같이 어두운 침실에서 머리를 감싸 안고 있던 적도 있었다. 또 어느 날은 목욕하다가 비명을 지르며 나체로 뛰쳐나온 적도 있었다. 가위에 눌리는가 하면 자다가 일어나서 무언가를 찾듯 온 집 안의 문이란 문은 다 열고 돌아다니기도 했다.

요리하려던 지호가 별안간 격렬하게 딸꾹질을 토해내더니

거실에서 복도로 이어지는 문으로 황급히 뛰어들 듯 달려가 문을 닫았다. 문을 급히 닫고 나서도 손잡이를 꽉 붙잡은 채 어깨를 들썩이며 거친 숨을 몰아쉬었다.

"미안."

고타로가 평소 습관대로 문을 제대로 닫지 않은 것이다.

지호는 요즘 시도 때도 없이 흠칫흠칫 놀라며 경계하듯 주위를 살피고 귀를 곤두세웠다. 게다가 고타로의 눈에는 보이지 않는 것을 보고 들리지 않는 것을 들으며 비명을 질렀다.

최소한 저녁 식사는 지호와 함께 하고 싶어서 서둘러 귀가하려고 하지만 그 노력이 얼마나 효과가 있는지는 알 수 없었다.

지호는 깜짝 놀라며 고개를 떨구고 문에서 손을 뗐다.

"아니야, 내가 미안해."

"밥은 괜찮으니까 천천히 해."

"피곤하지 않아?"

"응."

고타로는 냄비를 올려놓은 가스레인지에 불을 켜고 냉장고에서 맥주를 꺼낸 뒤 그 자리에서 캔을 따서 한 모금 마셨다.

지호는 고개를 숙인 채 무너져내리듯 소파에 주저앉았다.

"오늘 회사에서 그러더라고. 건강이 안 좋으면 휴직하는 건 어떻겠냐고."

직장에서는 어떤지 모르겠지만 그동안 곁에서 지켜본 바

로는 업무를 정상적으로 수행할 수 없는 상태이리라 짐작이 갔다. 회사도 고심 끝에 완곡히 말했을 것이다.

"그게 좋을지도 모르겠네. 어차피 곧 출산휴가고 그전에 아이에게 무슨 일이라도 생기면 큰일이잖아."

고타로는 애써 담담하게 대답했다. 시선은 냄비에 고정한 채.

"아, 휴직하고 친정에 가서 쉬다 오면 어때? 설에도 얼굴만 뵙고 왔으니까 이번에는 여유롭게. 뭣하면 아유무는 여기 두고 가도 되고."

지호는 말이 없었다.

"그리고 상담도 받아보지 않을래? 생각해 보면 그런 큰일을 당했는데 당연히 PTSD에 시달릴 만해. 사실 우리 회사에도 그런 사람이 여럿 있거든. 업무 스트레스 때문에 전문가에게 상담받는 사람들."

"난 괜찮아."

연약하면서도 단호한 목소리였다.

"그래. 그래도 나한테는 뭐든지 털어놔야 해."

"고마워. 그런데 정말 아무렇지 않아."

강한 척하는 것일까, 진심으로 그렇다고 믿는 것일까, 혹은 그렇다고 믿고 싶은 것일까. 하지만 무엇이 진실이든 현실은 달랐다.

그로부터 불과 며칠 뒤의 일이었다.

고타로가 양치질을 하는데 아유무가 자지러지게 우는 소리가 들렸다. 칫솔을 문 채 달려가자 아유무는 거실 바닥에 쓰러져 있었고 지호는 바로 옆 소파에 있었다. 지호는 굴러떨어지듯 바닥에 주저앉더니 아이를 품에 안고는 애달프게 사과했다.

"미안해, 미안해."

충격이 심한 나머지 한동안 움직일 수 없었다. 상황이 분명한데도 자신의 눈을 믿을 수 없었다.

"아유무가 엄마 기분 풀어주려고 그림 그려줬지? 엄마는 그냥 조금 놀란 거야. 미안해, 아팠지? 엄마가 아유무를 얼마나 사랑하는데."

지호는 열심히 달랬지만 아유무는 새빨개진 얼굴로 계속 울었다. 자신을 밀친 어머니의 손에서 벗어나려고 온몸을 비틀었다.

"아빠!"

아유무가 갈라진 목소리로 소리치며 간신히 몸을 움직였다. 그 순간을 놓치지 않고 고타로가 아유무의 자그마한 몸을 낚아채듯 빼앗아 안아 올리자 아유무가 두 팔을 목에 두르며 매달렸다.

바닥에 떨어져 소파 밑에 반쯤 들어가 있는 도화지가 눈에 들어왔다. 크레파스로 세 사람을 그린 그림이었는데 한가운데에 있는 작은 아이는 아유무, 양옆에 있는 사람은 고타로와 지호 같았다. 아유무는 가족을 그린 이 그림을 어머니에게 주려고 한 것이다.

지호가 머뭇머뭇 올려다봤다. 얼굴이 엉망이었다. 지호도 본인의 행동에 충격과 상처를 받았으리라는 것을 아는 고타로는 마음이 아파서 차마 쳐다볼 수 없었다. 하지만 이대로 더는 두고 볼 수 없었다. 지호와 마주해야 할 시간이었다.

칭얼거리는 아유무를 간신히 재운 후 커플 머그컵을 들고 거실로 돌아갔다. 이렇게 재미있는 디자인을 보면 힘이 날 것이라며 지호가 사온 컵이었다. 사람은 힘이 나지 않아도 힘을 내야 할 때가 있잖아, 라면서.

지호는 바닥에 주저앉아 고개를 떨구고 있다가 컵을 탁자 위에 놓는 작은 소리에 반사적으로 자세를 추슬렀다.

"미안해."

"일단 여기 좀 앉아."

고타로가 소파에 앉은 뒤 옆자리를 두드렸다.

"따뜻한 우유 괜찮아?"

소파로 자리를 옮긴 지호는 고맙다고 대답하면서도 입에 대지는 않았다. 어떻게 이야기를 꺼내야 할까 아유무를 재우며 계속 고민했지만 결국 답이 없다는 사실을 비로소 깨달았다. 고타로는 자신을 위해 내린 커피를 마셨다. 커피가 점점 줄어들며 말 없는 시간만 쌓여갔다.

"저기, 여보. 역시 상담을 받아보자."

마침내 결심했다.

"당신은 괜찮다고 하지만 내가 보기에는 아닌 것 같아. 지금 괴롭잖아. 아유무 생각도 해야지."

"……거 아니야."

지호가 무릎 위에 올려놓은 자신의 깍지 낀 손에 대고 말했기 때문에 잘 들리지 않았다.

"뭐라고?"

"마음의 문제 같은 거 아니야."

손톱이나 치아로 떼어냈는지 크리스마스 디자인이 그대로 남아 있는 네일아트가 너덜너덜 벗겨져 있었다.

"영혼이 보여."

"……영혼?"

순간 의미를 파악할 수 없어서 다소 느리게 반응했다.

영혼이라니, 내가 아는 그 영혼 말인가? 영. 망령. 고스트.

"어떤 걸 비유한 표현이야?"

"아니 말 그대로 영혼이 보인다고."

"영혼이 보인다라……."

어떻게 대답해야 할지 난감해 커피를 마시며 다시 그 공백을 메웠다. 하긴, 그 이유라면 최근 지호가 보인 기이한 행동을 설명할 수 있을지 모른다. 흠칫흠칫 놀라던 모습도, 비명을 지르던 모습도, 아들을 밀친 행동도 모두 영혼을 봤기 때문이라면. 하지만 그렇다면 역시 전문가 상담이나 정신과 진료를 받아야 한다고 생각했다.

"안 믿기지?"

지호는 고타로를 보지 않은 채 그의 속마음을 정확히 꿰뚫었다.

"아니, 그게 그러니까."

"당신 탓하는 거 아냐. 못 믿겠지. 하지만 사실이야."

"거짓말 아니라고 생각해. 어떤 영혼이 보이는 거야?"

지호의 말을 받아들인다는 의미로 영혼이라는 단어를 그대로 사용해 물었지만 그녀는 입을 다물었다.

생각해 보면 어리석은 질문이었다. 지호를 괴롭히는 영혼이라면 한 사람밖에 없다. 무카이 마사미치. 지호는 자신 때문에 그가 목숨을 잃었다는 죄책감에 시달렸다. 무카이의 집에 방문한 것이 역효과를 불러왔을까. 커다랗게 덩치를 키운 죄책감이 영혼이라는 이름의 환각으로 변한 것이 분명했다.

고타로는 지호의 배에 살며시 손을 얹었다. 아직 얼마나 부풀었는지 잘 모르겠다. 아유무 때도 그랬는데 지호가 찡긋하며 "나는 원래 똥배가 있잖아"라고 말한 기억이 났다. 흠칫 놀라 몸을 떠는 지호의 반응이 손바닥에 그대로 전해져서 가슴이 미어졌다. 배 속 아이도 떨고 있을까.

"무카이 씨 누님도 무카이 씨가 두 생명을 구해서 기뻐할 거라고 말씀하셨잖아. 그분이 당신 주변에 나타나는 건 당신과 아이를 지켜봐 주고 있다는 뜻이야. 그러니까 무서워하지

마. 그분이 지킨 새 생명을 우리가 소중히 키워가자. 그게 그분의 희생에 보답하는 가장 큰 방법이야."

위로가 됐는지 모르겠다. 지호의 귀에 닿았는지도 모르겠다. 고개를 너무 깊게 떨구고 있어서 눈을 살필 수도 없었다. 실의에 빠진 지호를 달래듯 손과 목소리에 힘을 실었다.

"……커피."

지호가 고개를 들지 않은 채 꺼져가는 목소리로 말했다.

"미안한데, 빨리 마시거나 다른 곳으로 치워줄래?"

"응? 아아, 알겠어."

"역겨운 냄새가 나. 썩은 물 냄새가."

고타로는 커피를 싱크대에 쏟아 버렸다.

달력상으로는 이미 봄인데도 홀로 터벅터벅 걷는 밤길에 부는 바람은 시렸다. 아이를 태운 자전거가 자신을 추월해 지나가서 순간 지호인가 싶었다가 실은 아무런 관계도 없는 타인이라는 사실을 인지하고서 한숨을 내쉬었다.

지호가 휴직한 지 보름. 상태는 좋아지기는커녕 더욱 나빠졌다. 밸런타인데이 때는 고타로와 아유무에게 수제 초콜릿을 만들어 줬지만 그날 밤 고타로의 어깨에 영혼이 앉아 있다며 반미치광이처럼 발작했다. 어깨가 무겁다고 말한 것이 실수였던 것 같았다. 단순한 어깨 결림이라고 몇 번이나 달래도 소용없었다.

그런 지호의 손에 아유무를 맡겨두자니 솔직히 불안했다. 하지만 고타로는 출근해야 하고 고타로의 부모님도 아직 일을 하셨다. 지호의 부모님은 먼 지역에 사는 데다 간병 때문에 움직일 수 없는 상황이었다. 지호가 예전에 친하게 지내던 아유무 친구의 엄마들도 요즘은 거리를 두는 듯했다. 얼마 전에 아유무 친구의 엄마 중에 지호의 상태를 물은 사람도 있었고 당분간 아유무의 집에는 가지 않는 편이 좋겠다는 말을 한 사람도 있었다고 한다. 지금의 지호가 평소의 지호와 다르다는 사실이 엄마들 사이에도 소문난 것이다.

길 양옆으로 비슷하게 생긴 집들이 늘어서 있었다. 집마다 창문에서 따스한 불빛이 새어 나왔다. 마당에는 아동용 자전거가 있으며 가끔 맛있는 저녁 식사 냄새가 풍겨왔다.

밖에서 보면 다 우리 집과 다를 것이 없는데. 집에서는 차마 내쉬지 못하는 봉인된 한숨을 한 번 더 토해낸 뒤 현관문을 열었다. 늘 기대하는 순간이었지만 이제 지호의 목소리는 거의 들리지 않았고 대개 아유무의 혼잣말 소리나 장난감 소리만 들렸다.

오늘도 마찬가지인가 생각하면서 거실로 들어가니 아니나 다를까 아유무 혼자서 미니카를 가지고 놀고 있었다. 장난감에서 나는 소리인지 삐삐 소리가 들렸다. 지호가 아유무를 떠밀친 날 이후, 한동안 아유무는 고타로가 집을 나가려고 하면 울며 매달렸고, 집으로 돌아오면 또 울며 매달렸다. 그런 나날이 반복되다 보니 이제는 이런 상황에 익숙해진 것 같아 스스로가 처량했다. 요즘 아유무는 종종 알아들을 수 없는 말을 중얼거렸는데 아이 특유의 행동인지 방치되어 생긴 버릇인지 알 수 없었다. 지호는 보이지 않았다.

"아빠 왔어. 엄마는?"

부엌으로 시선을 돌렸다가 가슴이 철렁했다. 냉장고 문이 조금 열려 있었다. 삐삐 울리던 소리는 장난감 소리가 아니라 냉장고 문 경고음이었다. 조리대에는 식빵 봉지가 널브러져 있었고 식빵은 밖으로 튀어나와 있었다. 상부장 아래에는 초콜릿 포장지와 비스킷 봉지가 있었다. 빵과 과자 부스러기가 여기저기 흩어져 있었고 바닥에는 주스가 흘러 지저분했다.

"엄마는 숨바꼭질하고 있어."

"지호!"

저도 모르게 큰 소리로 지호를 부르며 온 집 안을 찾아다녔다. 처음에는 몰랐는데 침실을 다시 들여다보니 베란다로 나가는 유리문에 커튼이 끼어 있었다. 지호는 베란다 실외기 옆에서 실내복 차림으로 웅크리고 있었다.

"뭐 하는 거야!"

다짜고짜 우격다짐으로 실내로 끌고 들어왔다. 차갑게 식은 피부에 소름이 끼쳤다.

"몸은 괜찮아? 아이는?"

지호는 퍼렇게 질린 입술을 희미하게 벌리고는 치아를 딱

딱 부딪치며 말없이 떨기만 했다.

그러다가 고타로가 아유무 이야기를 꺼내자 갑자기 눈을 부릅뜨며 "아유무!"라고 외쳤다.

"어쩌면 좋지, 내가 아유무를 혼자 두다니. 만약 아유무가 공격이라도 당하면……."

영혼에게 말인가? 지호가 좀처럼 아유무의 곁을 떠나지 않던 이유를 깨달았다. 잠시 이성을 잃고 자리를 뜰 때는 있어도 오늘처럼 오랫동안 홀로 아유무를 방치한 적은 없었다. 겁에 잔뜩 질려서도 아들만은 지키려고 한 것이다.

"괜찮아, 아유무는 별일 없어. 내가 잘 보고 있을게."

간신히 진정시키고 욕조에 뜨거운 물을 받아 목욕시킨 뒤 잠재웠다. 지호는 한동안은 깨지 않을 정도로 깊게 잠들었다.

그렇게 소란스러운 와중에도 아유무는 거실에서 얌전히 놀고 있었다. 고타로는 부엌으로 가서 냉장고 문을 닫고 짐승이 쓸고 지나간 듯한 참상을 새삼 둘러봤다.

"이 빵이랑 과자는 아유무가 먹었어?"

"응, 배고파서."

"혼자서?"

"아니, ■■■랑."

이름을 제대로 듣지 못했다.

"누구?"

"■■■."

역시 모르겠다. 아유무의 발음은 또래보다 정확한 편인데 모르는 이름이라 잘 안 들리는 걸까. 어린이집이나 주변에서 친하게 지내는 아이의 이름은 대부분 파악하고 있다고 생각했는데. 그리고 그 아이와 밥을 먹었다는 말은 무슨 뜻일까.

아유무는 미니카를 옆에 내려놓고 스케치북을 들고 달려왔다. 아이가 펼쳐 보여준 도화지에는 꾹꾹 눌러 그린 아유무로 보이는 아이가 있었다. 그리고 그 옆에 있는 잘못 그린 그림을 검게 덧칠한 듯한 흔적.

"■■■."

가까이서 들었지만 어째서인지 알아들을 수 없는 이름을 입에 담으며 아유무는 차례차례 스케치북을 넘겼다. 검게 덧칠한 흔적. 또 검게 덧칠한 흔적. 지켜보다 보니 아무래도 그 흔적은 잘못 그린 그림을 덧칠해 지운 흔적이 아니라 '이름 모를' 아이 같았다. 아니, 사람이 아니라 동물 혹은 상상의 동물일지도 모른다.

문득 깨달은 사실에 예전에 아유무가 지호에게 주려고 했던 그림을 펼쳐보니 역시 그 그림에도 검게 칠한 흔적이 존재했다. 지호로 짐작되는 사람 옆에. 그렇다면 잘못 그린 것이 아니었다는 말인가.

"*영혼이 보여.*"

지호의 고백이 떠올라 소름이 끼쳤다. 우습다. 고타로는 그런 종류의 이야기를 믿지 않는데. 상황을 파악하는 데 시간이 걸렸지만 결국 '이름 모를' 존재는 아유무의 상상 친구가 아닐까 추측했다. 스스로 만들어낸, 머릿속에만 존재하는 친구. 고타로는 자신이 어렸을 때는 어땠는지 기억나지 않지만 보통 아이들에게는 드물지 않은 일이라고 했다.

걱정할 일 아니라며 마음을 다잡았지만 마음에 걸리는 부분도 있었다. 아유무가 요즘 잠을 잘 때 매일같이 이불에 오줌을 쌌다.

지호와 차분히 대화를 나눌 수 있다면 얼마나 좋을까. 얼마 전까지만 해도 우리 부부는 서로에게 의지하며 힘이 되어 줬는데.

지금의 지호와는 어떻게 마주해야 할지 막막했다.

푸념하고 싶지는 않지만 누군가에게 위로의 말이라도 듣고 싶었나 보다. 설령 타인의 이야기인 척하며 털어놓으면서라도.

"내 친구가 말이야"라고 말문을 열며 동료인 이구치에게 자세한 사정은 덮어두고 지호의 상태를 대략적으로만 설명했다. 함께 점심을 먹으면서 농담조로 이야기했지만 뜻밖에도 이구치는 진지한 얼굴로 제령을 해야 한다고 주장했다.

"제령?"

고타로는 눈을 깜빡였다. 농담인 줄 알았는데 아무래도 진담 같았다.

"친척 중에 비슷한 경험을 한 사람이 있어. 헛것이 보인다거나 환청이 들린다고 했거든. 처음에는 피곤해서 그런 줄 알고 무시했는데 나중에는 무시할 수 없을 정도로 증상이 심해져서 정신과였나? 의사에게 진찰을 받았는데 효과가 없었다더라고. 일상생활에도 문제가 생겨서 밑져야 본전이라는 심정으로 영능력자에게 부탁한 거야. 그랬더니 모든 문제가 해결됐어. 심지어 운도 좋아지고 일도 술술 풀리고 결혼도 했지."

"영능력자……."

"지인에게 소개받은 것 같더라고. 유명하지는 않지만 능력은 확실하대."

고타로는 돼지고기 생강구이를 입에 넣었다. 그리고 밥을 연달아 두 입 넣은 뒤 제대로 씹지도 않고 삼켰다.

"양복 차림으로 그런 말을 들으니 사기꾼의 먹잇감이 된 기분인데."

"믿기지 않는다는 거 알아. 나도 진심으로 믿는 건 아니거든."

"뭐야, 그렇구나."

"당연히 그렇지. 그건 아마 자기 암시 같은 효과 아닐까 싶어. 영혼이나 악령을 쫓아냈으니 이제 괜찮으리라는 심리적 안정감을 얻었다는 게 핵심이지. 그렇게 따지면 제령으로 문제를 해결했다고 해도 거짓은 아닌 셈이야."

그렇구나, 그렇게 생각할 수도 있구나. 영혼이라니 터무니없다며 내심 부정했던 자신의 시야가 좁았다는 사실을 깨달았다. 시도해 볼 가치는 있다. 아니, 지푸라기라도 잡고 싶은 심정이었다.

"그 영능력자……."

큰마음 먹고 입을 열었더니 이구치가 씨익 웃었다.

"네 이야기지?"

"어?"

"친구 이야기라고 둘러댔지만 네 이야기잖아. 뭐, 와이프 상태가 안 좋아?"

고타로는 젓가락을 든 채 손사래 쳤다.

"아니, 아니야. 정말 친구 이야기야."

"매일같이 일찍 퇴근하고 회식도 빠지고, 예전에는 도시락을 싸 오는 날도 있었는데 요즘은 맨날 사 먹잖아."

"아내가 임신 중이니까. 첫째도 아직 어리고."

"그래, 그렇다고 치자. 영능력자에 대해서는 친척에게 물어봐 줄게. 돈벌이로 하는 사람은 아니라니까 어떻게 될지는 모르겠지만."

"고맙다."

배려 없이 꼬치꼬치 캐묻지는 않았지만 누군가에게 털어놓으니 속이 조금 후련했다. 마음이 가벼워진 기분이었다. 문제는 이 일이 순탄하게 진행되어도 지호를 어떻게 설득하느

냐였다.

　계산한 뒤 고타로가 먼저 가게를 나갔다. 뒤따르던 이구치가 진심이 담긴 목소리로 말했다.

　"아이 아빠로서 고생이 많네. 목 뒤에 난 상처, 아들이 낸 손톱자국이지?"

　"목 뒤?"

　"몰랐어? 자잘한 상처가 빼곡해. 자줏빛으로 변하기까지 했는데."

　아유무가 매달렸을 때 난 상처였나 보다. 안아줄 때 생긴 모양이다.

　부탁 좀 한다며 거듭 강조하고 헤어졌다.

　그리고 얼마 후, 이구치에게서 연락이 왔다.

　금요일에 일을 마치고 지호에게는 야근한다고 둘러댄 뒤 영능력자를 만나러 갔다. 우선 고타로 혼자서 만나보고 의뢰 여부를 결정할 생각이었다.

　전철을 갈아타고 약 한 시간, 약속 장소인 찻집으로 들어가자 안쪽 창가에 앉아 있던 여성이 깜짝 놀란 얼굴로 고타로를 바라봤다. 약속 상대라는 것을 알아봤는지 엉덩이를 살짝 떼고는 가볍게 고개를 숙였다. 그 외에 손님은 근처 주민으로 보이는 노인 한 명뿐, 회사원은 오지 않을 것 같은 가게였다. 애초에 가장 가까운 역 주변에도 회사다운 회사는 하나도 보이지 않고 상점도 드문드문 있을 정도로 외진 동네였다.

고타로는 저 여성이 약속 상대인지 아닌지 판단하기 어려웠다. 영능력자라고 하니 막연히 승려나 음양사나 수도자 같은 차림을 한 인물이리라 예상했기 때문이다. 그렇지 않으면 초자연 현상을 다루는 방송 프로그램에 출연해서 영적인 기운이니 신비로운 현상이니 떠드는 사람들처럼 화려하게 꾸민 인물이 나올 줄 알았다. 그러나 창가에서 머리를 숙여 인사한 여성은 매우 평범하게 생긴 중년 여성이었다. 수수한 카디건과 바지를 입고 짧은 헤어스타일에 멋없는 안경을 쓰고 있었다.

의외라고 생각하면서 다가가 인사를 건넸다. 여성이 스스로 반도라고 소개하는 것을 보니 이구치가 소개한 영능력자가 분명했다.

만나기로 약속을 잡고 나서 들은 바로는 반도는 어릴 적 큰 병을 앓아 사경을 헤매다가 특수한 능력을 갖게 됐다고 한다. 주목받는 것을 싫어해서 사람들 앞에 자신을 드러내지 않고 살았는데 실종된 아이가 어디 있는지 맞힌 일을 계기로 타인에게 도움을 줄 수 있다면 돕기로 마음먹었다고 했다.

얼굴을 마주한 순간부터 줄곧 반도는 눈살을 찌푸렸다. 그리고 고타로가 맞은편에 앉아 커피를 주문하자 커피가 나올 때까지 기다리지 않고 입을 열었다.

"사정을 듣기 전에 먼저 말씀드리겠습니다. 고타로 씨 주변에는 분명 영이 있습니다. 고타로 씨가 아니라 고타로 씨와 가까운 사람 곁에 있거나 고타로 씨가 생활하는 공간에 붙어 있는 것 같아요."

고타로는 어떻게 반응해야 할지 몰라 반도를 하염없이 바라보기만 했다. 차분한 어조였다. 과장된 말투로 불안감을 조성할 생각은 없는 듯했다. 그러나 영이 있다고 단도직입으로 말하니 마음이 몹시 편치 않았다.

"영혼이 보인다고 말하는 사람은 아내입니다."

지호의 언행과 주장을 솔직히 털어놓았다. 지하철 사건과 조문을 갔던 일까지. 지호를 괴롭히는 존재는 무카이 마사미치의 영혼이 틀림없다고도 말했지만 사실 그것은 영혼이 아니라 죄책감이 만들어낸 환시 같다는 생각은 말하지 않았다.

"남편분은 그것이 보이거나 들리지 않습니까?"

"전혀요."

"자녀분은 어떻습니까?"

고타로는 잠시 생각에 잠겼다가 "아닌 것 같습니다"라며 고개를 저었다.

"아내에게만 보이고 저와 아들에게는 보이지 않는다는 게 무슨 뜻일까요?"

"제 생각에는 기압이나 꽃가루 때문인 것 같아요. 예민한 탓에 그 영향을 받아 몸이 아픈 사람도 있고 아무것도 느끼지 못하는 사람도 있죠. 같은 사람이라도 컨디션에 따라 느끼는 감도는 다릅니다. 영은 몸보다 마음 상태에 더 영향을 받거든요. 제가 정식으로 공부하거나 수행하지 않아서 그것이 정답이라고 할 수는 없지만요."

역시. 설득력 있는 주장이었다.

"동물도 그렇지만 아이는 어른보다 영적인 감각이 더 예민합니다. 게다가 부모의 감정을 놀라울 정도로 민감하게 감지하죠. 그리고 부모의 심리 상태에 따라 좋은 영향이든 나쁜 영향이든 쉽게 받습니다. 엄마에게 달라붙은 영을 아이가 보는 경우도 드물지 않아요. 그래서 아까 자녀분은 어떠냐고 여쭤본 겁니다."

소름이 돋았다. 영혼은 차치하고 아유무가 이불에 오줌을 싸는 일은 불안정한 부모의 심리가 아유무에게 나쁜 영향을 끼친 것처럼 보였다. 상상 친구는 정말 신경 쓰지 않아도 되는지 갑자기 걱정됐다. 결국 그것에 대해 지호와 상의하지 못했다.

마침내 점원이 커피를 내왔다. 지호가 썩은 물 냄새가 난다고 말한 후로 냄새를 유심히 맡는 습관이 생겼지만 당연히 그런 냄새는 나지 않았다.

뜨거운 커피가 식도를 타고 위까지 내려가는 동안 결심했다. 컵을 컵 받침에 내려놓고 자세로 바로잡은 뒤 영능력자를 응시했다.

"선생님, 제령을 맡아주시겠습니까? 제발 아내를 도와주세요."

"저는 제령이 아니라 공양이라고 부릅니다."

"그럼 공양을 부탁드립니다."

"조건이 두 가지 있습니다. 하나는 반드시 성공하는 건 아니라는 사실을 명심하세요. 나머지 하나는 '선생님'이라고 부르지 마세요."

"알겠습니다. 반도 씨."

"한번 해 보죠."

이틀 후 일요일에 반도가 집에 방문하기로 했다. 이구치에게 미리 들은 대로 돈은 받지 않는다고 했다.

반도는 제령을 앞두고 지호와 대화하고 싶어 했다. 고타로는 자리를 마련할 수 있도록 노력하겠다고 대답은 했지만 내심 어려울 것 같다고 생각했고 역시 뜻을 이루지 못했다. 지호가 고타로를 피한 지 이미 오래였다. 마음이 불편해서일 수도, 상담을 권유하는 말이 듣기 싫어서일 수도 있다. 고타로는 어떻게 말을 꺼내야 할지 몰라 결국 아무 말도 하지 못한 채 일요일을 맞이하고 말았다.

오늘은 컨디션이 양호한지 오후에 지호는 오랜만에 머핀을 구웠다. 아유무가 지호의 다리에 매달려 연신 말을 걸었다.

"엄마, 이게 뭐야?"

"으음, 불도저?"

"땡!"

"아유무, 거기 '아뜨뜨' 있으니까 조심해."

마치 사건 이전으로 돌아간 것만 같았다. 거실의 파키라가 시들어 버려서 치웠지만 고타로와 지호 모두 그 사실을 입에 올리지 않는 현실을 제외하면. 오븐이 낮게 으르렁거리는 소리와 머핀 굽는 달콤한 냄새에 둘러싸여 있으니 파키라의 잎이 반들반들했던 시절로 돌아갈 수 있지 않을까, 지호의 상태가 이대로 좋아지는 것 아닐까, 하는 기대마저 품게 됐다.

"아빠, 이게 뭐야?"

"어떤 거?"

대답하며 고개를 돌렸을 때 초인종이 울렸다. 명치가 차갑게 식었다. 약속 시간이었다.

현관문을 열고 반도를 맞이한 고타로는 여자의 얼굴을 보고 흠칫 놀랐다. 심한 두통을 견디는 듯한 표정에 이마에는 땀이 맺혀 있었다.

"사모님과 이야기를 나눌 수 있을까요?"

반도는 인사도 없이 말했다. 난처해진 고타로는 생침을 삼켰다.

"죄송합니다. 아내에게 아직 오늘 일을 말하지 못해서요. 일단 제 동료인 척 들어오시겠어요?"

반도는 오늘도 매우 평범한 재킷과 바지를 입고 있었다. 이웃의 눈길을 끌지 않을 만한 차림에 고마웠다.

거실로 들어온 반도를 보고 지호는 의아한 얼굴로 인사했고 아유무는 재빨리 조리대 뒤로 숨었다.

"회사 동료인 반도 씨야. 근처에 왔다가 들렀어."

억지스러운 설명이었지만 지호는 의심 없이 받아들였다. 원래 수더분한 성격답게 남편이 신세를 지고 있다며 웃는 얼굴로 고개를 숙였다.

그러나 반도는 아무 말도 하지 않았다. 거실 입구에서 움직이지 않은 채 험악한 얼굴로 지호를 응시했다.

"저기……?"

지호가 당황스러운 얼굴로 고타로를 쳐다봤고 고타로는 반도에게 말을 걸려다가 직전에 목구멍으로 삼켰다. 반도가 응시하는 존재는 지호가 아닌 것 같았다. 지호 바로 옆에 있는 무언가. 무카이 마사미치의 영혼. 그런 비현실적인 생각이 들었다.

반도의 능력이 진짜든 가짜든 상관없다. 영혼이든 환시든 상관없다. 고타로는 지금이 바로 기회라고 자신을 다잡으며 혀로 입술을 축였다.

"잘 들어, 지호. 반도 씨는 영능력자야. 당신을 괴롭히는 영혼을 쫓아내려고 온 거야."

"뭐라고?"

"제령 말이야. 아니지, 공양. 반도 씨는 영혼을 본다더라고."

당황한 지호는 반도를 바라보다가 그 시선을 따라 자신의 옆을 봤다. 그 순간 비명을 지르며 몸을 비틀다가 냉장고에 부딪혔다. 그 바람에 냉장고 문에 자석으로 고정해 놓았던 메모와 전단지가 바닥에 떨어졌다.

있구나.

고타로는 초조하게 눈을 깜빡였다. 그곳에 무카이 마사미치가 보이는 것만 같았다. 영정에서 본 얼굴. 그 젊은 얼굴이 주름지고 미소가 사라지고 음침한 얼굴로 변했다. 한 맺힌 눈으로 지호를 지그시 바라보았다. 자신의 목숨과 맞바꿔 살아남은 지호와 배 속 아이를.

그때, 누군가가 중얼거렸다. 조리대 뒤에 있던 아유무의 목소리였다.

"■■■, 이게 뭐야?"

"아유무!"

지호가 무시무시한 기세로 조리대 밑에 몸을 웅크렸다. 무릎이 바닥에 부딪히는 소리가 쿵 울렸다. 고타로가 달려갔을 때 지호는 눈을 질끈 감고 온몸으로 아유무를 감싸고 있었다. 아유무는 혼이 나간 얼굴이었다.

반도가 속삭임 같은 주문을 나지막이 외기 시작했다.

옴 아모카 바이로차나…….

일본어가 아니었다. 분명 어떠한 진언이었다. 몸 앞에 두 손을 모으고 손가락을 복잡한 모양으로 꼬아 수인을 만들었다.

시작됐다.

"뭐야?"

지호가 동요하며 고개를 들었다. 고타로는 아유무를 안고 있는 지호를 감싸 안았다. "괜찮아, 다 괜찮을 거야"라는 말만 반복했다.

"영혼은 사라지고 다시 우리 가족끼리 행복하게 살 거야. 나와 지호와 아유무와 태어날 아이와 함께."

옴 아모카 바이로차나 마하무드라 마니파드마 즈바라 프라바르타야 훔.

끼긱, 하고 날카로운 소리가 났다. 지호가 흠칫 몸을 떨자 고타로의 팔과 가슴에 떨림이 전해졌다. 단순히 집에서 난 소리라고 생각했지만 고타로도 무심코 긴장해 몸에 힘이 들어갔다.

옴 아모카 바이로차나 마하무드라 마니파드마 즈바라 프라바르타야 훔 옴 아모카 바이로차나 마하무드라 마니파드마 즈바라 프라바르타야 훔 옴 아모카 바이로차나 마하무드라 마니파드마 즈바라 프라바르타야 훔.

한결같이 빠르게 반복되는 진언. 집에서 자꾸 삐거덕 소리가 나고 유리창도 덜컹거리기 시작했다. 상부장 안에 있던 식기가 서로 부딪치는 소리가 나더니 오븐 옆에 있던 오븐 장갑이 떨어졌다.

지진인가? 흔들리는 것 같지는 않은데. 긴급 지진 속보 알림도 오지 않았는데.

겁에 질린 지호의 등을 열심히 쓰다듬으며 몸을 웅크린 자그마한 아유무에게 계속 말을 걸어 달랬다. 어느새 거칠어진 고타로 본인의 호흡을 억누르면서.

조리대 위에 있던 액자가 웅크리고 있는 고타로 가족의 바로 옆에 떨어졌다. 아유무가 시치고산*을 맞은 날 셋이 함께 찍은 가족사진이 담긴 액자가 충격을 받아 나무틀이 부서지고 유리에 금이 갔다.

"꺅!"
"견디세요. 영이 저항하고 괴로워한다는 증거입니다."

소리를 지른 지호를 반도가 재빨리 진정시켰다. 목소리까지 땀에 젖은 듯했다. 고타로는 다시 생침을 삼켰다.

"괴로워한다고……?"

그때, 몸에서 힘이 빠진 틈을 타 지호가 흐느적거리며 일어

---

* 3세, 5세, 7세를 맞은 아이들의 성장을 축하하는 일본 풍습.

났다. 반사적으로 손을 잡아당겨 앉히려고 했지만 지호가 힘껏 뿌리치는 바람에 어쩔 수 없이 고타로도 따라 일어났다. 반도는 진언을 외는 데 온 신경을 집중했다. 목소리가 점점 크고 굵어졌다.

옴 아모카 바이로차나 마하무드라 마니파드마 즈바라 프라바르타야 훔!

기분 탓인지 비명이 들린 듯했다. 환청인가? 고막을 찌르는 듯 높고 가느다란 소리. 한겨울 밤에 휘몰아치는 바람 소리와도 비슷했다.
"불쌍해."
발밑에서 아유무가 말했다. 고타로가 아들을 내려다보는 순간 지호가 소리쳤다.
"그러지 마세요!"
"무슨 소리야, 성공할 것 같은데."
서둘러 말렸지만 지호는 들리지 않는 사람처럼 몸부림쳤다. 반도는 안경 뒤에 있는 눈을 흘긋 움직였을 뿐 진언을 멈추지 않았다.
"그만두라고 했잖아요."
말릴 새도 없이 지호가 거실에 있는 반도에게 맹렬하게 달려들어 억지로 수인을 풀려고 했다.

"지호, 무서운 건 알지만 반도 씨는 영혼을 쫓으려고……."

"제령 따위 안 해도 된다고!"

고타로가 어깨를 붙잡으며 말려도 지호는 반도의 손을 놓지 않았다. 손톱이 살을 파고들었다.

"하지 마! 하지 마! 그만해!"

마침내 수인이 풀렸다. 진언도 끊겼다.

그 순간 모든 소리가 잦아들었고 집은 고요에 잠겼다. 삽시간에. 숨이 막힐 정도로.

침묵을 깬 것은 아유무의 중얼거리는 목소리였다.

"■■■, 이게 뭐야?"

주변에서 무슨 일이 일어나든 아랑곳하지 않고 평소와 같은 모습으로 상상 친구와 놀았다. 아이의 적응력에 혀를 내두르면서도 왜인지 모르게 온몸에 소름이 돋았다.

반도가 서서히 숨을 토해내며 고개를 들었다.

"실패했습니다."

안경에 땀방울이 맺혀 있었다. 갑자기 몇 년은 늙은 것처럼 보였다. 지호를 탓하는 말투는 아니었지만 고타로는 면목이 없다는 듯 말없이 고개를 숙였다. 눈에 들어온 반도의 손은 지호가 낸 상처로 가득했다.

"돌아가요."

지호가 돌처럼 딱딱한 목소리로 통보했다.

"영이 이곳에 머물러 있습니다."

"됐으니까 가세요."

"하지만 이대로는……."

"나가!"

반도에게 다시 손을 댈 기세였다. 아무리 심하게 부부싸움을 했을 때도 이런 식으로 고함을 지르는 모습은 본 적 없었다.

반도는 메마른 입술을 꽉 다물고 고타로와 지호를 향해 인사했다. 거실을 나와 현관으로 향하는 그녀의 뒤를 지호가 말없이 따라갔다. 고타로도 꼼짝없이 뒤따랐다.

"혹시라도 마음이 바뀌면 언제라도 연락 주세요."

반도가 현관 밖으로 한 걸음 나가자 지호는 양말 신은 발로 나가 재빨리 문을 걸어 잠갔다. 털을 잔뜩 곤두세운 짐승처럼 어깨를 들썩이며 거친 숨을 몰아쉬었다.

"아무리 그래도 실례잖아. 일부러 와줬는데."

"내가 부탁한 거 아니야."

"당신, 그렇게나 무서워했잖아."

"당신은 몰라."

그 말을 뱉은 지호의 얼굴은 곧바로 충격으로 물들었다. 고타로는 지호를 밀치고 집을 나와 역으로 걸어가는 반도를 종종걸음으로 따라잡았다. 준비한 사례를 깜빡 잊고 집에 두고 왔다는 사실을 알아차리고는 더욱 시무룩해져서 거듭 사과했다.

무거운 마음을 안고 집으로 돌아가는 길에 어디선가 공사

소리가 들렸다. 그러고 보니 근처에서 하수도 공사를 한다는 안내문을 받은 기억이 났다. 아까 느낀 진동은 지진이 아니라 공사 때문이었을지도 모른다는 생각이 들었지만 원인을 알았다고 달라질 것은 없었다.

제령은 실패했다. 이제는 괜찮다며 지호를 안심시킬 수 없다. 오히려 공포를 키웠을지도 모른다.

그러나 실패의 원인은 지호였다. 아니, 처음부터 제대로 이야기해 놨어야 했다. 지호가 고타로를 피하는 바람에 기회가 없었지만 그래도 말했어야 했는데, 자신도 지쳤던 것 같다. 애초에 제령이라니, 방법이 틀렸던 것 아닐까.

여러 가지 생각이 머릿속에서 소용돌이쳤다. 답답한 마음에 소리라도 지르고 싶었지만 이를 악물고 참았다.

집으로 돌아갔더니 지호는 여전히 신발도 신지 않은 채 현관에 서 있었다.

"……미안해."

고타로는 고개를 숙이고 사그라드는 목소리로 말했다.

앞치마를 두른 지호를 보니 슬픔이 울컥 차올랐다. 하얗고 통통한 몸에 북유럽풍 앞치마를 두르고 "무민 엄마 같지?"라며 애교를 부리던 모습이 떠올랐다. 똑같은 앞치마. 머핀 냄새. 가족과 함께 보내는 일요일 오후. 하지만 파키라는 시들어 사라지고 지호의 얼굴에 미소는 없었다.

꿈자리가 뒤숭숭해서 깼다. 일거리를 거실에서 방으로 가지고 들어와 처리하는 사이에 깜빡 잠든 듯했다. 앞에 있는 노트북도 어느새 절전모드로 바뀌어 있었다. 어떤 꿈인지 자세히 기억 나지 않지만 온몸이 땀으로 흠뻑 젖고 목 뒤가 뻐근했다.

목을 주무르며 시계를 보니 9시가 조금 넘었다. 지호는 2층에서 아유무를 재우다가 함께 잠들었는지 보이지 않았다.

일을 더 하다 잘까? 기지개를 켜고 일단 화장실에 가려고 자리에서 일어났을 때 어디선가 소곤거리는 목소리가 들렸다. 거실 밖, 욕실 쪽이었다.

지호? 소리가 나지 않도록 조심스럽게 문을 연 뒤 어두운 복도 구석에서 귀를 기울였다.

"네네…… 네, 그러니까 그건 잘 알아요."

지호가 욕실 앞에서 불도 켜지 않은 채 전화 통화를 하고 있었다. 피로는 사라지고 슬픔과 짜증이 뒤섞인 목소리. 흐느끼는 것처럼 들리기도 했다.

"제발 그만 해요. 나는 내버려 두고……."

발소리를 죽이고 다가가자 지호가 펄쩍 뛰며 고개를 돌렸다. 지나치게 예민한 반응과 무시무시한 얼굴에 오히려 고타로가 더 놀라 그 자리에 멈춰 섰다.

"더 이상 걸지 마세요."

지호는 빠르게 말한 뒤 전화를 끊었다. 휴대폰을 빼앗기지 않으려는 듯 두 손으로 꽉 쥐고 있었다.

"누구야?"

"화장품 판매원. 한 번 써 보라고 끈질기게 구네."

"그런데 왜 이런 데서 전화를 받아?"

"당신 깰까 봐."

그런 거짓말이 통하지 않는다는 것쯤은 지호도 안다. 지호는 시선을 피하며 고타로의 옆을 지나 재빨리 자리를 떴다.

그 자리에서 잡아 세워 물었어야 했다. "잘 알아요"라니 무엇을? "제발 그만 해요"라니 무엇을? "내버려 두고"라니 무슨 뜻이지?

하지만 제령이 있던 날부터 전보다 더 대화하기 어려워졌다. 벌써 며칠째 눈도 마주치지 않아서 잘 자라는 말조차 어떻게 해야 할지 모르겠다.

아이를 이용하면 안 된다고 생각했지만 결국 다음 날 아유무에게 물었다.

"아빠가 없을 때 엄마가 자주 통화해?"

"아니. 엄마는 전화 안 받아."

"안 받는다고? 전화가 울리는데 안 받아?"

"응. 내가 전화기를 가져다줘도 엄마는 괜찮다고 해."

"왜 그럴까?"

"몰라."

아유무가 물어도 대답하지 않았다는 말인가.

누군가가 지호를 괴롭히고 있다는 생각이 곧바로 머리를 스쳤다. 그 추측은 전화 한 통에 확신으로 바뀌었다.

무리해서 정시에 퇴근한 날, 빨래를 개는데 전화가 울렸다. 휴대폰이 아니라 집 전화였다. 고타로가 전화를 받자 상대는 당황한 기색이 역력했다. 어지간히 놀랐는지 전화를 끊지는 않았지만 아무 말도 하지 않았다.

"여보세요?"

침묵.

"누구시죠?"

침묵.

부엌에 있던 지호가 앞치마에 손을 닦으며 황급히 다가왔다. 바꿔 달라는 듯 수화기로 손을 뻗었다. 빼앗다시피 할 기세였다.

고타로는 그 손길을 피하며 수화기 너머에 있는 보이지 않는 상대를 노려봤다.

"아내에게 이상한 전화를 거는 사람이 당신입니까?"

그 순간 전화가 끊어졌다. 지호가 후크 스위치를 누른 것이다.

"장난 전화를 뭐하러 상대해."

지호는 고개를 숙인 채 빠르게 말을 뱉어낸 뒤 부엌으로 돌아갔다.

붙잡고 따져 물을 수도 있었지만 원하는 대답을 들을 수 없을 것 같았다. 게다가 상대가 누구인지 짐작이 갔다.

2월의 마지막 날은 차가운 비로 물들었다. 어둠에 잠겨 덧문을 닫은 오래된 거리는 무덤처럼 고요했다.

어렸을 적 아버지의 고향 시골에 성묘하러 갔던 일이 떠올랐다. 눈이 시린 푸른 하늘 아래 사방에서 매미 소리가 쏟아지던 날이었는데 한 번도 맡아본 적 없는 역겨운 냄새가 풍겼다. "물이 썩은 냄새야"라고 아버지가 가르쳐 줬다. 오봉*에도 찾는 사람이 없는 무덤이 많았다. 지호에게 이야기했더니 그게 그런 냄새였구나 하고 맞장구쳤던 모습이 기억났다.

목적지인 집이 보이기 시작했다. 현관 처마 밑에 서서 초인종을 누르자 무카이 시즈코가 나와 현관문을 열었다. 하지만 당황한 얼굴로 고타로를 안으로 들이려고 하지 않았다.

"갑자기 찾아와 죄송합니다. 일전에 방문했던 나카지마 고타로입니다."

"네, 그때는 정말 감사했습니다."

집 안에서 개가 으르렁거리는 소리가 어렴풋이 들렸다. 불안하게 종종거리는 발소리도.

"꼭 여쭙고 싶은 게 있어서 찾아왔습니다."

"뭔가요?"

---

* 일본의 명절로 양력 8월 15일.

"저희 아내에게 전화를 걸지 않으셨습니까?"

취조하는 것처럼 들리지 않게끔, 그러나 단도직입으로 물었다.

지호를 괴롭힐 만한 가장 유력한 인물이라면 무카이 마사미치와 관련 있는 사람이리라 추측했다. 예의는 아니지만 시즈코에게는 동기가 있고 특히 이 집에 조문 온 뒤부터 지호의 상태가 이상해졌기 때문이다.

하지만 무카이 마사미치의 유족에게 마음의 빚이 있는 지호는 누구에게도 털어놓을 수 없었으리라. 괴롭힘을 당해도 어쩔 수 없다고 생각했을지 모른다. 그래서 너무나 괴로운 나머지 영혼이라는 존재를 만든 것이다. 지호를 괴롭힌 존재는 영혼이 아니라 살아 있는 인간의 악의가 분명했다. 상담이니 제령이니, 그야말로 헛다리 짚은 행동이었다.

"아니요"라며 시즈코는 의아한 얼굴로 고개를 저었다.

"전화를 걸 이유도 없고, 무엇보다 번호도 모릅니다."

번호는 마음만 먹으면 충분히 알 수 있지 않을까. 고타로와 지호가 무카이 마사미치의 집 주소를 경찰에게 문의해 알았던 것처럼. 하지만 시즈코가 거짓말을 하는 것 같지는 않았다. 조문을 갔을 때 동생이 기뻐할 것이라던 말도 빈말 같지 않았기 때문에 애초에 시즈코의 소행이라고는 생각하지 않았다.

"마사미치 씨는 혼자 사셨죠?"

"그렇습니다만, 왜 그러시죠?"

"결혼은 한 번도 안 하셨습니까? 헤어진 전 부인이나 자녀분이 계시지는 않습니까? 아니면 가깝게 지내신 분이 계셨습니까?"

"도대체 지금 뭐 하시는 거예요?"

시즈코는 무의식중에 문손잡이를 잡았다. 고타로는 순간적으로 우산을 밀어 넣어 닫히는 문을 막았다. 우산 끝에서 튄 빗방울이 현관 바닥에 검은 얼룩을 남겼다.

"이봐요."

시즈코의 안색이 변했다. 개가 짖기 시작했다.

"이만 가세요."

"죄송합니다, 사정을 설명하겠습니다."

"경찰에 신고할 거예요."

"제 말 좀 들어 주세요. 누군가가 아내를 괴롭혀서……."

시즈코가 필사적으로 발로 차 우산을 밖으로 밀어내고는 쾅 하고 문을 닫은 뒤 잠갔다. 고타로는 이대로 순순히 물러날 수는 없어서 손바닥으로 문을 두드렸다.

"잠깐만요. 우리 가족을 제발 좀 도와주세요."

"무슨 말씀인지 모르겠네요. 돌아가세요. 정말로 경찰을 부르겠습니다."

불투명 유리 너머에서 날아온 목소리는 겁에 질려 있었다. 개도 어서 돌아가라는 듯 연신 짖어댔다. 이 자리에서 계속 말한다고 해도 결코 귀 기울여주지 않을 분위기였다.

고타로는 허무하게 손을 올렸다 내렸다, 입을 열었다 닫았다 하다가 결국에는 착잡한 심정으로 물러났다. 나중에 다시 오거나 편지 등 다른 방법으로 연락할 수밖에 없다.

그 길로 경찰서도 찾아갔다. 지하철 사건을 담당한 경찰관과 상담하고 싶었지만 부재중이었다. 다른 경찰관에게 상황을 처음부터 다시 설명할 생각을 하니 몹시 피곤해서 담당 경찰관이 돌아오면 연락 달라고 부탁했다. 더 이상 고타로가 할 수 있는 일은 없었다.

집으로 돌아가는 전철 안은 덜 마른 빨래처럼 꿉꿉한 냄새로 가득했다. 머릿속에서 개 수십 마리가 짖어댔다. 지긋지긋한 무카이의 개. 전에 방문했을 때보다는 그나마 나았지만 오늘도 짖어대기는 마찬가지였다. 평소에는 얌전하다니 분명 거짓말일 것이다.

집에서 가장 가까운 역에서 내려 터벅터벅 걸었다. 젖은 바짓자락이 천근만근 무거웠다. 가방끈은 어깨를 파고들었으며 우산을 든 손은 아릴 정도로 시렸다. 그런데도 집으로 서둘러 돌아가고 싶지 않다는 사실이 가장 마음 아팠다. 하지만 돌아가야 한다. 지호를 위해서. 아유무를 위해서. 아직 만나지 못한 우리 아이를 위해서. 고타로는 가족을 사랑한다.

머리를 비우고 다리를 움직여 집에 거의 다다랐는데 어떤 사람이 집 앞에 서 있었다. 우산을 뒤로 젖히고 유심히 살피니 젊은 여자 같았다. 퇴근하는 사람일까, 어깨에 멘 커다란 토트백이 비에 젖고 있었다. 현관문 앞 작은 계단 아래서 집을 올려다보며 초인종을 누를까 말까 망설이는 듯했다.

"저기요."

조심스레 말을 걸자 여자가 깜짝 놀란 듯 우산에 맺힌 물방울을 튀기며 돌아봤다. 역시 젊은 여자였다. 이십 대 초반의 처음 보는 사람이었다. 지호의 회사 동료일까?

그런데 여자가 고타로를 돌아보던 순간 들고 있던 물건을 떨어뜨렸다. 고타로가 주워서 확인하니 편지 봉투처럼 보이는 작은 종이봉투였다. 흰 바탕에 붉은 글씨로 익숙한 절 이름이 적혀 있었다.

"감사합니다."

젊은 여자가 당황한 듯 내뱉은 말이 고타로의 귀에는 "돌려주세요"라고 들렸다. 다급하게 내미는 손길이 몹시 초조해 보였다. 그 모습에 불길한 예감을 느낀 고타로는 순간적으로 봉투를 들여다봤다.

"앗!"

여자가 소리를 질렀다. 봉투에는 작은 물체가 들어 있었다. 고타로는 봉투를 빼앗으려는 여자의 손길을 피해 내용물을 꺼내 손바닥에 올려놓았다.

지장보살?

처음에는 이 작은 목각 불상의 의미를 알 수 없었다. 그러나 절의 이름을 떠올리자 번개처럼 내리꽂힌 충격에 그 자리에 못 박힌 듯 굳고 말았다.

쓰고 있던 우산이 뒤로 크게 기울며 얼굴과 가슴에 비가 몰아쳤다. 손에 든 종이봉투와 온화한 표정을 짓고 있는 작은 지장보살까지 비에 젖었다.

빗소리가 멀어졌다가 다시 돌아왔다. 그와 동시에 온몸이 격렬한 분노에 휩싸였다. 웅덩이에 발이 젖는 것도 아랑곳하지 않고 여자에게 한 걸음 다가갔다.

"당신이었어?"

지호를 괴롭힌 사람이.

여자는 무슨 말인지 알아들을 수 없는 소리를 내며 한 걸음 물러섰다. 고타로는 한 걸음 더 다가가 절 이름이 적힌 봉투와 지장보살을 여자의 코앞에 들이밀었다.

"시치미 떼도 소용없어. 이거 미즈코 공양*의 지장보살이잖아. 임신한 여자에게 미즈코 공양이라니, 이게 무슨 개수작이야?"

"아니에요, 이건 사정이……."

"전화도 당신이 건 거지? 또 무슨 짓을 했어? 지호가 그 지

---

* 유산이나 사산한 아기를 위해 제사나 기도를 올리는 일본의 풍습.

경이 될 정도로 못된 짓을 저질렀겠지. 무슨 짓을 했냐고! 도대체 왜!"

정신을 차릴 수 없었다. 미즈코 공양. 너무 지독하다. 지호의 미소와 창백한 얼굴, 그리고 결코 눈을 마주치지 않으려고 고개를 숙이던 모습이 머릿속을 맴돌았다. 아유무도 동생을 얼마나 기다리고 있었는데.

여자가 우산을 방패 삼아 펼쳐서 몸을 가렸다. 그제야 비로소 여자를 길 반대쪽까지 내몰았다는 사실을 깨달았다. 맞은편 집의 멋들어진 문패에 여자의 등이 닿은 듯했다. 하지만 고타로는 경계를 늦출 마음은 없었다.

"당신, 무카이 마사미치와 아는 사이야? 그 사람이 죽은 게 지호 탓이라고 생각해서 이런 끔찍한 짓거리를 하는 거야?"

"아니에요!"

"그럼 뭔데."

"나는……."

"나는 뭐? 사실대로 말해!"

"그러니까!"

이제는 서로 소리치는 상황이었다. 맞은편 집은 문 등이 켜져 있어 여자의 일그러진 얼굴에 흘러내리는 빗물까지 선명하게 보였다. 두 사람의 목소리가 거리에 쩌렁쩌렁 울렸고 맞은편 집의 커튼이 흔들릴 것 같았다.

"여보?"

등 뒤에서 지호가 부르는 소리가 들렸다. 지호가 현관문을 열고 고타로를 바라보고 있었다. 말다툼 소리에 고타로의 목소리인지 반신반의하면서 상황을 살피러 나온 모양이었다. 계단 위 처마까지 나온 지호의 등 뒤로 소리 없이 문이 닫혔다.

"뭐해……."

불안에 잠긴 질문이 뚝 끊겼다. 지호는 무대 한가운데서 대사를 잊은 배우처럼 소리도 내지 않은 채 꼼짝도 못하고 서 있었다. 어두워서 표정은 보이지 않았지만 경악과 공포에 사로잡혔음을 분위기만으로 알 수 있었다. 이 젊은 여자가 원인인 것이 분명했다.

"당신은 안에 들어가 있어. 이 여자는 내가 경찰에……."

지호가 고타로의 말을 자르고 뭐라고 말했다. 하지만 목소리가 지나치게 작아서 빗소리에 지워지고 말았다.

"뭐라고?"

"……미안해요."

다시 듣고 나서 얼굴을 찌푸렸다.

왜 지호가 사과하지? 저 여자 잘못이잖아. 그리고 내 잘못도 있지 않은가. 누군가가 지호를 괴롭히는 것도 눈치채지 못하고 상담이니 제령이니 헛소리만 늘어놓다니.

"안에 들어가 있어. 아이한테 안 좋아."

"……없어."

꺼져가는 목소리는 이번에도 제대로 들리지 않았다.

"응?"

"없어. 아기는 없다고. 배가 텅 비었어."

이번에는 제대로 들었다. 하지만 의미를 파악할 수 없었다. 배 속에 아이가 없다니? 도대체 무슨 말일까.

"유산했어. 이미 오래전에. 임신 사실을 알고 바로 얼마 안 돼서."

"무슨 소리야……. 지호, 진정해."

지호가 망상에 사로잡혔다고 생각했다.

영혼 다음은 유산이야?

"내가 미쳤다고 생각하지? 차라리 그랬다면 좋았을 텐데."

"지호, 추우니까……."

"작년 12월 20일에 유산 사실을 알았어. 그 지하철 사건이 일어난 날 말이야."

지호는 하얗고 통통한 손을 배에 갖다 댔다.

"퇴근길에 산부인과에 갔다가 유산 사실을 알았어. 아무 느낌도 없었는데, 믿기지 않았어. 이후에 어떻게 역까지 가서 전철을 탔는지 기억도 안 나. 임산부 배지 같은 건 머릿속에 없었어."

하얗게 질린 다섯 손가락이 앞치마를 움켜쥐었다.

'그만해. 그렇게 배를 누르면 우리 아기가……. 그런데 말이 안 되잖아.'

고타로는 혼란스러운 머리로 생각했다.

"무카이 마사미치 씨는 임산부 배지를 보고 나를 도왔을 거야. 내가 임산부라고 생각해서 위험을 무릅쓰고 범인과 맞섰을 거라고. 그분 누님이 말했지, 두 사람의 목숨을 구해서 다행이라고. 배 속에 아이가 있었으니까 두 생명이었던 셈이잖아. 그 아이를 생각해서 무카이 씨는 목숨을 잃었는데 나 혼자 남았다니 말도 안 돼."

"그렇게 생각하면 안 돼요!"

못 박힌 듯 서 있는 고타로의 뒤에서 새된 목소리가 날아왔다. 미즈코 공양 지장보살을 들고 온 여자가 그곳에 있다는 사실을 어느새 잊고 있었다. 고개를 비틀어 돌아봤다. 하나로 묶은 머리가 흐트러져 울상이 된 얼굴에 달라붙어 있었다. 여자에 대한 의문이 머리 한구석에서 샘솟았지만 이내 형체를 이루지 못한 채 연기처럼 사라졌다. 머리가 제대로 돌아가지 않았다. 유산? 사실이라고?

"언론에 내가 임산부라고 보도됐잖아. 무카이 씨는 내가 임산부니까 도왔겠지. 이제라도 진실을 말해야 할까? 하지만 그러면 돌아가신 무카이 씨는 분명 후회하겠지. 도와주지 말았어야 했다고, 개죽음이었다고. 하지만 그렇다고 가만히 입 다문 채 목숨을 구해 준 사람을 속여도 될까?"

"지호 씨."

여자가 애처로운 목소리로 지호를 불렀다. 지호는 조금 전부터 울고 있었다. 눈물을 흘리면서 홀린 듯이 넋두리했다.

고타로만 그 자리에 무기력하게 서 있었다.

"그 누구보다 당신에게 먼저 말해야 한다고 생각했어. 나도 알아. 하지만 당신은 둘째가 생겼다며 정말 기뻐했고 아이가 태어날 날만 손꼽아 기다렸잖아. 곧 만날 수 있다고 믿었잖아. 아유무도 그랬고. 게다가 무카이 씨가 지켜 준 아이를 잘 키우는 것이 그분의 넋을 기리는 가장 큰 방법이라고 했지. 그러게, 당신 말이 맞아."

손바닥이 아프다 싶었더니 자신도 모르게 지장보살을 꽉 움켜쥐고 있었다. 미즈코 공양의 지장보살을.

그것을 가져온 여자가 고타로에게 시선을 옮기며 표정을 가다듬었다.

"모모이 여성 클리닉 소속 간호사인 구가라고 합니다."

모모이 여성 클리닉. 지호가 다니던 산부인과였다. 아유무를 임신했을 때 다녔던 병원으로 고타로도 몇 번이나 함께 간 적이 있었다. 아유무의 출산 소식을 들은 곳도 둘째 아이의 임신 소식을 알게 된 곳도 그 병원이었다. 아유무를 임신했을 때 구가라는 간호사는 없었던 것 같았는데.

"지호 씨에게 자주 전화를 걸었던 사람이 바로 저입니다. 언론에서 지호 씨를 계속 임산부라고 보도해서 마음에 걸렸거든요. 지호 씨가 유산 사실을 남편분께도 털어놓지 못했다는 사실을 알고 있었기 때문에 얼마 전에 남편분이 전화를 받았을 때 차라리 제가 직접 말할까 고민하기도 했습니다. 하지만……."

구가는 우산을 접고 고타로 옆을 지나 지호가 서 있는 계단 아래로 걸음을 옮겼다.

"쓸데없는 짓을 해서 죄송해요. 그런데 역시 이런 슬픔은 부부가 함께 나눠야 한다고 생각해요."

"하지만 내 탓인데."

"여러 번 말씀드렸잖아요. 임산부의 잘못된 행동이 초기 유산의 원인인 경우는 거의 없다고요."

"내 탓이라고요!"

지호는 소리를 지르며 머리를 마구 헝클어뜨렸다.

"둘째애라고 방심했어, 아유무 때처럼 조심하지 않았다고. 무거운 물건을 들었었어. 오랫동안 서 있었고 사람들이 붐비는 곳에서 깜빡하고 마스크를 안 썼어. 눈 오는 날 아유무와 밖에 나가기도 했고 아들을 재우고서 커피를 마신 적도 있어. 어쨌든 한숨 돌리고 싶어서. 너무 스트레스 받아도 안 좋다고 자기 합리화했어."

"커피 조금 마시는 건……."

"아유무를 임신했을 때는 안 마셨다고! 마실 수 있었는데도 그땐 마시지 않았어! 무엇보다……."

지호는 이를 악물고 소리쳤다. 말이 갈기갈기 물어뜯긴 것처럼 끊어졌다.

머리카락을 엉망으로 흐트러뜨렸던 손가락이 힘없이 떨어

져 배로 돌아갔다.

"어라? 싫었어. 둘째 임신 사실을 알았을 때."

'어라?'라는 한 마디가 머릿속에 꽂혔다. 얼굴이 보이지 않는 지호를 바라봤다. 손가락이 다시 배를 파고들었다.

"기쁘지 않았던 건 아니야. 아니, 엄청 기뻤어. 나도 분명 당신만큼이나 태어날 아이가 소중했다고. 하지만 임신 사실을 안 순간 가장 먼저 든 생각은 '어라?'였어. 사실은 마냥 기쁘기만 한 건 아니었던 것 같아. 난 엄마 자격이 없어."

"아니……, 무슨 그런 소리를 하세요!"

순간 할 말을 잃은 듯 침묵하던 구가가 목소리를 높였다.

"출산과 육아는 보통 일이 아니고 아이가 둘로 늘어나면 더 힘들겠다고 생각하는 건 정상이에요. 게다가 지호 씨는 직장도 다니시잖아요."

"왜 그랬을까. 내가 어설퍼서 자신이 없어서 그랬을까? 아니면 고타로와 아유무와 나 셋에서도 충분히 행복하니까 더는 필요 없다고 생각했을까."

그때 갑자기 지호의 몸이 움찔하고 굳더니 고개를 돌려 현관 앞 계단을 응시했다. 또 그랬다. 이제는 완전히 익숙해진, 영혼을 봤을 때 보이는 반응이었다.

"이유 따위 아무리 생각해 봤자 어차피 나중에 갖다 붙인 핑계일 뿐이야. 분명한 사실은 그때 내가 기쁘지만은 않았다는 거지. 이 아이를 원하지 않는다는 생각을 한순간이라도 했을지도 모른다는 거지."

"……여보, 당신은 기뻐했어."

간신히 입을 움직였다. 쥐어 짜낸 목소리가 귀에 닿았다. 그렇다. 지호는 기뻐했다. 마비된 머리가, 마음이, 마침내 깨어났다.

"줄곧 함께 시간을 보낸 내가 가장 잘 알아. 당신은 진심으로 아이를 사랑했어. 처음에는 순간 그런 생각이 들었을지 몰라도 그건 사람이라면 다 느낄 수 있는 염려일 뿐이야."

지호를 설득하며 가까이 다가갔다. 배를 압박하는 손을 떼어내고 싶었다. 나를 바라봐 줬으면 좋겠다고 생각했다. 그러나 지호의 시선은 계단의 한 지점에, 지금 그곳에 있을 영혼에 붙박인 채였다.

"하지만 내가 그렇게 생각한 건 사실이야. 그래서 아이가 죽었어. 독한 엄마의 배 속에서 죽어 버렸어."

지호의 목소리가, 몸이 떨렸다. 떨림이 점점 격해졌다. 고타로와 구가의 말도 귀에 닿지 않는 듯했다.

"내가 죽였어!"

"아니야, 지호!"

지호가 자신을 만지려던 고타로의 손을 힘껏 뿌리쳤다. 부릅뜬 두 눈에서 눈물이 쉴새 없이 흘러내렸다.

"이 아이도 그렇게 생각할 거야. 그러니까 계속 내 앞에 나타나는 거지? 그래서 나를 그렇게 쳐다보는 거잖아."

고타로의 몸이 마치 감전된 사람처럼 경련했다. 숨이 멎었다가 이윽고 거친 숨을 내뱉었다. 심장이 세차게 뛰는 소리가 귓가에 울렸다.

"……뭐라고?"

고타로는 지호가 응시하고 있는 곳으로 천천히 시선을 옮겼다.

이 아이.

지호의 눈에만 보이는 이 아이.

제대로 공양하지 않으면 망자가 편히 잠들 수 없다던 무카이 시즈코의 말이 떠올랐다.

지호는 그렇게나 공포에 사로잡혀 있으면서도 제령을 강경하게 거부했다.

"이건 영이 저항하고 괴로워한다는 증거입니다."

"하지 마! 하지 마! 그만해!"

무카이 마사미치가 아니었던가. 빛도 보지 못하고 스러져버린 우리 아이였다는 말인가. 그러니까 지호는…….

지호는 비틀비틀 빗속으로 발을 내딛다가 계단참에서 오열하며 무너져내렸다.

"미안해, 미안해, 미안해, 미안해……."

영원처럼 반복되는 사과를 쏟아내며 그곳에 있을 작은 존재를 끌어안았다. 차가운 비를 맞지 않도록 감싸 안듯이.

고타로도 지호의 옆에 무릎을 꿇었다. 떨리는 손으로 지호를 끌어안았다.

그래, 둘째가 생겼다는 소식을 들었을 때도 이렇게 꼭 껴안았다. 가족이 늘어난다는 사실에 기뻐하며.

정말 기뻐, 지호! 잠깐만 여보, 아프잖아. 미안, 하지만 정말 좋아서 어쩔 줄 모르겠어.

아유무에게 동생을 만들어 준다는 사실도 기뻤다. 그 아이가 동생을 어떻게 돌볼지 상상하니 얼굴에 저절로 웃음이 번졌다. 다소 무리해서 구매한 단독주택이지만 가족이 늘면 좁아질지도 모른다. 아유무를 위해 마련한 아이 방을 둘이서 쓰게 해야 할까. 그런데 여자아이이면 어쩌지? 지호는 앞서나가는 고타로를 보며 웃기도 했다.

네 가족이 함께하는 행복한 미래를 몇 번이나 그렸다. 순진하게도 지호도 자신과 같은 마음이리라 믿었다. 지호는 몇 번이나 털어놓으려고 했는데, 그 마음을 알아줄 기회가 있었는데. 오히려 자신이 지호의 용기를 꺾고 말았다.

지금까지 홀로 상실과 마주했던 지호. 홀로. 줄곧 홀로.

구할 수 있는 사람은 나뿐이었다. 같이 슬퍼해야 했다.

나는 어리석은 인간이다.

지호를 끌어안은 손에 힘이 실렸다. 지호의 품 안에 있는 아이까지 감싸 안았다.

"미안해……. 못난 아빠라 미안해."

배 속에서 사라졌다는 사실도, 바로 곁에 존재한다는 사실도 모른 채 그저 쫓아내려고만 해서. 아무것도 모른 채 그저 나쁜 존재라고 단정 짓고 모진 짓을 해서. 내가 아빠인데. 바로 너였는데.

눈물이 흘러넘쳤다.

괴롭게 하고 싶지 않아. 사라지지 않았으면 좋겠어. 할 수만 있다면 계속 같이 살고 싶어.

"네 이름을 생각해 뒀어. 남자아이의 이름도, 여자아이의 이름도, 많이. 정말 많이."

손 안의 지장보살을 꽉 쥐었다. 지호가 목 놓아 울었다.

"아빠, 엄마……."

넋이 나간 와중에 앳된 목소리가 들렸다. 저도 모르게 품 안을 살폈다가 뒤를 돌아보니 아유무가 현관문을 열고 밖을 살피고 있었다. 언제부터였는지 흠뻑 젖은 채 웅크려 앉아 서로를 감싸 안은 부모를 의아하게 바라보고 있었다.

급히 눈물을 훔치고 간신히 표정을 수습한 뒤 대답하려던 그때 아유무가 활짝 웃었다.

"■■■!"

말릴 새도 없이 아유무가 달려와 고타로의 등에 매달렸.

묵직하게 달라붙는 그 무게감에 조금 놀랐다. 얼마 안 되는 사이에 아들이 더 큰 것 같았다.

"있잖아, ■■■가 엄마는 이제 괜찮냐고 물었어."

지호가 천천히 고개를 들어 눈물 젖은 눈으로 아들을 바라봤다. 고타로도 아들을 물끄러미 바라봤다. 언제 이렇게 어른스러운 표정을 지을 정도로 컸을까.

아유무는 고타로의 어깨 너머로 지호의 가슴팍을 보더니 빙그레 웃으며 크레파스로 더러워진 손을 흔들었다.

안녕.

비 냄새가 난다. 다정한 물의 향기가 난다.
작별 인사를 건네는 아유무의 손에 화답하는, 그보다 작은 손이 보이는 듯했다.

힘차게 내리친 스매시가 코트 구석에 아슬아슬하게 꽂혔다.

환희로 가득 찬 영상에 낮고 감정 없는 목소리로 이어지는 여성의 내레이션이 덧씌워졌다.

—이 공으로 스이오고등학교의 승리와 전국 고등학교 종합체육대회 출전을 확정 지었다.

화면이 바뀌고 카메라가 한 남학생의 하반신을 찍었다. 하얀 경기복과 목에 건 스포츠 타월. 학교 테니스 코트 밖이었다. 펜스 안쪽에서는 다른 부원이 랠리를 이어가고 있었고 시원시원한 소리와 기합 넘치는 목소리가 배경음악처럼 깔렸다.

—도립 스이오고등학교 테니스부 3학년, 이케부치 료. 힘찬 스매시로 승리를 결정지은 그는 입학 당시 에이스로 활약하리라는 기대를 한몸에 받았지만 부상으로 대회 출전조차

어려운 상황이었다.

"완벽히 부활했다고 생각해도 될까요?"

화면에 보이지 않는 인터뷰어의 목소리는 내레이션 목소리와 같았다. 보도부 부원인 3학년 노에 히비키. 승리를 축하하는 것이 아니라 그저 사실을 확인하는 듯한 담담한 어조로 물었다.

"여러분이 그렇게 생각하실 수 있는 경기를 보여드렸기를 바랍니다."

대답하는 남학생 이케부치 료의 햇볕에 그을린 얼굴에 긴장감이 조금 엿보였다.

"재기할 수 없을 것이라는 소문도 돌았는데요."

"저도 솔직히 이제는 끝났다고 생각했습니다. 석 달 동안 깁스를 풀지 못해 훈련은커녕 제대로 걷지도 못했으니까요."

내리깐 시선을 따라 카메라가 테이핑한 오른쪽 발목을 찍었다.

―이케부치 료가 선수 생명을 마감할 뻔한 발목 골절. 그는 최근 사건에 휘말려 부상을 입었다. 작년 12월 20일, 철로를 달리던 지하철 S선 전철 내에서 한 남성이 칼을 휘둘러 함께 타고 있던 승객 여러 명을 해친 '지하철 S선 무차별 칼부림 사건'. 이케부치는 바로 그 현장에 있었다.

웅웅거리는 굉음과 함께 어둠 속을 질주하는 열차가 화면에 나타났다. 칙칙한 은색 차량에 하늘색 선. 지하철 S선이었다. 사건이 일어난 지 약 반년 뒤 미나미스이오역 플랫폼에서 촬영한 장면이었다. 얼굴이 흐릿하게 가려진 승객들은 모두 초여름 옷차림이었고 전철 창문에는 지한제 광고가 붙어 있었다.

<미나미스이오역 19시 30분발 히노하라행 보통 열차>

평화로운 풍경에 하얀 글자로 적힌 자막이 떴다. 교복을 입고 커다란 테니스가방을 어깨에 멘 이케부치 료가 홀로 고개를 숙인 채 전철에 올라탔다. 반년 전 사건을 재현한 영상이었다.

"정말 다행이다······."

휴대폰 화면에서 고개를 들었을 때 도깨비같이 생긴 가라테 부원의 눈에 눈물이 맺혀 반짝였다.

"좀 과장됐어. 하지만 나야 땡큐지."

이케부치는 볼을 긁적이고는 마지막 한 입 남은 돈가스 샌드위치를 입안에 던져 넣었다.

가라테부 부원이 본 영상은 이케부치를 주인공으로 다룬 다큐멘터리였다. S선 지하철 칼부림 사건에 휘말린 비운의 에이스 이케부치 료. 그리고 그의 부활극. 보도부에서 제작해 오늘 오전 8시 유튜브에 공개했다. 재생 시간이 한 시간이나 되었기 때문에 가라테부 부원은 쉬는 시간마다 조금씩 나눠서 끝까지 시청했다.

이케부치 료의 뒷주머니에서 휴대폰이 끊임없이 울렸다. 같은 타이밍에 영상을 본 친구들에게서 온 라인 메시지 때문이었다. 보도부의 홍보 효과 때문인지 그동안 촬영하는 모습이 눈에 띄었기 때문인지 이 다큐멘터리는 공개 전부터 학생들 사이에서 소소하게 화제가 됐다.

이케부치도 잘 만든 다큐멘터리라고 생각했다. 그래서 다큐멘터리 제작을 수락했을 때 느꼈던 감정이 가슴속에 되살아나 술렁거렸다.

팩에 남은 딸기 우유를 다 마시고 자리에서 일어났다. 어디 가냐는 물음에 화장실에 간다고 적당히 둘러댔다.

교실을 나올 때 무라야마와 눈이 마주쳤다. 반사적으로 몸이 경직됐다. 남자 테니스부의 매니저 리더. 1학년 때부터 알고 지낸 절친한 친구. 하지만 지금은……. 먼저 시선을 피한 사람은 무라야마였지만 이케부치 역시 곧바로 눈을 피했다.

"오, 스이오의 페더러!"

"어, 그래. 안녕."

아이들의 인사에 유쾌하게 받아치며 화장실 앞을 그대로 지나쳐 발길 닿는 대로 복도를 걸었다. 반팔 셔츠의 목깃이 답답하게 느껴져 단추를 풀려다가 그만뒀다. 답답한 이유가 그 때문이 아니라는 사실을 알아서였다.

교실을 지나치면서 무심코 그 안으로 눈을 돌렸다가 노에 히비키를 봤다. 이케부치의 다큐멘터리를 제작한 보도부 핵심 부원. 노에는 창가 자리에 홀로 앉아 무표정하게 창밖을 바라보고 있었다. 검은 생머리를 귀 뒤로 넘기고 무선 이어폰을 꽂고 있었다.

시선을 느꼈는지 노에가 고개를 돌렸다. 이케부치는 그대로 교실 앞을 지나쳤다. 순간 두 사람의 시선이 얽혔다는 사실을 눈치챈 사람은 아무도 없었다.

감동 다큐멘터리. 영웅의 부활 이야기. 그러나 거기에는 커다란 거짓이 있었다.

이케부치와 노에, 두 사람은 공범이었다.

이케부치는 평소 악몽을 꿔도 눈을 뜨면 바로 잊어버렸다. 자주 있는 일이었다. 악몽을 꿔도 그 순간에만 무서웠지 꿈에서 깨면 마음이 놓였다.

하지만 그 꿈은 아니었다.

이케부치는 꿈속에서 계단을 뛰어올랐다. 도망쳐야만 한다, 분명한 것은 오로지 그 사실뿐이었다. 그런데 아무리 달려도 끝은 보이지 않았다. 계단이 이어지고 또 이어졌다. 이대로는 안 된다. 놈이 쫓아온다. 따라잡히고 만다. 이케부치는 필사적으로 도망쳤다. 하지만 결국 뒤따라온 존재에게 팔을 잡혔다. 비명을 지르며 뒤돌아보니 그곳에는 검게 반들거리는 달걀귀신 같은 얼굴이…….

늘 그 장면에서 눈을 떴다. 땀에 흠뻑 젖어 숨을 헐떡거리면서. 때로는 비명을 지르며 벌떡 일어나기도 했다. 꿈의 내용이 종일 머릿속에 선명하게 남았고 같은 꿈을 매일 반복해서 꿨다.

악몽이 시작된 시점은 작년 크리스마스 전, 지하철 칼부림 사건에 휘말린 직후부터였다. 사건 당시 이케부치는 전철에서 내려 도망치던 중 역 계단에서 굴러떨어졌고 그 과정에서 머리를 세게 부딪쳐 병원으로 이송됐다. 그리고 다음 날 오후에야 의식을 되찾았다. 다행히 뇌와 척추에는 이상이 없었지만 발목 골절 진단을 받았다. 복사뼈 부위를 나사로 고정하는 수술을 받고 보름 동안 입원한 뒤 석 달이 지나서야 겨우 제대로 걸을 수 있게 됐다.

끝없이 이어지는 계단도 달걀귀신 같은 얼굴도 당연히 현실에는 존재하지 않는다. 하지만 그날 겪은 일을 꿈으로 꾸는 것은 분명했다. 그저 꿈일 뿐이라며 자신을 달랬지만 잊히지 않는 악몽이 석 달 넘게 이어지니 괴로워서 견딜 수 없었다.

그러던 시기에 마침 보도부에서 이케부치의 다큐멘터리를 제작하고 싶다고 제안했다. 3학년이 된 지 얼마 지나지 않았을 때, 수업이 모두 끝나고 반 아이들이 동아리실로 흩어지는 와중에 보도부 부장 고미가 찾아와 침을 튀기며 말했다.

"지하철 칼부림 사건 때문에 선수 생명이 위기에 빠진 과거의 스타! 이런 소재를 놓칠 수는 없잖아? 게다가 우리 부의 에이스 노에가 제작을 맡을 거야. 노에가 작년에 학생 신분으로 산업 폐기물 업체의 불법 투기를 파헤친 보도 너도 알지? 스이오의 페더러와 스이오의 밥 우드워드가 만난 셈이야."

밥 우드워드가 누군지는 모르지만 언론계의 페더러 같은 존재인 듯했다. 이케부치는 스이오의 밥 우드워드라는 노에 히비키를 향해 시선을 돌렸다. 그녀는 한껏 흥분한 고미와 다르게 반걸음 뒤에서 차가운 얼굴로 가만히 있었다. 교내 신문 때문에 보도부의 취재를 받은 적은 몇 번 있지만 노에는 초면이었다. 길게 뻗은 눈에 가느다란 콧대, 얇은 입술. 통통하지 않은 늘씬한 체형까지 더해 마네킹 같은 인상이었다.

"다큐멘터리라는 건 영상이지?"

무슨 당연한 소리를 하냐는 듯 고미가 크게 고개를 끄덕였다.

"제대로 밀착취재해서 촬영할게. 테니스, 일상, 물론 사건까지도."

사건. 그 단어를 듣는 순간 가슴이 철렁했지만 다행히 고미는 기자로서 통찰력이 없었다. 협상은 부장이 맡는다고 미리 정했는지 노에는 고미와 이케부치의 대화를 말없이 지켜만 봤다.

"이케부치?"

마침 무라야마가 교실 문에 나타나 이케부치를 찾았다. 체육복으로 갈아입은 모습을 보니 이케부치가 동아리실에 오지 않자 상황을 살피러 돌아온 듯했다. 아직 본격적인 훈련은

하기 어려웠지만, 다친 부위를 쓰지 않는 훈련만큼은 빼놓지 않고 꾸준히 이어갔다. 무라야마는 매니저로서 이케부치의 훈련을 도왔다.

고미와 노에를 본 무라야마가 어리둥절한 표정을 지었다.

"저기, 보도부 맞지……?"

"내 다큐멘터리를 만들고 싶대."

즉시 상황을 파악한 무라야마는 험악한 표정으로 이케부치와 보도부 사이를 가로막았다. 1학년 때까지는 매니저가 아니라 선수였던 무라야마는 키도 크고 덩치도 좋았다. 호리호리한 고미와는 정반대였다.

"이케부치는 이제 겨우 깁스를 풀었어. 지금이 중요한 시기라고. 그럴 때가 아니야."

무라야마답지 않은 강경한 말투에도 고미는 기죽지도 않고 이케부치를 향해 "긍정적인 대답 기대할게"라는 말을 남기고 노에와 함께 자리를 떴다. 무라야마가 그들의 뒷모습을 노려보며 혀를 찼다.

"너는 교내 신문 같은 건 안 읽으니 모르겠지만 고미가 쓴 운동부 기사는 쓰레기야. 체육계에 대한 편견으로 가득하고, 시합에서 지기라도 하면 참패니 실패니 떠들어대는 기사를 써서 운동부 사람은 다들 싫어해."

"활자만 읽어도 졸음이 쏟아지는 나도 그런 소문은 자주 들었어."

"그렇지? 그런 놈이 만드는 다큐멘터리라니. 애초에 지금의 너를 찍고 싶어 하는 것 자체가 역겨워. 남의 고통을 취잿거리로만 보는 거잖아."

무라야마가 말하는 것은 단순한 부상만이 아니었다. 이전부터 계속된 긴 슬럼프까지 포함한, '지금의 이케부치'와 그의 '고통' 전체를 아우르는 말이었다.

어릴 적부터 테니스 클럽에 들어가 실력을 갈고닦은 이케부치는 수많은 대회에서 좋은 성적을 거두고 기대를 한몸에 받으며 스이오고등학교 테니스부에 들어갔다. 입학 후 기대를 저버리지 않는 활약으로 차기 에이스로 꼽히기까지 했다. 그런데 지난해 단체전 멤버로 출전한 전국 고등학교 종합체육대회에서 자신보다 실력이 약한 선수에게 예상치 못한 패배를 당한 뒤로 계속해서 컨디션 난조를 겪었다. 그 후 출전한 국민체육대회에서도 두드러진 성과를 내지 못했다. 그럼에도 12월에 열릴 간토 지역 선발대회의 등록 선수로 발탁은 됐지만 실전에서 기용될지는 미지수였다. 결국 부상 탓에 간토 지역 선발대회에 출전하지 못했지만 팀은 이케부치 없이 승승장구하며 전국 선발대회에 출전해 8강이라는 성과를 거두었다. 그런 상태로 전열을 이탈한 지 석 달 넘게 지났다.

이케부치는 무라야마가 알아차리지 못하도록 몰래 주먹을 쥐었다.

"다큐멘터리 제작 담당자는 노에라고 하던데. 유명한 애라며?"

"아, 불법 투기? 밭일하는 노인에게 용수로 물이 이상하다는 말을 듣고 인근 하천이 오염됐을 가능성을 떠올려 산업 폐기물 업체의 불법 투기를 밝혀냈다나 봐."

"정말? 대단한데."

"대단하다니, 그런 한가한 소리나 할 때가 아니라고."

무라야마는 한숨을 푹 내쉬었다.

"그런 애가 밀착취재하면 너 같은 사람은 금방 약점을 들킨다고. ……아직 기억 안 나지?"

목소리를 낮춘 질문에 이케부치는 고개를 살짝 끄덕였다.

이케부치가 사실 지하철 사건에 대해 자세히 기억하지 못한다는 점은 이케부치와 무라야마 둘만 아는 비밀이었다. 머리를 다친 탓인지 사건 전후 상황이 거의 기억나지 않았고 단편적으로 남은 기억도 모호했다.

하지만 그 사실을 다른 사람에게 알릴 수는 없었다.

퇴원한 지 얼마 지나지 않았을 때 일이었다.

"자칭 페더러 씨, 일부러 다친 거라는 말 진짜야?"

귀를 파고든 소리에 이케부치는 튕기듯 고개를 들어 위를 올려다봤다. 자신들 바로 아래 당사자가 있으리라고는 꿈에도 생각하지 못한 학생 몇 명이 위층 베란다에서 이케부치에 대해 떠들고 있었다.

"걔랑 1학년생이 그때쯤 간토 선발대회 출전권을 걸고 시합

할 예정이었대. 그런데 질 것 같으니까 지하철 사건에 휘말린 김에 잘됐다 싶어서 일부러 계단에서 굴러 떨어진 거 아니냐던데."

"정말? 나는 사건에 휘말렸다는 말 자체가 거짓이라고 들었는데."

"그러고 보니 그렇게 튀고 싶어 안달 난 애가 사건 이야기는 전혀 안 하네. 진짜 거짓말 아냐?"

이케부치는 충격으로 머리가 새하얘졌다. 목발에 매달리다시피 그 자리를 벗어나 교실에 도착했을 때는 온몸이 땀으로 흠뻑 젖어 있었다.

선발 시합을 앞두고 있던 것은 사실이었다. 그 시합 때문에 이케부치가 스트레스를 받았다는 것도. 이케부치가 계속 슬럼프에 빠져 있던 반면 상대인 1학년 가쓰라는 실력이 나날이 늘었다. 이케부치는 늘 자신만만한 표정을 지었지만 속으로는 질지도 모른다는 불안에 시달렸다. 하지만 그렇다고 일부러 다치다니, 말도 안 되는 소리였다. 그런 마음가짐으로 테니스를 하지는 않았다.

그날 이후로 이케부치는 자신에 관한 소문에 몹시 민감해졌다. 한 번도 대화를 나눠본 적 없는 학생들이 마치 자신의 속마음을 들여다본 것처럼 떠들어대는 것이 두려웠다. 전교생이 이케부치가 고의로 부상당했다고 단정하는 기분이 들었다.

이케부치가 사건 당시를 기억하지 못한다면 그 루머에 신빙성이 실릴 것이다. 심심풀이로 악의를 퍼뜨리는 무리에게 소문의 진위 여부는 중요하지 않았다. 이제는 소문을 믿지 않던 사람들마저 생각을 바꿀지 몰랐다.

"그 꿈은 요즘에도 계속 꿔?"

무라야마가 미간을 찌푸리며 물었다. 그 소문을 들은 뒤 교실에 들어선 순간 곧바로 이케부치의 변화를 눈치채고는 무슨 일이냐며 안색을 살폈을 때와 마찬가지로.

"꿈? 아, 그러고 보니 요즘은 안 꿔. 잊고 있었네."

거짓말이었다.

이케부치는 평소에 매니저인 무라야마에게 컨디션에 대해 자주 이야기했다. 친한 친구라 악몽에 대해서도 털어놓았는데 지금은 후회한다.

무라야마는 원래 선수 신분으로 동아리에 들어왔다. 스이오고등학교 테니스부에 입부했으니 나름대로 실력도 있고 자신감에 차 있었지만 연습경기를 포함한 모든 경기에 한 번도 출전하지 못했다. 그렇게 일 년을 보내던 차에 선천성 심장 질환이 있다는 사실까지 밝혀졌다. 감독은 동아리를 그만두라고 권했지만 무라야마는 매니저가 되기로 했다. 그렇게 테니스부에 남은 무라야마는 지금은 동아리에 없어서는 안 될 존재가 되었다. 그가 서포트하는 선수들은 그의 꿈까지 짊어지고 있었다. 다들 직접 말로 표현한 적은 없지만 적어도 이케부치는 그렇게 생각했다. 무라야마도 이케부치에게는 특히 기대가 컸다.

나는 무라야마의 희망이다. 그렇게 생각하기에 더욱 걱정을 끼치고 싶지 않았다.

무라야마는 "그렇구나"라고 대답했지만 사실 그렇지 않다는 것을 안다는 듯 표정이 어두웠다.

"아무튼 보도부 다큐멘터리는 단호하게 거절해. 마음이 불편하면 내가……."

"알았다니까요. 너는 날 너무 걱정해. 이왕 걱정할 거면 예쁜 여자아이라도 소개해 주든가. 여동생이 고조노여자학교에 붙었다며."

그런데 감독인 다키타의 의견은 달랐다.

"다큐멘터리라니 대단한데. 앞으로 뜻깊은 기념이 될 거야. 학교 보도부라고 해도 어쨌든 카메라가 보이면 부원들도 의욕이 생기지 않을까?"

의외였다. 열성적인 지도자인 다키타라면 분명 그럴 시간에 훈련이나 하든지, 훈련을 못 하면 연구라도 하라고 말할 줄 알았기 때문이다. 그래서 보도부의 제안에 대해 의견을 구할 생각이 아니라 그저 보고하려는 목적이었는데.

당황하는 이케부치를 두고 다키타는 바로 테니스코트에 집중했다.

"가쓰라, 지금 좋아!"

"저, 감독님."

초조함에 짓눌린 목소리가 나왔다.

"그저께 병원에 갔는데 보름만 더 지나면 코트에 들어가도 된다고 하더라고요. 그러니 전국대회 예선까지는 맞출 수 있습니다."

"아, 그렇구나. 그동안 잘 버텨줬어."

"이케부치 선배!"

가쓰라가 라켓을 휘두르면서 달려왔다. 단순한 동작이었지만, 아니 단순한 동작이기에 오히려 감각이 좋다는 사실이 돋보였다. 연습 도중 이탈이지만 다키타는 눈감아 주기로 한 듯했다.

"여기에 있는 걸 보니 드디어 본격적으로 복귀하는 거예요?"

이케부치가 출전하지 못한 3월 전국 선발전에서 팀을 8강으로 이끈 1학년 선수. 2학년이 된 지금도 특유의 까까머리는 여전했다. 규정도 아닌데 까까머리를 고수하는 이유는 가쓰라의 머리를 바리캉으로 미는 것이 할머니의 유일한 즐거움이기 때문이라고 했다.

천진난만한 후배가 초롱초롱한 눈빛으로 묻자 이케부치는 말문이 막혔다.

"……아직 조금 더 있어야 해."

"그렇구나. 그래도 조금만 있으면 돌아오는 거죠?"

03 얼굴

이케부치의 복귀를 기대하는 가쓰라의 마음이 느껴졌다. 그 구김살 없는 모습은 슬럼프에 빠지기 전의 자신을 보는 것 같았다.

갓 입부한 1학년 학생들이 이케부치에게 찰싹 달라붙어 있는 가쓰라를 흥미롭게 쳐다봤다. 이케부치는 가쓰라가 이미 학생들에게 우상과 같은 존재가 되었음을 새삼 깨달았다.

코트 반대쪽에서 분주하게 움직이는 무라야마가 아까부터 자신을 흘끔거리며 신경 쓴다는 사실을 알았다. 이케부치는 가쓰라를 쳐다보며 "그래, 기다려"라고 자신 있게 대답했다.

다키타 감독이 그렇게 말했는데도 제안을 거절하면 오히려 괜한 꼬투리를 잡힐지 몰랐다.

보도부에 승낙한다고 대답한 다음 날 점심시간, 도시락을 먹고 있는데 노에 히비키가 교실에 찾아왔다. 노에는 교실에 들어설 때부터 이미 핸디캠을 들고 촬영하고 있었다. 사정을 모르는 반 친구들이 무슨 일이라며 놀랐는데 이케부치도 같은 심정이었다. 일상생활을 포함한 밀착취재라고는 했지만 이렇게 예고도 없이, 정말 아무것도 아닌 지극히 평범한 일상을 찍을 줄은 몰랐기 때문이다. 하지만 생각해 보면 프로 선수의 다큐멘터리에 등장하는 식사 장면이나 개를 산책시키는 장면과 비슷한 셈인가.

노에는 카메라를 한 손에 들고 가까이에 있는 빈 의자를 끌어당겨 앉았다.

"좋아하는 반찬은?"

갑작스러운 질문에 당황하며 대답했다.

"역시 남자는 닭 튀김이죠."

나는 달걀말이요, 라며 가라테부 부원이 끼어들었다.

노에의 가느다란 손가락이 카메라를 조작했다.

"친구가 보기에 이케부치는 어떤 사람인가요?"

줌아웃해서 함께 도시락을 먹는 친구들까지 한 화면에 담는 듯했다. 혈기 넘치는 가라테부 부원과 방정맞은 농구부 부원과 무라야마. 무라야마는 말이 없었는데 노에를 경계하는 눈치였다. 이케부치가 취재를 수락하겠다는 말을 꺼냈을 때도 끝까지 반대했다.

"바보지만 착한 녀석. 정말 바보지만요."

"맞아, 이케부치가 3학년이 되다니 기적이죠. 아직도 자기 입으로 스이오의 페더러라고 말할 정도니까요."

가라테부 부원과 농구부 부원이 대답했다. 애초에 스이오의 페더러라는 별명을 지은 사람은 이케부치가 아니었지만 어쨌든 긍정적으로 받아들이기로 했다. 친구들은 악의가 전혀 없었고 결국 스스로 그 별명을 사용하고 있으니까.

"그리고 멋있는 척하지만 동정이에요."

"야!"

이케부치가 소리쳤지만 노에는 아무런 반응도 보이지 않

앉다. 변함없이 무표정으로 가만히 기다리는 노에에게 기가 눌린 농구부 부원이 눈치를 봤다.

구원의 손길은 예상치 못한 곳에서 찾아왔다. "이케부치 선배"라고 부르는 한없이 밝은 목소리가 견딜 수 없는 침묵을 깼다. 까까머리 2학년 학생은 주변에서 시선이 쏟아져도 개의치 않고 이케부치와 친구들이 모여 있는 곳으로 다가왔다.

"오, 진짜 찍고 있네요."

가쓰라는 신이 난 얼굴로 카메라를 바라보며 들고 온 도시락을 책상 가장자리에 놓았다.

"이케부치 선배님의 다큐멘터리를 만든다고 들어서요. 저도 꼭 돕고 싶어요."

이 말을 듣고는 노에도 당황한 기색이었다. 벙찐 3학년들은 아랑곳하지 않은 채 가쓰라는 카메라 쪽으로 몸을 돌려 앉았다.

"자, 무엇이든 물어보세요. 저는 이케부치 선배를 리스펙하거든요. 아, 주전 자리를 놓고 경쟁하는 라이벌인데 의외라고요? 그렇게 따지면 이케부치 선배와 라이벌이라는 말을 듣는 제가 오히려 영광이죠."

"……가쓰라는."

"앗, 헐크 **인형**이다!"

무엇이든 물어보라고 해놓고 막상 노에가 질문하려고 하자 가쓰라는 제멋대로 화제를 전환하며 떠들었다. 가쓰라의 시선 끝에는 책상 옆에 걸어 놓은 이케부치의 책가방이 있었는데 가방 손잡이에 녹색 남자 캐릭터를 귀엽게 변형한 봉제 인형 키링이 달려 있었다.

"이거 어디서 났어요? 전에는 안 달고 다녔죠?"

"……입원했을 때 병문안 선물로 받은 거야."

이미 석 달 넘게 달고 다녔지만 가쓰라가 이 키링을 볼 기회는 없었다. 이케부치가 동아리실에 가는 시간을 늦췄기 때문이다. 그리고 다른 부원들과 훈련 일정이 달라서 혼자만 훈련이 빨리 끝나는 바람에 이케부치는 부원들을 기다리지 않고 먼저 집에 돌아갔다. 자신이 동아리실에 있으면 부원들이 불편해할까 봐 배려하려는 마음 때문이기도 했지만 가장 큰 이유는 그들과 한 공간에 있고 싶지 않았기 때문이었다. 특히 가쓰라와는. 마음껏 훈련하면서 실력까지 일취월장하는 부원과 같은 공간에서 웃고 떠들기란 힘들었다.

그런 마음을 아는지 모르는지 가쓰라는 키링을 보고 "멋지다, 나도 갖고 싶다"라고 아이처럼 좋아했다. 그러더니 카메라를 향해 돌아서서 말했다.

"나랑 선배 둘 다 마블을 좋아해요. 선배는 팬티도 세트로 갖고 있는데 가장 즐겨 입는 팬티는 캡틴 아메리카예요."

머리가 어질어질했다. 야단났다. 친구뿐 아니라 후배까지 하나같이 바보들뿐이다. 그야말로 유유상종이었다.

노에는 황당해하면서도 가쓰라의 말을 끊지는 않았다. 그렇다고 관심을 보이는 기색도 없이 음담패설을 받아넘겼을 때처럼 무표정하게 계속 촬영했다. 마네킹 같다는 첫인상이 더욱 강해졌다. 마네킹이라기보다 안드로이드인가. 노에 히비키는 분명 음식도 먹지 않고 화장실도 가지 않고 땀도 흘리지 않을 것이다.

가쓰라가 쉬지 않고 재잘거리다가 점심시간이 끝났다. 가라테부 부원과 농구부 부원은 즐거워했지만 무라야마는 밥을 먹을 때 말고는 거의 입을 열지 않았다. 이런 취재가 과연 의미가 있을지 의문이 들었다.

그러나 안심도 잠시, 노에는 방과 후 다시 카메라를 들고 찾아왔다. 오늘은 병원에 들렀다가 스포츠 마사지를 받으러 갈 예정이라고 말하자 학교에서 그리 멀지 않은 곳임을 확인한 뒤 자전거로 따라왔다. 활발한 인상과는 거리가 먼 노에가 자전거로 등하교한다니 뜻밖이었지만 시간대나 경로에 따라서는 자전거 통학이 더 효율적이라는 점을 고려하면 오히려 노에답다는 생각도 들었다. 실제로 버스를 타고 이동한 이케부치와 자전거를 타고 온 노에는 비슷한 시간에 도착했다.

노에는 의사와 트레이너에게도 취재를 요청했다. 의사는 거절했지만 트레이너는 이케부치만 좋다면 상관없다고 수락했다. 노에의 페이스에 말려 동의한 이케부치는 침대에서 끙끙거리는 모습까지 고스란히 카메라에 찍히고 말았다.

"나 이제 집에 갈 건데."

결제를 마치고 밖으로 나왔는데도 떠날 기미를 보이지 않는 노에에게 말했다.

"가."

노에는 무엇이 문제냐는 듯 묻는 표정으로 말했다.

"가라니, 설마 집까지 따라올 작정이야?"

"가면 안 돼?"

"안 된다기보다……."

밀착취재를 그렇게까지 한다고?

이케부치가 우물쭈물하는 동안에도 카메라는 열심히 돌아갔다.

"집은 어느 역 쪽이야?"

"……S선 아오사토역. 칼부림 사건 범인이 붙잡힌 곳이야."

"다섯 정거장이네. 자전거로 가면 멀어?"

노에가 중얼거리며 갈색 가죽 손목시계를 확인했다.

"그 칼부림 사건이 일어난 12월 20일, 넌 미나미스이오역에서 몇 시 몇 분에 출발하는 전철을 탔어?"

갑작스러운 질문에 이케부치는 눈을 깜빡거렸다. 취재가 시작된 뒤로 사건에 대한 질문은 처음이었다. 드디어 올 것이 왔구나. 조용히 배에 힘을 줬다.

"저녁 7시 30분이겠지. 역에 도착했을 때 온 전철을 바로 탄 거라 시간을 확인하지는 않았지만 뉴스에서 봤어. 하필 그 전철을 탔다니 나도 운이 없지."

"하필 또 네가 탄 칸에서 사건이 일어났지?"

"응, 다섯 번째 칸. 정말 운도 지지리 없다니까."

저녁이 되자 기온이 뚝 떨어졌다. 그런데 등줄기에는 땀이 흘렀다.

사실 이케부치는 자신이 몇 번째 칸에 탔는지 모른다. 기억은 없어도 마음에 새겨진 극심한 두려움과 자신이 굴러떨어진 계단이 다섯 번째 칸이 정차한 곳 바로 옆에 있었다는 사실로 그렇게 추측할 뿐이었다. 꿈속에서 그토록 절박하게 '도망쳐야 한다'라고 생각한 이유는 그 꿈이 칼부림 사건 현장을 배경으로 하고 있었기 때문이다.

"왜 그랬어?"

"뭐라고?"

"우리 학교에서 S선을 타려면 보통 미나미스이오역 1번 출구를 이용하지. 그러면 첫 번째 칸이 가장 가까워. 실제로 우리 학교 학생들은 대부분 그쪽에서 타기 때문에 당시 그 전철에 탄 학생들은 있었어도 다섯 번째 칸에서 일어난 사건에 휘말린 사람은 아무도 없었어."

"그건……."

생각해 본 적 없다. 단 한 번도. 이케부치도 평소에는 첫 번째나 두 번째 칸에 타고, 아오사토역에 도착하면 플랫폼 서쪽 끝에 있는 계단을 이용한다. 그날 굴러떨어진 계단은 플랫폼 중앙에 있는 계단이었다. 왜 평소와 다르게 행동했을까. 기억나지 않는다.

"그냥 그러고 싶었어. 그때는 몸이 별로 안 좋아서 아는 사람과 마주치고 싶지 않았거든."

입에 담고 나니 정말로 그랬던 것 같았다. 슬럼프에 빠진 와중에 선발 시합까지 다가와서 불안과 초조로 예민한 상태였다.

"그럼 혼자였어?"

"응."

아마 그럴 것이다. 집으로 돌아가는 전철은 늘 혼자 탔고 병원에 갔을 때도 동행은 없었다고 들었다.

"전철에 탔을 때 안은 어땠어?"

"어땠냐니?"

"얼마나 붐볐어? 넌 다섯 번째 칸 어디에 탔어? 범인은……."

"잠깐."

거침없이 쏟아지는 질문을 가까스로 막았다. 테니스 경기에서 상대의 거센 압박에 당황한 나머지 간신히 받아친 공이 아웃됐을 때와 같은 기분이었다.

노에는 이케부치의 요구대로 질문을 멈추고 기다렸다. 냉정 그 자체인 표정으로 가만히 응시하며 다음 말을 기다렸다.

목이 바싹바싹 타들어 가는 기분에 침을 삼켰지만 공기만 삼킨 듯 까끌했다. 억지로 입꼬리를 끌어올린 뒤 입을 열었다.

"그런데 그렇게 막 물어보면 어떡해. 석 달이나 더 지난 일이고 그때 너무 혼란스러웠던 데다 다치기까지 해서 기억이 잘 안 나."

"천천히 생각해 봐. 얼마든지 기다릴 테니까."

"아니, 나는 집에 갈 거라니까. 그리고 이렇게 계속 길바닥에 서서 이야기하는데 안 추워?"

"그럼 걸으면서……."

"다음에 하자. 갑자기 우리 집에 가는 것도 부담스러울 테니."

노에는 조용히 한숨을 쉬었다.

"알았어."

노에가 카메라를 내리고 자전거 보관소에 세워둔 자전거를 잡았다. 이케부치는 당장 떠나고 싶었지만 도망치는 것처럼 보일까 봐 결국 가만히 기다렸다.

자전거에 올라탄 노에가 고개를 돌려 이노부치를 쳐다보았다.

"사건 이야기는 안 하고 싶어?"

"어……? 왜?"

"입을 안 여는 것 같아서."

도대체 어떻게 대답해야 정답이었을까. "그런 거 아니야"라고 해야 했을까? 아니면 "뭐, 좋은 기억이 아니니까"라고? 노에가 "내일 봐"라는 불길한 인사를 남기고 떠난 뒤 생각해 봤지만 알 수 없었다. 다만 아무 대답도 하지 못하고 멀거니

서 있던 행동이 실수였던 것만은 분명했다.

"그런 애가 밀착취재하면 너 같은 사람은 금방 약점을 들킨다고."

취재를 반대하던 무라야마의 말이 머릿속에서 되살아났다.

"……기우야."

이것이 오히려 기회가 될 수 있다고 자기 합리화했다. 노에의 질문에 적절하게 대응한다면 부상에 관한 악의적인 억측이나 이케부치가 거짓말쟁이라는 소문을 불식시킬 수 있으리라.

그날 밤에도 또다시 꿈을 꿨다.

미나미스이오역 플랫폼에 선 이케부치의 앞에 지하철이 미끄러져 들어왔다. S선 지하철. 휴대폰에 표시된 시각은 19시 13분. 빈자리가 있었지만 이케부치는 휴대폰을 보며 문 옆에 섰다. 뒤이어 아이를 데리고 올라탄 남성이 그 자리에 아이를 앉혔다.

네 번째 역인 요코쿠라역을 출발한 순간 돌연 비명이 터져 나왔다. 본능적으로 비명이 들린 쪽을 돌아보자 승객들이 일제히 자리에서 일어나거나 잡고 있던 손잡이를 놓고 그 자리를 벗어나려고 아우성치고 있었다. 무슨 일인지 인지할 겨를도 없이 승객들이 이케부치 쪽으로 몰려왔다.

순식간에 사람들 사이에 낀 이케부치의 눈에 믿을 수 없는 광경이 들어왔다. 허공을 붕붕 가르는 칼, 그 칼날 끝에 묻은 피. 칼을 움켜쥔 젊은 남자와 그를 정면에서 막아선 노인. 바로 옆 의자 밑에 여자가 한 명 쓰러져 있고 여자의 것으로 보이는 가방에는 임산부 배지가 달려 있었다. 순간이었지만 모든 장면이 또렷하게 보였다.

덩치 큰 남자 회사원을 필두로 승객들이 옆 칸으로 도망쳤다. 차량 연결부에서 정체돼 이케부치는 승객들 사이에 납작하게 눌렸다. 열차가 아오사토역에 도착해 문이 열리자마자 둑이 터진 듯 승객들이 쏟아져 나왔다. 밀치락달치락하다가 넘어지는 사람도 있어서 그곳 또한 패닉에 빠졌다.

이케부치는 간신히 빠져나와 바로 앞에 있던 계단으로 쏜살같이 뛰어올랐다. 도망쳐야 한다. 그놈이 쫓아온다. 따라잡히고 만다. 이케부치는 필사적으로 도망쳤다. 앞으로, 위로, 멀리, 두 계단씩 밟으며 달렸다. 그런데 아무리 달려도 끝이 보이지 않았다. 계단은 끝이 없었다. 한없이 이어졌다.

역시 평소와 같은 곳에 다다랐다. 늘 꾸는 악몽의 종착점.

누군가가 뒤에서 팔을 붙잡아 비명을 지르며 돌아봤다. 그곳에는…….

땀을 흠뻑 흘리며 눈을 떴을 때, 방은 캄캄하고 고요했다. 격렬하게 뛰는 심장 때문에 침대가 흔들리는 것 같았다. 딱딱하게 굳은 몸을 일으켜 손으로 얼굴을 쓸었다. 미끈미끈한 감촉에 온몸의 털이 곤두섰다.

꿈속에서 이케부치의 팔을 잡은 그 달걀귀신의 정체는 칼부림 사건의 범인 같았다. 실제로 범인은 전철 안에서 붙잡혀서 이케부치를 쫓아오지 않았지만 그에게 붙잡힐지 모른다는 공포가 꿈이라는 형태로 발현된 것이다.

열감이 느껴지는 숨을 천천히 내쉬며 몸에 실린 힘을 뺐다. 지금까지는 계단 장면만 계속 꿈에 나왔는데 오늘은 전철을 타는 장면부터 시작됐다. 분명 기억이 돌아오고 있다는 징조였다. 집에 돌아와서 잠들기 전까지 사건 기사나 개인이 업로드한 정보를 검색해 읽은 보람이 있었다.

12월 20일 오후 7시 21분경, 요코쿠라역에서 아오사토역으로 향하던 지하철 S선 보통 열차(구리코마발 히노하라행)의 다섯 번째 차량에서 용의자 기타우라 세이지(25)가 칼을 휘둘러 승객 한 명이 사망하고 네 명이 다쳤다. 기타우라 세이지는 승무원 및 승객들에게 붙잡혔고 출동한 경찰에 체포됐다.

그 전철에 타고 있었어! 두 번째 칸에 타서 그런 일이 일어났는지 전혀 몰랐는데 아오사토역에 도착하자마자 플랫폼이 갑자기 소란스러워졌어. 도망치라는 소리가 들려서 내릴 역이 아닌데도 일단 내렸지. 그야말로 패닉에 빠진 지옥이었어.

경상을 입은 네 명 중 한 명은 임산부였는데, 범인의 왼쪽 자리에 앉아 있다가 가장 먼저 공격당했다. 하지만 그 여성이 순간적으로 몸을 비틀어 피해서 팔만 베였고 중심을 잃어 좌석 밑으로 미끄러져 쓰러졌다. 그때 근처에 앉아 있던 무카이 마사미치 씨(70)가 범인과 여성 사이를 막아섰다. 여성은 다른 승객의 도움을 받아 그 자리에서 벗어났지만 무카이 씨는 범인에게 온몸을 찔려 사망했다.

공포에 질렸지만 공격당한 여성을 모른 척할 수 없었겠죠. 사망하신 분이 온몸으로 여성을 지켰기 때문에 그 사이에 사람들이 여성을 피신 시킬 수 있었어요. 범인을 잡을 수 있었던 것도 다 그분 덕분입니다. 제가 입은 부상은 찰과상에 불과해요.

수많은 사진과 동영상이 떠돌았다.

용의자 기타우라 세이지는 체격도 빈약하고 패딩에 달린 모자를 써서인지 안색이 나쁘고 눈빛이 탁해 보였다. 희생된 무카이 마사미치 씨도 마찬가지로 체격은 빈약했지만 범인에게 맞선 동작에 망설임은 없었다. 오히려 건장한 데도 다른 승객들을 밀치고 도망가는 남자도 있었다. 도망치려고 허둥대는 사람. 플랫폼에서 넘어지는 사람. 소리가 깨져서 무슨 말인지 알아들을 수 없는 안내방송. 비명. 고함. 혼란. 공포.

머리맡의 휴대폰을 들어 시간을 확인하니 동이 트려면 아직 멀었다. 하지만 다시 잠들 엄두가 나지 않아 이케부치는 사건 관련 뉴스를 찾기 시작했다. 괴로운 작업이지만 기억의 공백을 완전히 메우지 않고서는 노에를 상대할 수 없었다.

다음 날은 가벼운 훈련을 하는 날이었기에 동아리 활동이 끝난 후 무라야마와 스포츠 매장에 가기로 했다. 점심시간에 취재하러 왔다가 그 소식을 들은 노에는 아니나 다를까 동행을 요청했다. 노에의 반응은 예상한 대로였지만 그 요청을 무라야마가 받아들일 줄은 몰랐다.
"이케부치의 언행이 너무 투명해서 그래. 노에에게 겁먹은 게 너무 눈에 보여."
"안 쫄았어."
"경계하는 건 이해하지만 그러면 괜히 더 의심받을 거야. 너무 완강하게 거부하는 것도 좋지 않아."
이케부치는 한숨을 내쉬었다. 결국 걱정을 끼치고 말았다.
"기억나지 않을 뿐 거짓말을 하는 건 아닌데……."
너무 깊이 생각하지 말라는 듯 무라야마가 이케부치의 등을 토닥였다.
단골 스포츠 매장은 학교에서 조금 멀어서 JR 쾌속 전철을 타고 십 분 정도 가야 한다. 노에는 동아리실에 들렀다가 간다고 해서 이케부치와 무라야마 둘이서 먼저 가게에 도착했다. 곧이어 도착한 노에는 이케부치가 라켓 거트를 교체해 달라고 부탁했다는 말을 듣고 교체 장면을 촬영하고 싶다고 가게에 요청해 안쪽으로 사라졌다. 역시 스이오의 밥 우드워드다웠다. 스포츠 마사지를 받을 때도 그렇고 행동력이 대단했다.

"지금 감탄할 때야?"

테니스화를 보고 있던 무라야마가 어이없다는 표정으로 말하며 한 켤레를 집어 들었다.

"이거 사고 잠깐 밖에 나가 볼일 좀 보고 올게. 거트 교체는 시간 좀 걸릴 테니까."

이케부치는 알겠다고 대답한 후 알록달록한 옷들 사이를 서성거렸다. 이렇게 평범하게 걸을 때는 아프지 않았다. 하지만 예전처럼 경기를 뛸 수 있겠냐 하면 솔직히 자신이 없었다. 게다가 가쓰라를 이기고 출전권을 얻으려면 '예전 같은' 실력으로는 안 된다. 그보다 뛰어나야 한다. 거트를 교체한 김에 마음에 드는 테니스복이 있으면 살까 싶었지만 아무래도 그럴 기분은 아니었다.

노에가 매장 안쪽에서 나왔다.

"촬영하면서 이야기를 들었는데 라켓의 세계도 심오하네."

"응, 저분이 점장님인데 정말 잘 아시거든. 테니스화를 고를 때도 조언을 받기도 해. 테니스를 시작했을 때부터 지금까지 신세를 지고 있어."

"당연한 이야기겠지만 선수가 활약하는 데는 많은 사람의 도움이 필요하구나."

그 말이 가슴에 와닿았다. 항상 가슴에 새기고 있었지만 최근 마음고생을 하다 보니 감사하는 마음이 무뎌지고 말았다.

"무라야마는?"

"볼일이 있어서 잠깐 나갔어."

"그래. 전철에서 있었던 일, 기억났어?"

"어?"

무슨 말을 하는지 잠시 깨닫지 못했다. 저번에 스포츠 마사지를 받고 돌아가던 길에 노에는 칼부림 사건 당시 차량 내 상황을 물었었다. 그에 관해서는 나중에 이야기하자고 대답했는데 지금 그 이야기를 한다는 사실을 깨닫고 등골이 서늘해졌다. 테니스라는 평온한 주제에서 사건으로 갑작스러운 전환. 강렬한 페이크. 숨을 삼키는 이케부치를 향해 노에가 카메라를 들었다.

이것은 기회다. 이케부치는 순간 상품 진열대로 시선을 피하며 마음을 진정시켰다. 수집한 정보와 꿈의 내용을 그대로 이야기하면 된다. 혀로 입술을 축인 뒤 조심스럽게 입을 열었다.

"전철 안은 별로 안 붐볐어. 내 바로 뒤에 남자아이와 아버지가 같이 탔는데……."

천천히 말을 거듭하다 보니 정말로 생각이 났다. 단순한 꿈이 아니었다. 그 부자를 본 것은 틀림없이 현실에서 일어난 일이었다. 그래, 그때,

"남자아이가 나를 가리키며 뭐라고 했어. 당황한 아이 아

버지가 남에게 손가락질하면 안 된다고 꾸짖었어. 나는 문 옆에 서서 휴대폰을 보고 있었는데…….."

비명. 패닉. 피에 젖은 칼. 범인에게 맞선 노인. 임산부 배지. 아오사토역. 계단. 그리고…….

혀가 매끄럽게 움직였고 정신을 차리고 보니 악몽 내용까지 말하고 말았다.

"PTSD처럼 거창한 건 아니지만 가끔 그때 일이 꿈에 나와. 상상도 조금 섞여 있긴 하지만."

"그래서?"

"달걀귀신이 나와."

"……달걀귀신?"

노에가 뜸 들이다가 대답하다니 흔치 않은 일이었다.

"내가 전철에서 도망쳐 나와 계단을 뛰어 올라가면 등 뒤에서 누군가가 팔을 잡아. 그래서 돌아보면 달걀귀신이 있어. 그게 다야. 항상 그 장면에서 깨."

"달걀귀신한테 특징은 없어? 성별이나 나이 같은."

"아무것도 없어. 미스터리 만화의 범인처럼 몸 전체가 검은 그림자 덩어리야. 범인이 쫓아올까 봐 두려웠던 기억 때문에 그런 꿈을 꾸는 거겠지."

이케부치는 아무 일도 아닌 것처럼 말하며 어깨를 으쓱했지만 노에는 손가락을 턱에 대고 뭔가 골똘히 생각하는 눈치였다.

"그런데 넌 왜 그 전철을 탔어?"

"왜냐니?"

"동아리 활동이 끝나고 곧장 역으로 갔으면 저녁 6시 45분쯤 전철에 탔을 거야. 그런데 그날은 어떤 이유에서인지 저녁 7시 13분에 탔지."

듣고 보니 그랬다. 왜 그랬을까. 생각해 본 적 없다. 그리고 그 기억의 공백은 아직 메워지지 않았다.

"글쎄, 어디서 놀다 간 거 아닐까?"

웃는 얼굴로 얼버무리는데 무라야마가 매장으로 돌아왔다. 한쪽 팔에 인형을 안고 있었다.

"그게 뭐야. 그거 사러 갔었어?"

"산 게 아니라 게임센터. 한정판 상품으로 나왔다고 동생이 뽑아오라잖아."

"이 짧은 시간에 휙 가서 휙 뽑아오다니 무라야마답네."

무라야마는 인형 뽑기의 달인이었다. 이케부치가 책가방에 달고 있는 헐크도 무라야마가 뽑아준 것이었다. 사건 때문에 입원했을 때 병문안 선물로 받았다고 한다. '받았다고 한다'라고 표현한 이유는 기억이 없기 때문이었다. 자신의 가방에 처음 보는 인형 키링이 달려 있어서 무라야마에게 뭐냐고 물었더니 설명해 줬다.

조금 전 대답으로 상황을 모면했는지 모르겠지만 노에는 더 이상 추궁하지 않았다. 거트 교체가 끝나기를 기다렸다가 셋이서 스포츠 매장을 나왔다. 자전거를 학교에 두고 온 노에는 지하철 노선을 탄다고 해서 JR 노선을 타는 이케부치, 무라야마와 매장 앞에서 헤어졌다.

노에와 헤어지자마자 이케부치는 한숨을 토했다. 상황을 간신히 넘겼다. 정보를 많이 모은 덕에 사건에 대해 매끄럽게 이야기할 수 있었고 잃어버린 기억도 일부 떠올랐다. 이런 식으로 정보를 조금 더 모으면 취재가 끝날 때까지 버틸 수 있거나 그 전에 모든 기억을 되찾을 수 있지 않을까.

"이케부치!"

뒤에서 종종걸음으로 따라온 점장이 접이식 카드지갑을 내밀었다.

"이거, 노에 씨가 떨어뜨린 것 같아."

노에의 손목시계 가죽끈과 같은 갈색 가죽이었다. 이케부치는 노에가 걸어간 쪽으로 고개를 뻗어봤지만 노에는 보이지 않았다.

어쩔 수 없이 이케부치가 대신 받았을 때 카드지갑에서 흰 종이가 떨어졌다. 영수증이었다. 카드지갑을 열어 노에 히비키의 이름이 가타카나로 새겨진 교통카드 위에 영수증을 끼워 넣었다.

다시 거리를 둘러봤지만 역시 노에의 모습은 찾을 수 없었다. 취재 전에 휴대폰 번호를 받았던 기억이 나서 전화를 걸었다. 신호음이 세 번 울린 뒤 노에가 전화를 받았다. 카드지갑을 갖고 있다고 말하자 노에는 내일 건네달라고 했다.

"일부러 전화 줘서 고마워. 점장님께도 감사 인사 전해줘."

기분 탓인지 평소보다 말이 빨랐다. 실수가 익숙하지 않은가, 노에가 당황할 때도 있구나 싶어서 뜻밖이었다.

생각해 보니 이케부치는 노에에 대해 아무것도 몰랐다. 자신은 이것저것 불필요한 내용까지 모두 털어놨는데. 테니스 경기를 할 때도 그렇지만 상대를 알아야 유리하다. 그리고 약간이지만 노에 히비키라는 사람에게 관심이 생겼다. 적어도 이제 안드로이드 같은 이미지는 사라졌다.

이케부치는 노에의 반 여자아이들에게 그녀에 대해 넌지시 물었다.

"노에?"

이케부치에게 이야기를 들려준 학생 중에 노에와 친한 아이는 없었다. 시크하고 예쁘다. 머리가 좋아 보인다. 친해지기 힘든 느낌이다. 이야기해 본 적 없다. 잘 모른다.

남자아이들에게 물어도 거의 같았다. 잘 모르겠지만 무서워 보인다, 또래는 상대하지 않을 것 같다는 의견이 추가된 정도였다. 그러나 수확도 있었다. 노에는 2학년 3학기*부터 자전거로 통학하고 있는데, 그전에는 N선 노선을 타고 통학

---

* 일본 학교는 3학기의 교육과정을 운영한다. 4월에 학년을 시작해서 3월에 끝난다.

했다는 사실을 알게 됐다.

"노에에게 그렇게 신경 쓰지 마."

무라야마가 여러 번 충고했다. 처음에는 부드럽게 타이르는 말투였지만 점점 어조가 강경해졌다.

"그리고 사건 조사도 적당히 해. 딱 봐도 잠이 부족해 보이잖아. 사건이 일어났던 열차에 타보질 않나, 그때 그 계단을 뛰어올라가 보질 않나. 복귀가 코앞인데 자꾸 그런 데 신경 쓰면 육체적으로나 정신적으로나 좋지 않아."

걱정 되는 마음은 충분히 이해했지만 솔직히 간섭으로 느껴졌다. 기억이 돌아오고 있다는 증거로 꿈이 점점 구체적으로 변했다. 범인이 입고 있던 패딩의 위장복 무늬나 칼에 베인 임산부의 패딩에서 삐져나온 깃털이 임산부 가방에 떨어지는 장면, 무카이 마사미치의 구겨진 트렌치코트까지, 이제는 또렷하게 보였다.

"괜찮다니까."

목소리에 짜증이 배어났다. 말하자마자 후회했다.

"축하해요!"

드디어 복귀한 이케부치를 누구보다 반겨준 사람은 가쓰라였다. 아직 앳된 얼굴로 환하게 웃으며 운동장 저편에 있는 학교 건물까지 닿도록 크게 소리쳤다.

"그렇게 소리치지 않아도 다 들려."

가쓰라는 좋은 아이다. 그리고 재능이 있다. 앞으로 더 크게 자랄 재목이다.

이케부치는 한 손 손가락으로 귀를 후비고 다른 한 손은 몸 옆에 내린 채 라켓을 꽉 쥐었다가 곧 힘을 뺐다. 테니스 코트에는 노에도 있었다. 이제는 부원들도 익숙해진 카메라가 이케부치와 가쓰라를 담고 있었다.

준비 운동을 마치고 랠리 연습 시간이 되자 이케부치가 가쓰라에게 함께하자고 말했다. 다키타 감독이 괜찮겠냐고 물어서 "물론입니다"라고 힘차게 대답했다. 의사의 허락을 받았다. 복귀를 위한 모든 훈련도 마쳤다. 수면 부족을 걱정한 무라야마는 여전히 하고 싶은 말이 있는 얼굴로 이케부치를 바라봤지만 언제나 완벽한 컨디션으로 경기를 뛸 수는 없었다.

"드디어 선배님과 칠 수 있어서 정말 좋네요. 선발전에 그렇게 뽑힌 건 본의가 아니었어요."

강렬한 감정이 담긴 가쓰라의 두 눈이 이글거렸다. 정식 경기로 결판을 내지 못한 것이 가쓰라에게도 응어리로 남았구나, 이제야 비로소 깨달았다. 이케부치가 승부를 피하려고 일부러 다쳤다는 소문을 가쓰라는 어떻게 생각할까.

이케부치는 감각을 일깨우듯 공을 튕기며 숨을 깊게 들이마셨다. 우선은 감을 끌어올리는 수준의 가벼운 쇼트 랠리였는데 힘이 너무 들어갔다. 노란색 공이 가쓰라의 오른손 쪽으로 기세 좋게 날아갔다. 가쓰라가 공을 받아쳤고 그것을 이케부치가 맞받아쳤다.

쇼트 랠리부터 롱 랠리, 그리고 발리&스트로크. 이케부치는 부활을 알리듯 뛰어다녔다. 아슬아슬하게 코스에 찔러 넣어 가쓰라를 도발하기도 했다. 분위기를 탄 가쓰라도 몰입하면서 금세 제법 격렬한 랠리가 이어졌다.

가쓰라의 실력이 생각보다 더 늘었다. 이케부치는 체력이 약해진 데다 수면 부족으로 연습 경기인데도 솔직히 힘에 부쳤다. 그래도 할 수 있다. 저기 봐, 스이오의 페더러는 건재해. 다른 부원들의 목소리가 들렸다. 좋아, 이케부치! 역시 대단해.

"그만."

다키타 감독의 신호로 랠리가 중단됐을 때 이케부치의 호흡은 거칠었고 팔다리도 무거워졌다. 역시 체력이 떨어졌다는 사실을 절감했다. 그러나 의욕은 충만했다.

"오 분 휴식 후 서브&리턴을 한다. 이케부치는 무라야마와 해."

"네?"

"갑자기 무리하지 마. 너무 날아다녔어."

"괜찮아요. 아프지 않아요, 할 수 있습니다."

"그럴 때일수록 조심해야 해. 매니저, 부탁한다."

네, 하고 무라야마가 대답했다. 과거에 실력이 괜찮은 선수였던 무라야마 모모토는 연습 상대로 충분했다.

무라야마가 친 가벼운 서브를 이케부치는 전력으로 받아쳤다. 예상치 못한 날카로운 리턴을 무라야마는 잡아내지 못했고 공은 코트를 벗어나 공교롭게도 노에의 발치로 통통 굴러갔다.

냉정하게 촬영을 이어가는 그 모습을 보자마자 강렬한 부끄러움이 엄습했다. 주요 훈련에서 제외돼 무라야마에게 화풀이했다는 사실을 스스로도 잘 알기 때문이었다. 무라야마도 화풀이 당했다는 사실을 눈치챘을 터다.

"미안, 미안해."

공을 주워 달려오면서 웃는 무라야마의 얼굴을 볼 낯이 없었다.

그날 하굣길에 동아리 부원이 이케부치의 부활을 축하하는 의미로 버블티를 샀다. 부원 중에 S선 하행 열차를 타는 사람은 이케부치뿐이었다. 혼자가 된 이케부치는 1번 출구에서 플랫폼으로 들어가 가장 가까운 첫 번째 칸에 탑승했다. 예전에 노에가 지적한 대로 스이오고등학교 학생이라면 대부분 이용하는 경로였다. 그런데 그날은 도대체 왜…….

이케부치는 멍하니 생각에 잠겨 전철에 발을 들여놓다가 움찔하며 멈춰 섰다. 좌석에 앉아 있는 승객 가운데 위장무늬 패딩을 입은 남자가 있었기 때문이다. 칼부림 사건 범인과 같은 차림이었다. 뇌가 그 사실을 인식하기도 전에 몸이 먼저 굳었다.

뒤따라 타던 승객들이 등에 부딪혔다. 등 떠밀리듯 한 걸음 나아간 이케부치는 눈을 부릅떴다. 등 뒤에 정신을 빼앗긴 순간 위장무늬 옷을 입은 남자는 사라지고 없었다. 아니, 아니었다. 좌석은 빈자리 없이 가득 차 있었다. 그리고 위장무늬 남자가 앉아 있던 자리에는 패딩을 입은 또 다른 남자가 있었다. 검은색 패딩이었다.

착각. 이케부치는 몇 번이나 눈을 깜빡이고 비볐다. 아무리 봐도 검은색 패딩이었고 그 옷을 입은 인물도 범인과는 전혀 닮지 않았다. 시선을 느꼈는지 검은 패딩의 남자가 이케부치를 쳐다보았다. 이케부치는 눈이 마주치기 전에 황급히 시선을 돌렸다.

비슷한 착각은 계속됐다. 비명은 자전거 브레이크 소리였고 주머니에서 꺼낸 칼은 휴대폰이었고 길에 점점이 떨어진 피는 떨어져 흩어진 진달래꽃이었다. 그럴 때마다 이케부치는 손가락이 뻣뻣하게 굳을 정도로 긴장했다.

착각은 차츰 환각과 환청으로 확대됐다. 세수하고 거울을 보면 등 뒤에 사람 그림자가 나타났다. 걷다 보면 자신의 것이 아닌 숨소리가 들렸다.

악몽이 현실을 잠식하는 기분이었다. 경계를 넘어 서서히 몸을 조여왔다. 사건이, 범인이, 달걀귀신이 뒤쫓아왔다.

집으로 돌아가는데 뒤에서 누군가 갑자기 팔을 잡았다. 이케부치는 무의식중에 강하게 뿌리쳤는데 어찌나 세게 뿌리쳤는지 중심을 잃고 보도 울타리에 부딪혔을 정도였다.

"……미안, 내가 놀라게 한 모양이네."

무라야마는 본인이야말로 놀란 얼굴로 한 손을 허공에 든 채 말을 고르듯 신중하게 말했다.

"몇 번이나 불렀는데."

"아니……."

아무렇지 않은 척 울타리에서 몸을 떼고는 손으로 입가를 가린 뒤 조용히 심호흡했다. 뜨거운 숨 때문에 축축해지는 손바닥을 느끼며 이 자리에 노에가 없어서 다행이라고 진심으로 생각했다.

"무슨 일이야?"

"응, 전에 말이야, 고조노여자학교 아이 소개해달라고 했잖아. 동생한테 말했더니 친구 몇 명이랑 같이 노래방에 놀러 가지 않겠냐고 묻더라고. 사진도 있어."

무라야마가 휴대폰을 내밀었다.

"기분 전환 좀 해야 하지 않겠어?"

휴대폰을 받아들려던 이케부치의 손이 멈칫했다. 이케부치는 시선을 들어 무라야마를 물끄러미 바라보았다.

"무슨 뜻이야?"

이케부치의 입꼬리가 경직됐다. 무라야마는 기가 조금 죽어 보였지만 휴대폰을 집어넣지는 않았다. 미간을 찌푸리고 고심하던 무라야마는 마침내 결심한 듯 입을 열었다.

"너 요즘 정말 이상해. 지금도 주위를 두리번두리번 거리면서 걷고 세 걸음마다 뒤돌아보잖아. 네 행동이 얼마나 이상해 보이는지 알아?"

역시 그래 보였구나.

"……너랑 상관없잖아."

"걱정돼서 하는 말이야."

안다. 잘 알고 있다.

"네가 엄마냐."

농담으로 얼버무렸지만 통하지 않았다.

"이제 사건은 그만 조사해. 소문 따위 신경 쓰지 말고. 다음 주전 자리도 일단 잊는 게 좋겠어."

뭐라고? 이케부치는 귀를 의심했다.

"주전 자리가 뭐가 어째?"

"조급해하지 말라는 거야. 지금은 차분하게 몸과 마음을 추스르는 데 전념해."

"네 멋대로 말하지 마."

거친 목소리에 행인이 놀라 뒤돌아봤다. 이어지는 말이 목에 걸려 좀처럼 나오지 않았다.

"히…… 힘내라는 둥 쉬라는 둥. 간섭이 너무 심해. 내 멘탈 정도는 내가 알아서 관리할 수 있다고. 네가 뭔데."

"난 매니저야."

"아, 그랬지. 하지만 네가 코트에 설 수 없다고 나한테 네 꿈을 강요하지 마!"

끔찍한 말이었다. 그런데 멈출 수 없었다. 감정이 격해진 나머지 눈시울이 붉어지고 무라야마의 얼굴이 흐릿해졌다.

"그럴지도 모르겠네. 미안해."

무라야마가 사과하자마자 얼굴이 화끈해진 이케부치는 그 자리에서 도망쳤다. 무라야마는 쫓아오지 않았다.

다음 날에도 무라야마의 태도에는 변함이 없었다. 마치 아무 일도 없었던 것처럼. 아니, 무라야마 입장에서는 실제로 아무 일도 없었던 셈일지도 모른다. 비단 이케부치뿐 아니라 부원이 매니저에게 화풀이하는 일은 드물지 않았다. 매니저를 무시하는 것은 아니지만 선수를 우선시하는 방침이 때때로 나쁜 상황을 불러오기도 했다.

이케부치는 지금까지 쌓아온 우정을 믿고 노래방에 같이 가겠다고 말을 걸어 볼까 했지만 결국 꺼내지 못했다. 말을 꺼내면 무라야마가 분명 자신에게 맞춰줄 텐데 그건 너무 비겁한 행동이라는 생각이 들었다.

숨이 턱 막히는 거북한 마음을 수면 아래 묻어둔 채 달력은 4월에서 5월로 바뀌었다. 노에는 이미 눈치챈 듯했지만 그에 관해서는 언급하지 않았다. 그저 촬영에 집중하면서 테니스에 관한 질문과 사건에 관한 질문을 교묘하게 뒤섞어 던지며 이케부치를 섬뜩하게 만들 뿐이었다.

그러는 사이에 테니스부에서 중대 발표가 있었다. 동아리 내부 시합을 연다는 소식이었다. 시기를 고려하면 다가오는 전국 고등학교 종합체육대회 예선 선수 선발을 염두에 둔 시합이었다.

시합 당일 아침, 이케부치는 평소보다 일찍 일어나 공들여 세수했다. 수면 부족과 악몽의 잔재를 조금이라도 씻어내고 싶어 더욱 꼼꼼하게 얼굴을 씻었다. 거울에 비친 얼굴이 유난히 창백했다. 어머니는 정성스레 아침을 차려 줬지만 속이 더부룩해서 거의 손을 대지 않은 채 집을 나섰다. 그 대신 편의점에서 산 영양 보조 젤리를 억지로 목구멍에 쏟아부었다.

컨디션을 묻는 무라야마의 라인 메시지가 와 있었다. '최고지! 기운이 넘쳐서 벌써 집을 나왔어!'라고 답장을 보냈지만 믿지는 않을 것이다. 요즘 훈련하는 이케부치를 지켜보는 무라야마의 표정은 줄곧 어두웠다. 이케부치 스스로도 답답하고 속상한 순간이 많았다.

집합 시간보다 훨씬 이른 시간에 도착해서인지 동아리실에는 아무도 없었다. 여기까지 오는 동안 환각도 환청도 만나지 않아서 편안해진 마음으로 옷을 갈아입고 테니스화 끈을 조였다. 준비 운동과 정신 집중에 충분한 시간을 쏟을 계획이었다. 오늘의 컨디션도 점검하고 싶었다. 어떻게든 좋은 결과를 내서 전국대회 예선 출전권을 거머쥘 것이다. 그것을 위해

할 수 있는 일은 모두 할 생각이다. 전력을 다할 것이다.

두 손으로 뺨을 두드리고 자리에서 일어났다. 바로 그때 동아리실 문이 열리는 소리가 들렸다. 고개를 돌린 이케부치는 그대로 얼어붙고 말았다.

달걀귀신이다.

눈도 코도 입도 없는 미끈한 검은 얼굴이 입구에 서서 말없이 이케부치를 응시했다.

달걀귀신이 이케부치를 향해 천천히 팔을 뻗었다. 이케부치는 비명을 지르며 도망치려고 했다. 하지만 평소 꾸던 꿈과 달리 이곳에는 계단이 없었다. 앞을 가로막은 벽을 손으로 짚고 뒤돌아봤다. 달걀귀신이 흐느적거리며 다가왔다. 이케부치는 비명을 지르며 손으로 벽을 세차게 쳤다.

무서워. 도망가고 싶어. 잊고 싶어…….

그 순간 정신을 잃었다.

눈을 떴을 때는 양호실에 누워 있었다. 시력검사표와 약품장이 시야에 들어와서 상황을 인식하기까지 시간이 걸렸다.

"좀 어때?"

침대 옆에 앉아 있던 노에가 이케부치를 내려다봤다. 그녀의 뒤로 환한 창문에 걸린 레이스 커튼이 살랑살랑 흔들렸다.

"나 기절했구나. 노에, 네가 발견했어?"

"나였으면 구급차를 불렀겠지. 동아리실에 쓰러져 있는 널 1학년 학생이 발견해서 다키타 선생님께 알렸대. 내가 코트에 갔을 때는 이미 여기로 옮겨진 후였어."

"그렇구나."

벽시계를 봤다. 이미 경기를 시작했을 시간이었다.

노에가 손수건을 내밀었다. 그게 뭐냐며 시치미를 떼고 싶었지만 목이 메어 소리가 나오지 않았다. 손수건을 받아 얼굴을 가렸다. 불붙은 듯 뜨거운 눈꺼풀 위로 가쓰라의 모습이 떠올랐다. 나는 또 같은 짓을 저질렀다. 싸우지도 않고 지고 말았다.

"……달걀귀신을 봤어."

떨리는 목소리로 한심하게 털어놓은 이케부치의 말에 노에는 나지막이 물었다.

"꿈에서?"

"아니. 요즘은 깨어 있을 때도 헛것을 봐."

차분히 생각해보면 동아리실에서 본 것도 환시였다. 하지만 그때는 도저히 그렇게 생각할 수 없을 정도로 생생했다. 아니, 지금도 그때 그것이 환시였다는 생각은 들지 않았다.

이케부치는 단번에 모든 사실을 털어놓았다. 사건 전후 기억이 거의 없다는 것과 인터넷으로 모은 정보와 단편적인 기억을 섞어 노에에게 말해왔다는 사실을.

"계속 거짓말할 생각은 없었어. 그런데 결국 사실대로 말하지 못해서 그렇게 된 거야. 속여서 미안해."

노에는 아무 말도 하지 않았다. 사실 이케부치의 거짓말을 전부터 눈치챘을지도 모른다. 산업 폐기물 업체의 불법 투기를 폭로했을 때처럼 그 부분을 집요하게 파헤치려고 하지 않았나.

이상하게도 화는 나지 않았다. 섬유 유연제일까, 노에의 손수건에서 꽃향기처럼 좋은 냄새가 났다. 얼굴에 대고 있으니 점점 마음이 진정됐다.

이케부치는 얼굴을 덮은 손수건을 치우고 누운 채로 고개를 돌려 노에를 바라봤다.

큰마음 먹고 고백했는데 막상 노에는 카메라를 들고 있지 않았다.

"다큐멘터리에 넣어도 돼. 이케부치는 겁쟁이에 거짓말쟁이라고. 그게 차라리 후련하겠어."

노에는 여전히 입을 다물었다. 얇은 입술을 굳게 다물고 희미하게 눈살을 찌푸리며 생각에 잠겨 있었다. 망설이는 것 같기도 했다. 이런 적은 처음이었다.

"노에?"

이케부치가 몸을 일으키며 부르자 노에가 다시 또렷해진 눈빛으로 이케부치를 똑바로 쳐다보며 물었다.

"기억을 되찾고 싶어? 진실을 알고 상처받는다고 해도?"

다음 주 화요일, 노에가 이케부치를 학교 옥상으로 불러냈다. 출입 금지 장소지만 선생님의 눈을 피해 드나들 수 있다는 사실은 학생들 사이에서 공공연한 비밀이었다.

그날은 아침부터 비가 내려서 우산을 들고 옥상으로 이어지는 계단을 올라갔다. 이 계단에는 확실히 끝이 있었고 막다른 곳에 있는 문은 잠겨 있지 않았다. 문을 열자 남색 우산을 쓴 노에가 서 있었다. 점심시간이었지만 날씨 탓인지 다른 사람은 없었다.

이케부치가 우산을 펴고 걸어가 노에 옆에 섰다.

"할 이야기라니?"

"한 사람 더 오고 나서 할게."

또 다른 한 사람? 고개를 갸웃하는데 뒤에서 문 열리는 소리가 났다. 이케부치가 뒤돌아본 순간 우산이 펼쳐졌고 동그란 모양이 들리며 세모로 변했다. 우산 아래로 무라야마의 당혹스러운 얼굴이 나타났다.

"이케부치?"

"내가 두 사람을 불렀어. 이케부치에게 일어난 일을 밝히려고."

무라야마의 당황한 얼굴에 경계심이 어렸다. 무라야마가 다가왔다.

노에는 차분하게 기다리다가 느닷없이 생각지도 못한 말을 꺼냈다.

"지난주 시합 날 아침에 동아리실에 나타난 달걀귀신은 무라야마, 너지?"

"……뭐라고?"

한 박자 늦게 반응한 사람은 무라야마가 아니라 이케부치였다.

"무슨 소리야. 달걀귀신은 환시인데……."

"그럴 수도 있지. 하지만 무라야마는 이케부치가 꾸는 악몽을 알고 있었어, 그렇지? 평소에 자주 함께하니 이케부치의 상태를 관찰할 수 있을 테고 그럼 이케부치가 꿈에서뿐만 아니라 현실에서도 환시를 본다는 사실도 알아차리지 않았을까?"

분명히 무라야마가 이케부치에게 상태가 이상하다고 지적한 적이 있었다. 하지만 그렇다고…….

"이케부치는 시합 날 꽤 이른 시간에 동아리실에 갔어. 언제 갔는지 무라야마에게 알려주지 않았어?"

"안 알려……."

아니, 알려줬다. 컨디션을 묻는 메시지에 '이제 집을 나왔다'라고 대답했다.

말이 끊기자 역시나 싶었는지 노에는 고개를 살짝 끄덕였다. 우산 끝에 맺힌 빗방울이 떨어져 노에의 교복 어깨에 얼룩을 만들었다. 이케부치의 어깨도 젖었지만 냉기는 느끼지 못했다.

"조금 더 부연설명하면 이케부치는 동아리실에 나타난 달걀귀신을 자세히 보지 못했을 거야. 공황 상태였을 테고, 달걀귀신이 문을 열고 들어왔을 때 뒤에서 비치는 햇빛 때문에 역광이었을 테니까. 얼굴을 검은 천 같은 걸로 가렸으면 그 사실만으로 순간 이목구비 없는 밋밋한 달걀귀신이라고 생각했을 가능성이 작지 않아."

이케부치는 당황하며 무라야마를 바라봤다. 그럴 리가 없다고 생각하면서도 반박할 말이 떠오르지 않았다. 무라야마는 잠자코 노에를 바라보기만 했다.

"이케부치가 가방에 달고 있는 인형 키링."

갑자기 바뀐 화제에 당혹스러웠다.

"입원 중에 받았다고 했는데, 그거 확실해?"

"어……, 그래. 기억은 안 나지만 무라야마가 줬어."

"무라야마가 그렇게 말했어?"

"응, 하지만."

노에는 다시 무라야마를 응시하면서 "이케부치" 하고 말을 이었다.

"네가 사건을 기억하지 못하는 건 당연해. 왜냐하면 넌 사건이 일어난 열차에 타지 않았으니까."

이케부치의 입이 떡 벌어졌다.

"뭐라고? 그게 무슨 말……."

"이케부치, 가자."

무라야마가 대화를 끊었다.

"도대체 무슨 소리인지 모르겠네. 상대할 가치도 없어."

무라야마가 다그쳤지만 이케부치는 요지부동이었다. 그 반응을 예상했다는 듯 노에는 조금도 당황하지 않고 입을 열었다.

"이케부치가 탄 전철은 저녁 7시 13분이 아니라 저녁 7시 8분에 출발한, 사건이 일어난 전철보다 한 타임 먼저 출발한 전철이었어."

"그럴 리 없어. 나는 사건 현장에서 도망치다가 계단에서 굴러 떨어졌어. 기억은 나지 않지만 필사적으로 도망치려고 했던 것도 사실이고, 그건 자신 있게 말할 수 있어. 전철 내부 풍경도 드문드문이지만 기억이 나."

"미나미스이오역에서 함께 탄 아버지와 아들 말이지? 그것이야말로 네가 7시 8분 전철을 탔다는 증거야."

"무슨 소린지 전혀 이해가 안 가."

"솔직히 말하면 나는 이케부치가 그 전철에 탔다는 말을 처음부터 믿지 않았어. 사건에 관한 정보를 철저하게 조사한 나로서는 이케부치가 하는 말이 전부 그 정보를 짜깁기했다는 사실도 금세 알아차렸지. 하지만 그 부자만은 달랐어. 어떤 영상에도 찍히지 않고 어떤 증언에도 나오지 않았어. 네가 직접 겪은 경험이라는 뜻이야. 그 점이 마음에 걸려서 며칠 동안 같은 시간에 미나미스이오역에서 기다려봤어. 어쩌면 네가 말한 부자로 보이는 사람을 찾을 수 있을 거라 생각했거든. 평일 저녁 지하철에 아버지와 아들이 함께 있는 경우는 드물어. 그런 사람으로 보이는 부자를 발견해서 물었더니 아들이 학원을 다녀서 매주 같은 전철을 탄다더라고. 사건이 일어난 12월 20일에도 그랬대. 바로 다음 전철에서 그런 사건이 발생했다는 소식을 듣고 소름이 돋았다고 하더라."

이야기를 주도하는 노에는 조금도 흐트러지지 않았다. 그러나 처음부터 아는 것이 많지 않았던 이케부치는 혼란에 휩싸였다.

"남자아이가 이케부치를 손가락으로 가리키며 뭐라고 했지? 그 아이도 널 기억하더라고. 정확히는 네 가방에 달린 헐크를."

이케부치는 저도 모르게 옆머리를 짚었다.

"아빠, 저거 봐. 저 형 가방에 헐크가 있어."

천진난만한 목소리가 머릿속에 되살아났다. 작은 집게손가락이 보였다. 아이는 분명 가방을 손가락으로 가리키며 그렇게 말했다.

"생각났어? 그 부자와 같은 전철을 탔다면 넌 사건이 일어난 전철보다 먼저 출발한 전철을 탔다는 뜻이야."

"그게 무슨……."

"그리고 또 하나, 넌 그 시점에 이미 헐크 인형 키링을 가방에 달고 있었어. 입원 중에 병문안 선물로 받은 게 아니라."

이케부치가 머뭇머뭇 무라야마를 쳐다봤다. 아직 완전히 이해가 가지 않았지만 무라야마가 거짓말했다는 사실만은 알 수 있었다.

"말도 안 되는 소리야. 듣지 마."

그렇게 말하는 무라야마의 얼굴이 몹시 창백했다.

'무서워. 도망치고 싶어. 잊고 싶어.'

동아리실에서 정신을 잃기 직전 느꼈던 감정이 순식간에 되살아나서 이케부치는 본능적으로 눈을 피했다.

왜 하필 지금? 게다가 무섭고 도망가고 싶은 마음은 알겠는데 잊고 싶다니 무슨 뜻이지?

"그리고 다큐멘터리를 찍으려고 취재를 시작한 날 점심시간에 가쓰라가 헐크를 처음 봤다고 한 말로 미루어 보아 사건이 일어나기 전에는 네 가방에 인형이 달려 있지 않았다는 사실을 알 수 있어. 부상 때문에 서로 다른 훈련을 하기 전까지 이케부치와 가쓰라는 거의 같은 시간에 동아리실을 드나들었으니 가방을 볼 기회가 반드시 있었을 거야. 심지어 가쓰라는 이케부치와 마블을 매우 좋아해. 이케부치가 마블 캐릭터 인형을 가방에 달고 있었으면 금방 알아차렸을 거야. 즉 네 가방에 헐크를 단 시점은 추락사고 당일, 동아리실을 나가서부터 전철을 타기 전까지, 그 사이라고 추측해도 좋아."

심장 소리가 요란해서 노에의 설명이 잘 들리지 않았다. 가쓰라가 어쨌다고?

"자, 이케부치는 사건 전철보다 먼저 출발한 전철을 탔어. 그렇다고는 해도 동아리 활동이 끝나고 곧장 역으로 간 것치고는 늦은 시간이었지. 보통은 저녁 6시 45분쯤 전철을 타는데다 동아리 일지에 따르면 그날 연습이 특별히 길지는 않더라고. 굳이 말하지 않아도 매니저 리더인 무라야마는 잘 알겠지. 그 빈 시간에 헐크를 얻었다고 생각하면 앞뒤가 맞을 거야."

안 되겠다, 이야기를 전혀 따라갈 수 없었다.

"검색해 보니 그 헐크는 게임센터의 한정 상품이었어. 무라야마의 인형 뽑기 실력은 유명하지. 학교에서 역으로 가는 길에 게임센터는 딱 한군데밖에 없어. 그곳 점원이 작년 크리스마스 전에 인형 뽑기 게임을 하러 온 스이오 학생 두 명을 기억하더라고. 경찰에게 걸려 지도를 받을 수 있는 시간대였지만 못 본 척했는데 한 학생이 계속 실패하자 화가 나서 기계를 발로 찼고 그걸 보다 못한 나머지 한 명이 단번에 한정품을 뽑아줘서 똑똑히 기억한대. 학교를 나와 게임센터에 들렀다가 미나미스이오역으로 가면 3번 출구로 들어가 플랫폼으로 내려가게 되지. 거기서 보통 열차를 탄다면 가장 가까운 칸은 다섯 번째 칸이야."

듣는 사람에게 이해할 시간을 주듯 노에는 일단 이야기를 멈췄다. 노에가 기대한 만큼의 효과는 없는 것 같았지만 마비된 듯한 이케부치의 머리에 어떤 광경이 떠올랐다. 인형 뽑기 케이스 안에 겹겹이 쌓여 있던 다양한 인형 키링. 집게가 헐크의 머리를 스치고 허공에서 맴돌며 제자리로 돌아왔다. 젠장. 동전 투입구에 백 엔짜리 동전이 빨려 들어갔다. 짜증이 솟구쳐서 헛손질했다. 버튼을 손바닥으로 내리쳤다. 또 허탕이었다. 빌어먹을. 기계를 발로 찼다. 이케부치, 비켜 봐. 내가 할게.

"정리하면 그날 이케부치는 동아리 활동이 끝난 후 집으로 돌아가는 길에 게임센터에 들렀다가 헐크를 얻었어. 그리고 그걸 가방에 달고 미나미스이오역에서 저녁 7시 8분에 출발하는 보통 열차의 다섯 번째 칸에 탔어. 헐크를 손가락으로 가리킨 그 아이의 말에 따르면 '형은 친구와 함께 있었다'라고 했지."

손에 힘이 빠지며 우산이 크게 흔들렸다. 빗방울이 얼굴을 때렸다.

"무라야마, 너였지? 그 아이에게 네가 나온 영상을 보여줬더니 맞는 것 같다고 대답했어."

아이의 기억에는 신빙성이 없다고 반박할 수도 있었지만 무라야마는 침묵했다. 말할 수 없었을 것이다.

"……탐정이 따로 없네."

말없이 줄곧 노에를 응시하던 무라야마가 마침내 갈라지고 떨리는 목소리로 말했다. 어떤 표정을 지으려는 것인지 모르겠지만 얼굴 근육이 뭍으로 올라온 물고기처럼 경련이 인 듯 씰룩거렸다.

"보도부 부원이잖아."

대꾸하는 노에의 말투와 행동은 한없이 냉정했다.

"무라야마는 S선을 타지 않는데도 그날은 어떤 이유로 이케부치와 함께 S선을 탔어. 그 사실을 숨긴 이유가 뭐야? 자신이 사건에 휘말린 줄 아는 이케부치에게 사실을 알려주지 않은 이유는 뭐고?"

노에는 무라야마의 대답을 기다리지 않고 몰아붙였다.

"이케부치가 아오사토역 계단에서 굴러떨어졌을 때도 같이 있었지? 혹시 무라야마가 이케부치를……."

"그만해!"

소리친 사람은 이케부치였다. 노에와 무라야마가 동시에 눈을 부릅뜨고 이케부치를 바라봤다.

생각이 났다.

"무라야마는 잘못 없어. 잘못한 사람은 나야……."

고개를 떨군 이케부치의 손에서 우산이 떨어졌다.

출구 없는 어둠 속을 하염없이 헤매는 기분이었다. 바다 저 깊숙한 곳 어딘가에 있을 빛을 찾아 끊임없이 유영했다.

하지만 이제는 지쳤다. 아무리 노력하고 궁리해도 슬럼프에서 벗어날 수 없었다. 이길 수도, 강해질 수도 없었다. 그렇게나 사랑하는 테니스를 마음속 깊이 싫어하게 되는 순간이 생겼고 그럴 때마다 상처를 받았다. 라켓을 드는 것조차 힘겨워졌지만 누구에게도 털어놓을 수 없었고 인정하고 싶지도 않았다. 이케부치 료에게서 테니스를 빼면 뭐가 남는다는 말인가.

두려운 마음에 오히려 밝은 척했다. 그날 동아리 활동이 끝난 뒤 무라야마에게 게임센터에 가자고 한 이유는 가쓰라의 스매시에 완전히 압도당해 겁먹은 자신을 지워 버리고 싶었기 때문이다. 경찰에게 지도를 받을지 모른다며 말리는 무라야마에게 엄마처럼 굴지 말라고 대꾸했다. 평소처럼 가벼운 말투였지만 평소보다 가학적인 마음이 솟구쳤다는 사실을 무라야마도 눈치챘을 터다. 그래서 이케부치를 홀로 내버려 두지 않고 함께 어울려 준 것이다.

하지만 무라야마가 헐크를 뽑아줬을 때 이케부치가 느낀 감정은 격렬한 짜증이었다.

왜 자꾸 내 비위를 맞추는 거야?

또 무라야마가 그렇게 행동할 수밖에 없는 상황으로 내모는 자신도 싫었다.

"역시 대단해, 내가 너를 이길 수 있는 건 테니스밖에 없어."

한 경기도 참가하지 못한 채 병으로 선수 생활을 포기한 무라야마에게 순진한 척 말하며 사실은 그다지 바라지도 않던 헐크를 그 자리에서 가방에 달았다.

무라야마는 내친김에 이케부치의 집에 가겠다고 했다. 마침 이번 기회에 오랫동안 계속되는 슬럼프의 원인과 대책을 차분하게 분석해 보자. 무라야마는 오래전부터 주장하던 말을 늘어놓았지만 사실은 분명 이케부치를 홀로 돌려보내자니 걱정스러운 마음이 컸으리라. 친구의 제안을 거절하지 못하고 함께 탄 지하철에서 잡담을 나눌 때도 무라야마는 한결같이 이케부치를 걱정하는 눈빛이었다.

그렇게까지 걱정을 끼치는 스스로가 비참해서 견딜 수 없었다. '너는 페더러가 아니다, 자라면서 점점 주변 사람들 사이에 묻히는 수많은 범재 중 한 명일 뿐이다'라고 억지로 일깨우는 것 같았다. 이케부치는 그런 생각이 들게 하는 무라야마에게 화가 났고 그것을 눈치채지 못하는 무라야마의 둔감함에 몇 배로 짜증이 났다.

그래서 먼저 말을 내뱉고야 말았다.

"까놓고 말해서 나 테니스 그만하려고. 질렸어."

"뭐라고?"

앞뒤로 서서 아오사토역 계단을 오를 때였다. 얼굴을 마주하지 않았기 때문에 말할 수 있었는지도 모른다. 뒤에서 걷던 무라야마의 목소리가 순식간에 경직되자 심술궂은 쾌감이 가슴을 관통했다.

"그게 무슨 소리야."

"경기도 못 나가는데 계속해 봤자 무슨 의미가 있겠어."

"나갈 수 있어."

"넌 정말 대단해. 선수였다가 매니저로 바꾸면서까지 동아리에 남다니, 나라면 절대 못 해. 진짜 이해가 안 가. 아, 이거 진심으로 하는 칭찬이야."

웃음 섞인 말에 무라야마는 아무 반응도 없었다.

"매니저 일 하면서 즐거워? 직접 경기를 뛰지도 못하는데 다른 사람 뒤치다꺼리나 하고 응원이나 한다니, 허무하지 않아?"

무라야마가 뒤에서 돌연 이케부치의 팔을 붙잡았다. 화들짝 놀라 돌아본 이케부치의 눈에 들어온 장면은 지금까지 본 적 없는 무라야마의 얼굴이었다. 화가 난 것도 슬픔에 잠긴 것도 아닌 아무런 감정도 읽을 수 없는 완전한 무표정. 계단 한 칸 아래에서 이케부치를 올려다보고 있지만 그 눈은 이케부치를 보고 있지 않았다. 아무것도 보고 있지 않았다. 입을 조금 벌리고 있지만 그 사이로 말이 나오지는 않았다. 단지 뻥 뚫린 구멍일 뿐이었다.

이케부치는 자신이 치명적인 잘못을 저질렀다는 사실을 깨달았다. 무라야마가 어떤 심정으로 선수 생활을 포기했는지, 어떤 각오로 매니저가 되었는지 알면서. 같은 동아리 부원으로, 절친한 친구로 가장 가까이에서 지켜봤는데. 그 가까운 관계에 취해서 해서는 안 될 말을 지껄였다. 돌이킬 수 없을 정도로 상처를 주고 말았다.

이 자리에서 당장 도망치고 싶었다. 없던 일로 지워버리고 싶었다. 오로지 그 생각 하나만으로 있는 힘껏 팔을 당겼다. 그러다가 균형을 잃었다. 휘두른 팔심을 이기지 못하고 몸이 기우뚱하며 계단에서 굴러떨어졌다. 바로 아래 있던 무라야마가 휘말려 함께 굴러떨어지지 않은 것은 기적이라고밖에 할 수 없었다.

"잊고 싶었어. 내가 무라야마에게 저지른 일을. 무라야마의 그 얼굴을."

왜 이목구비가 없는 달걀귀신이 나타났는지 이제야 깨달았다.

"미안해."

고개를 깊게 숙인 이케부치의 목덜미가 비에 젖었다. 사실은 그때 이렇게 사과했어야 했다. 도망치지 말고.

"그만해. 사과는 내가 해야지. 계단에서 떨어진 너를 두고 도망갔으니까. 애초에 내 손을 뿌리치려다가 떨어졌잖아."

이케부치는 고개를 떨군 채 도리질했다.

무라야마는 그저 이케부치의 팔을 잡았을 뿐이다. 단지 그뿐이었다. 이케부치가 억지로 뿌리치지 않았다면, 애초에 도망치려고 하지 않았다면 그런 일은 벌어지지 않았다. 완벽한 자업자득이었다. 그때 그 순간 무라야마는 얼어붙었다. 머리도 몸도 마음도. 그 얼굴을 바로 앞에서 목도했으니 안다. 가만히 서 있는 사이에 다음 전철, 칼부림 사건이 일어난 전철이 도착했고 플랫폼과 계단이 몹시 혼란스러워졌으리라는 것은 쉽게 상상할 수 있었다.

"병문안 갔을 때 사과할 생각이었어. 그런데 네가 기억을 잃고 사건에 휘말렸다고 생각하더라고. 사실대로 말하려고 했는데 달걀귀신 이야기를 들었을 때 이케부치 네가 스스로 원해서 기억을 잃었다는 걸 깨달았어."

"그래서 말을 맞춰준 거야? 이케부치를 위해서?"

노에가 이케부치의 우산을 주워 머리 위에 씌워줬다. 그제야 비로소 떨어뜨린 우산을 잊고 있었다는 사실을 깨달았다. 빗줄기가 굵어진 듯했다.

"겁이 나서 몸을 사렸다는 걸 부정하지 않을게."

무라야마는 그렇게 말했지만 그것이 거짓말의 가장 큰 동기는 아니었으리라. 노에의 말이 정답이다. 그렇지 않아도 당시 이케부치의 정신 상태는 불안정해서 무라야마가 몹시 걱정했으니까.

"악의가 없었다면 지난주 시합 당일 동아리실에서 달걀귀신인 척한 이유가 뭐야?"

노에는 그것이 무라야마였다고 단정하고 물었는데 무라야마는 부정하지 않았다. 다만 질문에 대답하지도 않았다. 강한 의지로 꾹 다문 입술을 보고 이케부치를 위해 입을 다물고 있음을 직감했다.

"말해, 무라야마."

무라야마의 목구멍이 떨렸다.

"됐어."

한동안 다시 침묵이 깔린 뒤 무라야마는 말하고 싶지 않다는 분위기를 온몸으로 발산하면서 겨우 입을 열었다.

"다키타 감독님이……, 이케부치는 이제 끝났다고. 그럴 리 없겠지만 만에 하나 동아리 내부 시합에서 좋은 성적을 낸다고 해도 전국대회 예선에는 내보내지 않겠다고. 이케부치보다 장래가 유망한 후배에게 경험도 쌓을 겸 기회를 줄 거라고 했어."

뜻밖에도 충격은 받지 않았다.

"그 이야기는 언제 들었어?"

"네가 본격적으로 복귀한 직후에, 그리고 동아리 내부 시합을 한다고 발표하기 전에. 난 발표 전에 이미 알고 있었어."

그랬구나. 나는 이 정도면 할 수 있겠다고 희망을 품었지만 감독 눈에는 포기할 수준으로 보인 것이다. 그래서였나 보다. 다키타 감독이 기념이 될 것이라며 보도부의 취재를 권한 이유가. 그래서 가쓰라와 함께하던 훈련을 중단시키고 무라야마와 상대하도록 지시한 것이다.

"전에 네가 나한테 말했지? 네 꿈을 강요하지 말라고. 맞는 말이야. 정곡을 찔렀어. 네가 내 몫까지 활약해 줬으면 했어. 그래서 귀찮을 정도로 서포트 하면서 응원했어. 하지만 지하철에서 있었던 일로 네가 그동안 얼마나 괴로웠는지 절실히 깨달았어. 힘들 때도 허세를 부리며 밝은 척하던 네가 그런 말을 할 정도로 궁지에 몰렸다니. 그런데 부상 이후에 그 사실을 잊은 너는 주전으로 복귀하려고 노력했고 나도 그렇게 되면 좋겠다고 바랐어. 하지만 희망이 없다는 사실을 알고 나서는 상황이 다르지. 네가 상처받기 전에 멈추게 해야 한다고 생각했어. 그것이 너 혼자 꿈을 짊어지게 한 내 책임이라고."

"그러니까 주전에 대해서는 일단 잊으라고 했구나."

"그런다고 네가 순순히 포기할 리 없는데 말이야. 그래서 어쩔 수 없이 협박해서 출전 못 하게 해야겠다고 결심했지. 달걀귀신을 이용하면 되겠다고 생각은 했는데 효과가 그렇게 좋을 줄 몰랐어. 설마 기절까지 할 줄은 몰랐거든. 넘어질 때 머리를 부딪치지 않아서 그나마 다행이야."

무라야마는 억지웃음을 지었다. 아니, 터져 나오려는 울음을 참으려고 얼굴을 일그러뜨린 것 같았다.

무슨 말이든 해야 했지만 목구멍이 꽉 막힌 것처럼 목소리가 나오지 않았다. 무라야마는 두 사람을 등지고 옥상을 떠났다.

나는 왜 이렇게 바보 같을까. 상처 주고, 후회하고, 사과하고, 그런데 또 상처를 주고 말았다. 게다가 앞으로 어떻게 해야 할지, 어떻게 하고 싶은지도 모르겠다.

"미안해."

노에가 불쑥 사과했다. 오늘은 다들 사과만 하는 날인가.

"네가 왜 사과해. 기억을 되찾고 진실을 알고 싶어 한 사람은 나잖아. 오히려 내가 고마워해야지."

제대로 인지하고 진지하게 마주해야 했다. 오늘이 아니라 바로 그날에.

노에는 카메라로 찍지도 않았고 사람이 없는 곳으로 불러 사실을 알려줬다.

노에가 여전히 이케부치의 우산을 들고 있다는 사실을 깨닫고 황급히 받아들었다. 아까 떨어뜨린 탓에 손잡이가 젖어 있었다.

"그런데 노에 너는 왜 전철을 못 타게 됐어?"

"응?"

노에가 눈을 휘둥그레 떴다. 줄곧 어른스러워 보이던 인상이 순식간에 또래 여자아이처럼 느껴져 오히려 이케부치가 더 당황했다.

"아, 아니, 말하기 싫으면 됐어."

"왜 그렇게 생각해?"

"전에 네가 스포츠 매장에서 카드지갑을 떨어뜨렸잖아. 그때 네 교통카드를 봤는데, 유효 기간이 3월 말까지였어. 그런데 네가 자전거로 통학하기 시작한 게 2학년 3학기부터라고 들었거든. 어쩌다 카드지갑에 끼워 놓은 영수증도 봤는데, 금액이 꽤 크더라고. 나중에 곰곰이 생각해 보니까, 혹시 택시 요금 영수증이 아닌가 싶었지. 교통카드로 택시 요금을 결제하고 그 영수증을 끼워 둔 것 아닐까 생각했어. 학교에서 스포츠 매장까지는 전철을 타고 가야 하는데 그날 넌 동아리실에 들렀다가 가겠다면서 우리와 따로 움직였잖아."

거기까지 잠자코 듣던 노에가 체념한 듯 깊은 한숨을 내쉬었다. 좀처럼 감정을 드러내지 않는 얼굴에 씁쓸한 빛이 떠올랐다.

"예리한 구석이 있네. 맞아. 카드지갑을 떨어뜨렸다는 전화를 받았을 때 택시 안에 있었어. 그래서 가지러 갈 수 없다고 한 거야. 현금이 모자랄까 봐 꽤 조마조마했지."

"당황한 목소리라 이상하다고 생각했어. 나 말이야, 기억의 구멍을 메우려고 사건 정보를 찾아다녔잖아. 사건 현장에 있던 사람 중에 PTSD 때문에 전철을 못 타게 된 사람도 있다고 하던데 혹시 너도 그중 한 명이야?"

"엄청난 비약이네. ……그런데 맞아."

애초에 높지 않은 목소리가 한층 더 낮아졌다. 노에가 긴 속눈썹을 내리깔고 우산을 빙글빙글 돌리며 말을 이었다.

"나 그 전철에 타고 있었어."

"어?"

"12월 20일 저녁 7시 13분에 미나미스이오역을 출발한 전철, 심지어 다섯 번째 칸에."

"그럼!"

"맞아, 칼부림 사건이 일어난 그 전철. 그날 친척 집에 가는 길이었어. 거기에 갈 때는 다섯 번째 칸에 타는 게 편하거든. 미나미스이오역에서 출발해 두 정거장 뒤에 내렸기 때문에 사건에는 휘말리지 않았지만. 그래서 네가 그 현장에 없었다는 사실도, 그 아버지와 아들이 없었다는 사실도 처음부터 알고 있었어."

"그런데 왜 말하지 않았어?"

비난하려는 의도가 아니라 순수한 궁금증에 물었다. 노에는 그녀답지 않게 머뭇거렸다.

"……그 전철에서 치한을 만났어."

"아……."

"치한이야 종종 마주치기도 하는데 그럴 때마다 꼭 역무원에게 신고해서 넘겼거든. 그런데 그날은 아침에도 전철에서 치한을 만나는 바람에 하루에 두 번이나 당한 거야. 최악이었지. 안 그래도 기분이 나빴는데 아침에 이어서 또 이런 일을 당했다는 생각에 화가 났어. 세상에는 왜 이렇게 쓰레기 같은 놈들이 넘쳐나나 싶어서 분노가 치밀었지. 그래서 그 사람 얼굴에 대고 말했어. 죽으라고."

노에의 입에서 그런 폭력적인 말이 나왔다는 사실에 놀랐다. 그 이야기를 하는 지금 이 순간에도 말투가 차분했기 때문에 더욱 그랬다.

"뉴스에서 그 남자의 얼굴을 봤을 때는 어찌나 놀랐던지. 이름이 무카이 마사미치였거든."

"어? 무카이……?"

"지하철 칼부림 사건의 피해자. 임산부를 감싸다가 사망한 사람. 내가 죽으라고 말한 후에 정말로 죽었어."

그건……. 뭐라고 말해야 좋을까.

"무카이 씨는 위험을 무릅쓰고 타인을 돕는 사람이 아니었대. 뉴스에서 유족이 그러더라고, 왜 그런 행동을 했는지 모르겠다고. 그래서 어쩌면 내가 죽으라고 해서 그런 걸지도 모르겠다는 생각이 들었어."

어두운 하늘 아래, 남색 우산이 천천히 빙글빙글 돌았다.

"그 사람, 많이 놀란 것 같았어. 그때는 그 남자가 마치 본인이 피해자인 것처럼 상처받은 척한다고 생각해서 오히려 더 화났어. 그런데 어쩌면 그냥 우연히 나와 몸이 닿았을 뿐, 치한이 아니었을지도 몰라. 일면식도 없는 사람이 갑자기 이유도 없이 쏟아부은 죽으라는 말이 그 사람을 죽음으로 끌고 간 건 아닐까. 힘없는 노인이 칼을 든 범인 앞에 나서다니 자살이나 마찬가지잖아."

"지나친 생각이야!"

그제야 또렷한 목소리가 나와 노에의 말을 끊을 수 있었다. 그 순간 빙글빙글 돌던 우산도 멈췄다.

"그걸 어떻게 알아. 그리고 그 답은 아무리 생각해도 알 수 없어. 하지만 이것만은 분명해. 무카이 씨를 죽인 사람은 칼부림 사건의 범인이야. 네가 아니라."

"그렇지, 나도 알아. 하지만 계속 그런 생각이 들어. 내가 정의감에 취해 내뱉은 말이 그 사람을 죽음으로 몰았을지도 모른다고. 나는 살인자일지도 모른다고. 아니라고 증명할 길이 없잖아. 그 사람은 이미 죽어서 아무 말도 못 하니까."

살인이라는 자극적인 말을 골라 입에 담는 노에는 모순되게도 몹시 위태롭고 연약해 보였다. 자신의 말로 스스로를 상처 주고 싶어 하는 것 같기도 했다.

"이런 말을 아무에게도 털어놓을 수 없었어. 계속 혼자서 마음속에 담아둘 수밖에 없었어. 너의 다큐멘터리를 찍기 전까지는."

노에가 자조하듯 입가에 은은한 미소를 띠었다.

"네가 사건 현장에 있었다는 거짓말, 아니 사실은 기억이 없어서 그랬다고 믿었던 거지만 원래는 그걸 추궁할 마음은 없었어. 나는 인간은 여러 이유로 거짓말을 하는 존재고, 만약 그 뒤에 단죄해야 할 악이 없다면 거짓말 자체는 신경 쓰지 않아도 괜찮다고 생각하는 사람이거든. 그런데 너를 취재하는데 욕심이 나더라고. 너도 나처럼 거짓말하는 사람이라면 그 이유가 무엇인지에 따라 내 죄를 털어놓아도 침묵해 주지 않을까 하고 말이야. 비밀을 공유하는, 이른바 공범이 되어주지 않을까. 그래서 네가 거짓말하는 이유를 알고 싶었어. 협박 같지?"

노에는 우산을 뒤로 크게 젖히며 하늘을 올려다봤다. 머리가 흘러내리며 드러난 하얀 얼굴과 가느다란 목에 비가 방울져 흘러내렸다.

"나는 내가 생각했던 것만큼 강하지도 옳지도 않았어. 순진하게도 내가 생각하는 정의만 정의라고 믿었던 신념이 돌이킬 수 없는 실수를 저질렀을지도 모른다는 생각을 혼자만 안고 있을 수는 없었어."

노에가 조금 전부터 울고 있다는 사실을 비로소 알아차렸다. 눈물을 흘리지는 않았다. 눈가를 적시는 것은 비였다. 하지만 노에는 분명히 마음속으로 눈물을 흘리고 있었다. 그리고 동시에 분노했다. 자기 자신에게.

"좋아, 그 이야기."

이케부치는 최대한 가볍게 들리도록 말했다. 고개를 든 노에는 꿈에서 막 깨어난 듯 긴 속눈썹을 깜빡이며 이케부치를 기이하게 바라봤다.

"어려운 일인 것처럼 말하지만 결국 네 이야기를 들어 달라는 거잖아. 공범. 무슨 이야기든 다 들어 줄게, 그리고 아무에게도 말하지 않을게. 그 대신 나와 무라야마의 이야기도 아무에게도 하지 말아 줘. 나는 지금까지 알려진 대로 칼부림 사건에 휘말린 것으로 해 줬으면 좋겠어. 언젠가는 진실을 털어놓을지도 모르지만 그건 무라야마와 제대로 대화를 나눈 다음에 결정할 일이라고 생각해. 그런데 지금은 어떻게 말을 꺼내야 할지 모르겠어. 테니스도 어떻게 할지, 어떻게 하고 싶은지 고민해야 하고. 그러니까 해결해야 할 일이 너무너무 많다는 말이야."

"시간을 달라는 뜻이야?"

"나는 바보니까."

노에가 입매를 느슨하게 풀고 머리를 쓸어 귀에 걸었다.

"자기 자신을 잘 아는 건 높게 쳐줘야 한다니까."

"그거 칭찬이야?"

"물론이지. 나는 그걸 못해서 혼자 끙끙 앓았던 것 같으니까."

무슨 말인지 이해할 수 없었지만 노에가 이케부치의 제안을 받아들였다는 것만은 알 수 있었다.

이날을 기점으로 이케부치와 노에는 공범이 됐다.

그로부터 한 달 남짓.

옥상 사건 이후, 어떤 이유 때문인지 이케부치의 상태가 부쩍 좋아졌다. 이케부치는 전국대회 예선 출전권을 따냈고 그 활약 덕분에 팀은 전국대회로 가는 티켓을 얻었다. 다키타 감독의 속내를 알고 마음을 정리한 덕분일 수도 있고 단순히 컨디션이 좋아진 덕분일 수도 있다.

그 사실을 누구보다 기뻐했을 사람과는 아직 대화를 나누지 못했다. 두 사람 사이가 멀어진 것을 두고 주변 사람들은 말을 얹지 않았다.

그날 칼부림 사건의 뒤에서 일어난 일을 아는 사람은 이케부치와 노에, 그리고 무라야마뿐이다. 본인은 모르겠지만 그런 의미에서 무라야마도 공범이라고 할 수 있으리라.
 휴대폰 진동이 울려서 확인하니 노에가 보낸 라인 메시지였다.
 ─다큐멘터리 평이 좋아서 전국대회 편도 찍을까 하는데.
 이케부치는 전국대회 무대에 서는 자신을 상상했다. 내리쬐는 태양. 꽉 찬 관중. 그리고 승리.
 그 행복한 순간에 녀석도 있을 것이다.
 얼굴을 떠올렸다. 달걀귀신처럼 밋밋한 얼굴이 아니라 밝고 환하게 웃는 얼굴을.
 좋았어, 하고 기합을 넣은 뒤 답장을 보냈다.
 마지막 여름이 시작되는 길목에 서 있었다.

[용기] 용맹한 기운. 매사 두려워하지 않는 기개.
[영웅] 재주, 무용, 담력이 뛰어나 평범한 사람은 할 수 없는 대업을 이루는 사람. 히어로.

"그래, 우연히 탔어요, 그 전철."
유우는 소주잔을 한 손에 들고 눈을 과장되게 부릅떴다.
메인 인테리어는 검은색에 조명은 파란색과 보라색. 은은하게 흐르는 경쾌한 재즈. 호스트들의 매혹적인 사진이 실린 '남성 잡지'. 유우가 일하는 '아킬레스'는 호스트 클럽치고는 부담스럽지 않은 분위기였지만 그래도 일상과 차별된 분위기를 은근히 가미했다. 고객들은 모든 것이 조금씩 과하게 연출된 시간과 공간을 원했다.

"쫀 정도가 아니에요. 쉬는 날, 평소에 타지도 않던 지하철을 탔다가 딱 사건에 휘말릴 줄 누가 알았겠어!"

유우가 흥분해서 말하는 이야기는 작년 크리스마스 전에 일어난 '지하철 S선 무차별 칼부림 사건'이었다. 철로를 달리던 전철 안에서 한 남자가 칼을 휘두르는 바람에 사상자가 여러 명 발생한 사건으로 그날 유우는 공교롭게도 범인과 같은 차량에 탑승했다. 사건이 일어난 지 약 다섯 달이 지났지만 화제성은 아직 사그라들지 않았다.

"나는 다행히 출입문 근처에 있어서 간신히 도망쳤어요. 그렇게 정신없이 뛴 건 정말 오랜만이었다니까. 다음 날 근육통이 몰려와서 어찌나 충격을 받았는지."

유우가 중학생 때부터 대학생 때까지 육상부였다는 사실은 손님과 직원 모두 알았다. 하코네에키덴*에 참가한 것이 유우의 인생 최대 무용담이었다. 비록 꼴찌를 했지만.

"그 범인은 승객들이 붙잡은 거 아니었어?"

단골손님인 도모요가 전자담배를 물고는 물었다. 가게 내부는 금연 구역이라 예전에는 종종 밖에 나가 담배를 피우고 들어왔지만 최근에는 전자담배로 바꿨다고 한다. 십 대 중반부터 십 년 동안 이어온 니코틴 중독에서 졸업해 머지않아 전

---

* 도쿄와 하코네 사이의 왕복 10개 구간을 이틀 동안 달리는 릴레이 마라톤.

자담배도 끊을 생각이라고 한다.

"그랬나 봐요. 뉴스에서 보고 감탄했다니까."

"그럼 유우는 같이 범인을 잡은 건 아니구나."

"이렇게 비실비실한 내가 무슨 도움이 되겠어요."

"하긴 그렇지, 그 할아버지처럼 죽으면 어떡해."

"……아, 그분."

범인과 맞선 승객 중에 온몸으로 임산부를 지키다가 유일하게 사망한 남성이 있었다. 무카이 마사미치라는 일흔 살 노인이었다.

"하지만 세상에는 의로운 사람이 있지. 나라면 분명 다른 사람들을 내버려 두고 도망쳤을 거야."

"보통은 그래요."

그래, 보통은.

유우는 소주를 목구멍에 흘려 넣었다. 전 직장에 다니던 시절보다 살이 많이 쪘지만 체질 때문인지 몸집이 작고 호리호리했다.

"샴페인 타워 세울까?"

도모요가 갑작스러운 말을 꺼냈다.

"네?"

유우는 놀라 되물었다.

계약직 보험설계사로 일한다는 도모요는 보름에 한 번씩 꼭 가게를 찾았지만 화려하게 놀지는 않았다. 가게 통로에 거대한 사진이 걸려 있는 인기 호스트가 아니라 처음 가게에 왔을 때 테이블에 앉았던 유우를 계속 지명하며 칵테일만 몇 잔 마시면서 두 시간 이야기를 나누다 돌아갔다. 감정 기복이 심해서 이상한 소리를 떠들거나 느닷없이 울 때도 있었지만 대체로 점잖은 손님이었다.

왜 항상 나를 지목하냐고 물은 적이 있었다. 니코틴 금단 증상 때문에 한껏 예민했던 도모요가 까칠하게 대답했다. 반짝반짝 빛나는 사람은 싫어. 괜히 비굴해지는 기분이라 그 사람이 미워지니까.

유우는 확실히 '반짝반짝 빛나는 사람'은 아니었다. 애초에 호스트답지도 않았다. 인생의 모든 길이 막힌 데다 새로운 일을 찾을 기력도 없고 모은 돈도 거의 다 소진했을 때 우연히 구인 광고를 보고 호스트라는 직업을 선택했을 뿐이었다. 경력과 나이 불문이라는 문구에 끌려 가벼운 마음으로 지원했다가 채용됐다. 말재주가 뛰어난 편은 아니었지만 막상 일해보니 생각보다 말이 술술 나왔다. 도모요처럼 다양한 부류의 손님이 있다는 것도 알았다. 유우 같은 호스트를 찾는 손님도 있다는 뜻이었다.

"응, 주문 넣자."

도모요는 놀란 유우를 아랑곳하지 않고 그 자리에서 결정했다.

"유우, 주문 부탁해. 샴페인 타워."

"왜 그래요, 갑자기."

"나답지 않아? 괜찮잖아, 한 번 정도는."

곧바로 샴페인 타워가 준비됐고 가게의 모든 호스트가 모였다. 샴페인 콜을 담당한 사람은 일 년 선배인 류오 씨였다. 나이는 유우보다 어리지만 존경의 표시로 '씨'를 붙여 불렀다. 신입 호스트인 유우의 교육 담당이었는데 가게에 들어왔을 때부터 계속 도움을 받았고 반대로 유우가 그를 도운 적도 많았다. 유우도 류오 씨에게 샴페인 콜을 배워서 연습하고 있지만 음감 문제인지 쑥스러워서인지 가게에서 선보일 만한 수준은 아니었다.

류오 씨를 따라 "마셔라! 마셔라!" 외치면서 분위기를 띄우며 도모요의 안색을 살폈다. 이상한 기색은 느껴지지 않았다. 생각해 보면 요즘 도모요는 안정감을 찾았는지 울지 않았다.

"아, 즐거웠어. 좋은 추억이 될 것 같아."

다른 호스트들이 각자 테이블로 돌아간 뒤 샴페인을 맛있게 다 마신 도모요가 말했다.

"추억?"

"여기 오는 건 오늘이 마지막이야."

"네?"

"미안. 나 결혼해."

"아……. 그렇구나. 축하해요."

"고마워. 눈치챘겠지만 나 꽤 오랫동안 정신적으로 힘들었거든. 여기가 유일한 현실 도피처였지. 그런데 남편 될 사람을 만나고서 구원받았어. 이제 그만 와도 될 것 같아."

"그거……."

경직된 목소리를 깨달은 유우는 가볍게 헛기침했다.

"잘됐네요. 정말 축하해요."

유우는 웃는 얼굴로 진심인 양 말했다. 사실 거짓은 아니었다.

"유우!"

도모요가 매우 감동한 듯 몸을 기댔다.

"정말, 진심으로 고마워. 그동안 언제 깨질지 모르는 살얼음판을 걷는 기분이었는데 유우 덕분에 간신히 버텼어. 나는 가족 복이 없어서 유우와 있는 게 마음이 편하더라고. 만약 다시 돌아오게 되면 잘 부탁해."

돌아온다라. 도모요에게 유우와 호스트는 두고 떠나는 과거였다. 돈을 매개로 한 덧없는 인연.

자신을 지명하는 몇 안 되는 손님에 대한 미련을 떨쳐 내고, 도모요가 원할 법할 다정한 미소를 지어 보였다.

"도모요에게 남자친구는 영웅이구나. 그런 사람을 만나서 정말 잘됐네요."

그 후 유우를 지명하는 손님은 없었고 유우는 다른 호스트를 돕거나 특정 호스트를 지명하지 않은 손님을 상대하며 시간을 보냈다. 오늘 밤은 애프터가 없다는 류오 씨의 주도로 몇 명이서 단골 라멘집에 들르자는 말이 나왔다. 유우와 같은 기숙사에 사는 멤버들이 식사 후에 사우나에 가자고 권했지만 거절했다. 평소에도 자주 거절했기 때문에 그들도 강요하지는 않았다.

사실 도모요 때문에 기분이 가라앉아서 오늘은 동료들과 함께 시간을 보내고 싶었다. 하지만 지갑에 여유가 없었다. 1엔이라도 더 아껴야 했다.

도보 십 분 거리에 있는 기숙사로 돌아갔다. 지은 지 사십 년 된 원룸. 약 세 평짜리 집에 세 사람이 산다. 문을 열 때마다 영원히 익숙해지지 않을 외로움에 사무쳤다. 하지만 마음이 무거운 이유는 그 때문만은 아니었다.

"유우."

현관에서 세 걸음 떨어진 곳에서 누군가가 유우를 불렀다. 같은 방에 사는 동료들은 모두 외출했고 집에는 아무도 없었다.

걸음을 멈추고 목소리가 들려온 쪽으로 고개를 돌렸다. 세면대였다. 남성용 헤어제품과 화장품을 너저분하게 욱여넣은 화장대와 물때가 낀 거울이 보였다.

재차 부르는 소리에 유우는 체념했다. 거울 속에, 그곳에 있을 리 없는 사람이 있었다.

……역시, 이렇게 될 줄 알았다.

세면대 조명을 켜고 거울 앞에 섰다. 유우와 이목구비가 매우 닮은, 유우가 아닌 남자를 향해 말했다.

"……다녀왔어, 유키."

"어서 와. 얼굴이 말이 아니네. 무슨 일 있어?"

유키가 걱정스러운 얼굴로 미간을 찌푸렸다. 똑같이 생겼지만 유우보다 강단 있어 보이는 얼굴. 거침없는 말투. 유우에게만 보이는 거울 속 환상이라는 사실을 잊을 뻔할 정도로 생생했다.

실제로 유키는 정신력이 강하다. 같은 피를 나누고 스물두 해 동안 한 지붕 밑에서 살았는데 둘은 왜 이렇게 다를까.

"일에 문제가 생겼어?"

"아니. 도모요가 결혼해서 이제 안 온대. 그게 다야."

"붙잡아. 결혼해도 놀러 오라고 하지 그랬어."

"하지만 그 아이에게 호스트바는 불행한 현실에서 잠시 벗어날 수 있는 장소에 불과하니까. 내가 붙잡으면 그 아이가 불행하길 바라는 것이나 마찬가지지."

"아무튼 너무 착해."

육상선수 시절, 회사원 시절, 질 리 없던 승부에서 졌을 때 주변 사람들에게 자주 듣던 말이었다. 물론 비아냥이었지만.

유우는 얼굴을 찌푸렸다. 그것을 눈치챈 유키가 "미안해"라며 사과했다.

"난 진심으로 칭찬한 거야. 몇 번이나 말했지만 지하철 사건 때도 정말 대단했어. 숨은 영웅…….”

"그만해."

의도치 않게 딱딱한 목소리가 나왔다. 유키의 표정이 굳어 슬픈 듯 일그러지더니 이내 거울에서 사라졌다.

유우는 당황하며 거울을 향해 손을 뻗었다. 그곳에 유키가 아니라 유우의 얼굴만 남아 있었다. 환상과 대화하고 싶지 않지만 막상 유키가 사라지자 한순간 적막감이 몰려왔다.

현실에서 유키와 마지막으로 대화한 것은 벌써 이 년도 더 전의 일이었다.

사람들은 두 사람을 보고 종종 쌍둥이 같다고들 했다. 그럴 때마다 유키는 내가 형이고 이쪽이 동생이라고 되받아쳐서 웃음을 자아냈다. 유우도 가끔은 정말로 유키가 형처럼 느껴지기도 했다.

이름 그대로 용감했던 유키는* 술집에서 마주친 낯선 손님들의 싸움을 중재하려다가 누군가가 밀치는 바람에 바닥에 머리를 부딪쳤다. 이 년 전 일이었다. 유우는 사람의 몸이 그렇게 약한 줄 몰랐다. 아마 유키도 몰랐겠지.

유키는 모든 면에서 유우보다 뛰어났다. 유우의 육상 인생은 하코네에서 끝났지만 유키는 실업팀에 입단했다. 유키는

---

* 용기는 일본어로 '유키'라고 발음한다.

유우의 완벽한 업그레이드 버전이었다. 창백한 얼굴로 병원 침대에 누워 있는 사람이 자신이 아닌 유키라는 사실을 도무지 받아들일 수 없었다. 그 후 유우의 인생도 완전히 바뀌고 말았다.

언제부터 거울 속 환상을 보게 됐는지 알고 있다. 지하철 S선 무차별 칼부림 사건. 무카이 마사미치의 죽음은 유키의 사건을 떠올리게 했다.

처음 거울 속에서 유키의 모습을 봤을 때는 비명을 지르다가 허리를 삐끗해 한집에 사는 동료를 놀라게 했다. 간신히 둘러댔지만 이후에도 유키의 모습이 자주 보였다. 유우가 호스트바에서 불쾌한 일을 당했을 때나 우울해할 때.

"정말 미안해. 너는 나를 걱정해 줬는데."

유우는 유키가 사라진 거울을 향해 중얼거렸다.

칼부림 사건이 발생했을 때 유우는 출입문 근처에 있었다. 그래서 바로 튀어 나갈 수 있었고 도망치려고 마음만 먹으면 쏜살같이 뛰쳐나가 위험에서 벗어날 수도 있었다. 하지만 그러지 않았다. 플랫폼에 내려서 전철을 기다리던 사람들과 전철에서 내리는 승객들을 지상으로 올라가는 계단으로 유도했다. 상황을 차분하게 판단해서 한 행동은 아니었지만 만약 유우가 대피를 돕지 않았다면 좁은 통로는 우왕좌왕하는 사람들로 꽉 차고 문은 막혔을 것이다.

나름대로 도움이 되었다고 생각했다. 하지만 범인을 잡은 승객이나 노령에도 임산부를 지키려고 목숨을 희생한 무카이 마사미치에 비하면 그리 대단한 일은 아니었다. 그들처럼 맞서 싸운다는 선택지도 있었을 테지만 그 생각은 머릿속에 떠오르지도 않았다. 영웅이라니 부끄러웠다.

"유키, 너였다면……."

무의식중에 마음의 소리가 흘러나와 퍼뜩 어금니를 악물었다.

가슴에 퍼지는 검은 기운을 몰아내듯 욕실로 가 샤워기를 틀고 찬물이 뜨거운 물로 바뀌기를 기다렸다.

텅 빈 머릿속에 처음 공격당한 임산부가 비명을 지르던 장면이 되살아났다. 상상 속 유우는 곧바로 여자에게 달려간다. 무카이 마사미치보다 더 빨리, 누구보다 용감하게 범인에게 달려든다. 왜 그러지 않았을까. 그랬어야 했는데 그러지 못했다. 유우는 유키가 아니니까.

유우는 물줄기가 약해진 샤워기로 머리부터 적셨다.

이층침대 아래층에서 눈을 뜨니 점심 전이었다.

완전히 기운을 되찾은 몸은 허기를 호소했지만 먼저 휴대폰을 집어 들었다. 라인 메시지가 두 건. 모두 손님이 보낸 메시지였다. 퇴근 후 항상 손님들에게 메시지를 보내는데 어젯밤에는 보내지 않아서 무슨 일 있냐고 묻는 내용이었다.

―술을 너무 많이 마셔서 곯아떨어졌어요.

무릎을 꿇은 이모티콘과 함께 메시지를 보낸 뒤 머리를 박박 긁었다. 머리를 제대로 말리지 않고 잔 탓에 꼴이 말이 아니었다.

손님과 메시지를 주고받거나 SNS에 '좋아요'를 누르는 일은 호스트에게 중요한 영업 수단이었다. 인기 호스트는 대부분 자신의 손님을 열심히 관리한다. 그래서 이 직업은 24시간 영업이 전부라고 말하는 사람도 있다. 유우도 적어도 하루에 한 번은 하려고 했지만 어젯밤처럼 기분이 가라앉는 날에는 가끔 건너뛰기도 했다.

현관 밖에 있는 세탁기를 돌리고 그사이에 컵라면을 먹었다. 영양이 고르지 않다고 유키에게 혼날 테지만 저렴하고 구하기 쉬운 게 최고다. 빨래를 실내에 널고 다시 휴대폰으로 영업을 시작했다. 손님한테서 먼저 연락이 오는 경우는 드물었고 유우가 부지런히 보낸 메세지에 답장을 주는 손님도 많지 않았다. 가게에 와서 유우를 지명해주는 손님은 더더욱 적었다.

일과를 마친 뒤 자잘한 용무를 처리하다 보니 눈 깜짝할 사이에 다시 출근 시간이 됐다. 생각해 보면 자신의 하루는 매일 똑같았다.

옷을 갈아입자마자 휴대폰이 울렸다. 아버지의 전화였다.

갑자기 무거워진 손가락을 억지로 움직이며 통화 버튼을 눌렀다.

"여보세요."

그 순간 빠르게 쏟아지는 호통이 고막을 때렸다. 호스트 일을 시작할 수밖에 없던 사정을 공손하게 설명했지만 아버지 나이대 사람은 도저히 이해할 수 없는지 화가 치민 사람처럼 불쑥 전화를 걸기 일쑤였다. 때로는 거역할 수 없는 호출까지. 지하철 칼부림 사건이 일어난 날도 그랬다.

아버지의 마음이 풀릴 때까지 역정을 가만히 듣기만 했다. 호스트 일을 하면서 예전보다 인내심이 강해졌다는 것을 스스로도 느꼈다. 마침내 이야기의 끝이 보이나 싶었는데 아직이라는 듯 아버지가 말했다.

―너는 유키에게 부끄럽지도 않아?

통화를 끊고 휴대폰 전원도 껐다. 새까만 화면 속에서 유키가 눈살을 찌푸렸다.

"듣기 싫어서 그만했으면 좋겠다는 생각만 들었어요."

손님을 상대하던 유우는 가볍게 그 사건을 화제로 삼았다.

상대는 단골손님인 나미였는데 유우가 일하기 전부터 '아킬레스'를 드나들었다고 한다. 즐겨 찾던 호스트가 그만두는 바람에 유우가 후임이 된 셈이었다. 유우와 대화할 때는 주눅 들지 않고 편하게 말할 수 있어서 좋다고 예전부터 그녀가 말했다.

종합병원 간호사, 심지어 수간호사라고 하는데 나이는 오십 대 초반 정도고 결혼한 적도 자녀도 없었다. 혼자 살고 있고 애인도 없었다. 그 말들이 사실인지 아닌지는 차치하고 스트레스가 심한 사람이라는 것만은 대화를 나누며 여러 번 느꼈다. 병원 일이 몹시 고되다는 것은 유우도 어렴풋이 안다. 그런데 최근에는 특히 스트레스가 극심해 보였다. 예전에는 한 달에 한 번꼴로 왔다면 요즘은 보름 사이에 벌써 세 번째였다. 확실히 기분이 나빠 보였고 예전보다 말과 행동도 거칠어졌다.

"그야말로 어린애네."

또 시작이군. 유우는 마음의 준비를 했다. 나미는 짧은 머리를 귀에 꽂고 빨간 안경테 너머 철없는 어린아이를 보는 눈빛으로 유우를 쳐다보았다.

"물장사를 하는 건데 부모님 입장에선 당연히 걱정하실 만하지. 오히려 당신이 부모를 모셔야 할 나이인데."

"괴롭네요. 이렇게 열심히 일하는데."

유우가 붙임성 있게 웃었지만 나미는 미소 한 번 짓지 않았다.

"뭐가 열심히야. 어젯밤에는 메시지 안 보냈잖아. 그런 걸 소홀히 한다는 게 바로 일을 열심히 안 한다는 증거야."

"죄송해요. 어제는 좀……."

"변명하지 마. 네가 밥줄이 끊겨서 막막한 상황이 되면 결국 부모한테 손 벌릴 수밖에 없잖아. 그런 주제에 겨우 잔소리 듣기 싫다고 징징대다니 너무 유치하고 역겨워."

간신히 미소 지었다. 스트레스를 풀기 위해 호스트바에 오는 손님도 있다. 그러니 어느 정도 욕받이가 되는 것도 자신의 역할일 것이다. 게다가 유우는 위계가 심한 체육계에서 활동했기 때문에 부당한 대우에도 내성이 강했다. 하지만 지금은 방심했다가는 자칫 표정이 굳을 것 같았다.

"막막해서 방황하는 게 다 뭐야, 범죄에 손대서 가족에게 폐를 끼치지나 않으면 다행이지. 요즘 그런 사람 많잖아."

"그만 하세요."

"그럼 당신이 할 수 있는 게 뭐가 있어. 원래 다니던 제대로 된 직장도 결국 그만뒀잖아. 일은 적성이 아니라 근성으로 하는 거야."

더는 표정 관리를 할 수 없어 급하게 잔을 입에 댔다. 본인의 말에 자극받은 듯 나미의 목소리가 점점 커졌다. 주변 테이블에 앉은 사람들이나 오가는 종업원들의 시선이 쏠리는 것을 눈치채고 얼굴이 화끈거렸다.

할 수 있는 게 없긴 하네요. 옛날에는 달리기를 잘했는데 이 년이나 쉬었더니 몸이 굳었어요.

그런 말을 머릿속에 준비했지만 입 밖으로 나오지는 않았다.

유리잔 표면에 유키의 얼굴이 나타났다. 왜 대답을 안 해, 라고 유우에게만 들리는 목소리로 말했다. 나오지 마, 잠자코 있으라고 유우는 눈빛으로 대답했다.

"웃어 넘기지도 못하나 보네."

아차 싶었지만 이미 늦었다.

"하긴, 당신은 모든 게 어설퍼서 웃고 있어도 사실 상처받았다는 게 다 티가 나. 육상선수로 성공하지 못했다고 했지? 당신 같은 사람은 뭘 해도 성공할 수 없어."

나미는 이를 악문 유우를 무시한 채 태연하게 잔을 비웠다. 그러고는 가게를 휙 둘러보더니 "오늘은 이만 가야겠다"라며 잔을 내려놓았다.

나미는 배웅할 호스트로 평소처럼 유우를 지명했다. 유우에게 미안한 마음이나 불편한 감정은 전혀 없어 보였다. 돈으로 맺어진 관계라고 그녀는 분명하게 선을 그었다.

나미를 에스코트하며 가게 밖으로 나갔다. 따뜻한 건지 시원한 건지 알 수 없었다. 전단지나 휴지가 흩날리는 지저분한 거리 바닥. 비좁게 늘어선 낙후된 빌딩. 끝없이 이어지는 불빛과 간판. 그 사이에 존재하는 어둠. 호객꾼과 취객들의 소리. 여러 가지 음식이 뒤섞인 냄새. 이 미터 앞에 퍼져 있는 토사물. 그 모든 것을 인식하면서도 마치 자신은 이 자리에 없는 것처럼 느껴졌다.

확실하게 인지한 사실은 나미가 등을 돌리고 걸어가는 내내 자신이 억지웃음을 짓고 있었다는 것이다. 웃어 넘기지도 못하느냐던 비난에 대한 대답이었지만 미소를 거두자마자 허무함이 몰려왔다.

그때 뒤에서 걸어온 남자와 살짝 부딪혀 비틀거렸다. 남자는 아무 말 없이 토사물을 피해 빠른 걸음으로 걸어갔다.

"한심하네."

옆 가게 유리창 속에서 유키가 말했다. 유키가 이렇게까지 신랄하게 말한 적은 처음이었다.

"어쩔 수 없잖아. 이건 내 직업이고 내가 지금 할 수 있는 일은 이 정도뿐이야. 게다가 나는 간호사를 정말 좋아해. 알잖아."

최선을 다해 장난스럽게 말했지만 유키는 꿈쩍도 하지 않았다.

환상과 대화를 시도하다니 비참함을 넘어 우스꽝스럽기까지 했다. 뒤돌아서 가게로 돌아가려던 유우를 유키의 날카로운 목소리가 붙잡았다.

"내가 왜 다른 사람의 싸움에 끼어들었다가 머리를 다쳤는 줄 알아?"

이 년 전 사건을 말한다는 것을 깨닫고 숨이 막혔다.

"그건……."

"네가 원했기 때문이야."

유키의 집게손가락이 유우를 똑바로 가리켰다.

"내가 그런 일을 당한 건 너 때문이야. 알잖아."

나미는 이틀 후 다시 가게를 찾았다. 어쩌면 이제 안 오지 않을까 기대와 불안이 뒤섞인 마음으로 기다렸기에 기분이 묘했다. 그런데 그녀가 가게에 들어서며 대뜸 화를 내자 금세 마음의 저울이 기울었다. 오지 않았으면 했다.

변함없이 유우를 지명한 나미는 소파에 앉자마자 음료를 주문하기도 전에 날카롭게 말했다.

"내 근무 시프트 알지?"

아차, 순간 식은땀이 솟구쳤다.

지난번에 퇴근한 뒤 나미에게 보낸 메시지가 떠올랐다.

—나미 씨가 한 말 가슴 깊이 새기겠습니다. 반성하고 있습니다. 마음을 다잡고 열심히 할 테니 내일도 꼭 놀러 오세요.

고객에 관해서는 취향까지 포함해 알아낼 수 있는 모든 정보를 메모해 뒀다. 간호사인 나미는 야근 탓에 올 수 없는 날이 있었는데 유우가 메시지에 적은 '내일'이 바로 그날이었던 것이다. 늘 주의를 기울였는데 앞부분 문장을 신경 쓰느라 뒷부분까지 생각할 겨를이 없었다.

"죄송합니다."

황급히 숙인 머리 위에서 나미가 차갑게 말했다.

"상큼한 칵테일 좀 갖다줘."

자신의 취향을 제대로 기억하고 있는지 테스트하는 말이었다.

"김렛은 어때요? 아니면 발랄라이카……."

"모히토로 할래."

재빨리 주문을 마치자 나미는 냉랭한 분위기로 느닷없는 질문을 했다.

"혹시 당신 누구랑 같이 산 적 있어?"

"네?"

지금도 기숙사에서 동료들과 함께 살긴 하지만 그런 뜻은 아니리라.

"이 년 전만 해도 다른 사람과 같이 살았어요."

"왜 혼자 살게 된 거야?"

집요한 물음에 숨이 막혔다. 유키에게 일어난 불행한 사고에 대해 동료들에게도 말하지 않았고 말할 생각도 없었다.

유우가 대답하지 않는 이유를 나미가 제멋대로 해석했다.

"마음이 떠났겠지. 당신과 함께 살 수 있는 사람이 어디 있겠어. 나 같으면 짜증 나서 하루도 못 가 쫓아냈을 거야."

오늘 밤도 유우를 괴롭히려고 온 것이 분명했다. 유우는 이를 악물고 억지로 웃어넘길 수밖에 없었다.

유키와 살았던 이십이 년의 세월이 머릿속에 떠올랐다. 함께 밥을 먹고 때로는 함께 달렸다. 그립다, 다시는 돌아갈 수 없는 나날들.

"상대가 당신을 포기한 건 옳았어. 오늘은 그 사람을 위해 건배할까?"

나미는 무슨 말이든 상관없다는 듯 오로지 유우에게 상처를 주려고 떠들어댔다. 테이블 밑에서 움켜쥔 주먹에 힘이 들어갔다.

간신히 견디는 그 두 시간이 마치 스무 시간 같았다. 드디어 나미가 자리에서 일어났고 유우는 평소처럼 밖까지 배웅하러 나갔다.

그때 근처 골목에 서 있는 남자가 눈에 띄었다. 어두운 그늘에 있어 확신할 수 없지만 어디선가 본 적 있는 사람 같았다. 그것도 아주 최근에. 대학생일까? 티셔츠와 셔츠를 겹쳐 입고 청바지 차림에 야구모자를 깊게 눌러쓴 차림이었다. 어디서나 볼 법한 청년이었지만 유우를 뚫어지게 쳐다보는 것이 마음에 걸렸다. 등줄기가 오싹해지는 음산한 눈빛으로.

"내일은 좀 일찍 올 거야."

청년에게 정신이 팔려 나미의 말에 늦게 반응했다.

"듣고 있어?"

"아, 네! 내일은 쉬는 날이시죠."

"정신 차려."

"죄송합니다. 요즘 자주 찾아주셔서 좋습니다. 내일도 기대할게요."

"거짓말을 하려면 좀 잘 해. 연습해. 그럼 잘 자."

"좋은 꿈 꾸세요."

나미가 몸을 돌려 걸어가고 몇 초 후 청년이 뒤에서 나와 유우의 옆을 지나갔다. 남자의 오른발 밑창이 안쪽만 닳아 있는 모습을 보고 지난번 나미를 배웅한 후 부딪혔던 그 남자라는 사실을 알아차렸다. 육상 경험이 있어서인지 유우에게는 무의식중에 신발을 살펴보는 습관이 있었다.

"그 남자, 나미를 뒤쫓아간 것 같은데."

기숙사로 돌아오자마자 거울 속 유키에게 그 일을 이야기했다. 동료들은 사우나에 가서 집에는 유우와 유키뿐이었다.

"그냥 우연히 같은 시간에 같은 방향으로 걸어갔겠지. 역으로 가는 방향이었을 테고 전철 막차 시간도 있으니까."

"그래도 이번이 두 번째인 데다가 몰래 상황을 지켜보고 있던 것 같았는데. 나미가 나오는 걸 숨어서 기다린 것 같았어."

"기분 탓이겠지."

"뒷모습을 빤히 지켜보다가 쫓아갔어. 앞지르지는 않고 삼십 미터 정도 간격을 유지하며 뒤따라갔어."

유키는 고민에 잠긴 얼굴로 턱을 만지작거렸다.

"확실히 위험한 놈 같긴 해."

"경찰에 신고해야 하나?"

말은 그렇게 했지만 호스트 일 말고 다른 일로 나미와 엮인다고 생각하니 끔찍했다. 오히려 조금 위험한 일을 당하면 속이 시원할…….

악마의 속삭임 같은 생각에 유우는 당황했다.

어떻게 그런 생각을 할 수 있지. 다른 사람이 끔찍한 일을 당하기를 바라다니.

"경찰 따위는 믿을 수 없다는 걸 알면서."

마치 토해내듯 뱉어낸 말에 더욱 가슴이 철렁했다. 그렇다, 이 년 전 술집 사건 때 경찰은 결국 유키를 밀친 인물을 찾아내지 못했다.

"나 같으면 남에게 맡기지 않겠어. 내가 직접 도울 거야."

"……뭐라고?"

"보여주는 거야, 그 여자한테. 나는 네가 생각하는 것처럼 한심한 인간이 아니라고. 그렇지, 히데오?"

히데오英雄. 영웅. 유우*의 본명.

스스로 이름값을 못 한다고 생각해서 어렸을 적부터 이 이름이 싫었다. 유키의 사건을 겪으면서 혐오감은 더욱 심해져서 히데오는 유우가 됐다.

유키는 열정적으로 말을 이었다.

"결정적인 타이밍을 노려."

"무슨 뜻이야?"

"남자가 나미에게 해를 끼치려고 할 때를 기다리는 거야. 절체절명의 위기에 빠진 순간 도와줘서 진정한 영웅이 되는 거지."

---

* 영웅(英雄)의 일본어 발음은 에이유우다.

"바보 같은 소리 하지 마. 오히려 나미를 위험에 빠뜨릴 수 있어."

"조금은 따끔한 맛을 보게 하는 것도 괜찮지 않아?"

유우가 숨을 삼켰다.

"너는 나미의 횡포를 참을 수 있을지 몰라도 나는 못 참아. 그 오만한 착각에 빠진 여자가 제대로 깨닫게 해줘야지. 네가 어떤 사람인지."

유키가 이런 말을 할 리 없다는 이성과, 고개를 끄덕이고 싶다고, 고개를 끄덕이라고 속삭이는 충동이 유우의 내면에서 충돌했다. 유키와 유우 모두 이상해지고 있었다.

"⋯⋯애초에 정말로 그 남자가 나미를 따라간 건지 확실한 증거는 없어. 내 착각일지도 몰라."

유우는 힘없는 목소리로 반박했지만 유키는 그대로 놓아주지 않았다.

"그럼 확인해 봐."

유우가 신음하는 순간 현관에서 열쇠 꽂는 소리가 들렸다. 동료들이 돌아온 모양이었다. 살았다. 다른 사람들과 있으면 환상에서 벗어날 수 있다.

젊은 남자들이 등장하며 실내 밀도가 단숨에 높아졌다. 비틀거리다시피 세면대를 벗어난 유우가 채 사라지지 않은 유키의 그림자를 애써 모른 척했다.

예고한 대로 나미는 다음 날에도 왔지만 그녀를 뒤쫓던 청년은 나타나지 않았다. 역시 착각이었다고 안도하면서도 여전히 가시 돋친 나미의 태도에 점점 화가 났다.

그로부터 이틀 후, 청년과 다시 마주쳤다. 나미를 상대하던 중 화장실에 가는 척 바깥 공기를 마시러 나갔다가 골목에 숨어 있는 남자를 발견했다.

청년의 표정은 예전보다 더욱 험악했다. 유우는 소스라치게 놀라서 가게 안으로 도망쳤지만 복도 거울에 나타난 유키가 그런 그를 질타했다.

"분명하게 확인해."

애써 무시하며 자리로 돌아갔지만 이번에는 유리잔에 유키가 나타났다. 의지가 강한 유키는 본인이 납득하지 않는 한 포기하지 않을 것이다.

유우는 결심을 굳혔다. 마침 다음 손님이 없길래 나미가 돌아가면 자신도 일찍 퇴근하겠다고 점장에게 말했다. 점장은 유우의 몸이 좋지 않다고 이해했는지 바로 허락했을 뿐 아니라 며칠 쉬라고까지 했다. 배려는 고맙지만 그럴 수는 없었다. 돈이 필요했다.

대화를 나누고 있을 때 류오가 다가와 무슨 일이냐고 물었다. 점장에게 상황을 들은 그는 유우를 안쓰럽게 바라봤다.

"기숙사에 같이 사는 직원에게 들었어. 요즘 거울 앞에서 혼자 중얼거린다고 하더라. 정신적으로 힘들면 무리하지 말고 좀 쉬어. 돈은 내가 조금 도와줄 수 있으니까."

유키와 대화하는 소리를 동료가 들었구나. 경솔했지만 한편으로는 그럴 만도 했다. 요즘 유키는 평소보다 훨씬 자주 나타났다. 때와 장소를 가리지 않고 온갖 유리와 거울에.

장기 휴가 이야기는 차치하고 일단 오늘 조퇴만 허락받고 그 자리를 벗어났다. 나미를 배웅한 뒤 곧바로 짐을 챙겨 그녀의 뒤를 쫓았다. 정확히 말하면 그녀를 뒤따라가는 청년을. 나미는 곧바로 전철 역으로 갔기 때문에 쉽게 찾을 수 있었다.

뒤에서 관찰하니 청년이 온 신경을 나미에게 집중한 것은 분명했다. 접촉할 타이밍을 재는 것처럼 보이기도 했다.

나미는 한 번도 뒤돌아보지 않고 개찰구로 들어가 플랫폼으로 이어지는 계단을 올라갔다. 청년도 같은 개찰구를 지났다. 하지만 그곳에서 멈춰서서 나미의 뒷모습을 미련 가득한 눈빛으로 배웅한 뒤 힘없는 발걸음으로 다른 계단으로 올라갔다. 아무래도 오늘 미행은 여기서 포기해야 할 듯했다.

어떻게 해야 할지 고민하다가 휴대폰을 꺼내 검은 화면 속 유키에게 조언을 구했다.

"어서 남자를 쫓아가."

유우는 유키의 말에 따라 청년을 뒤따라 같은 전철에 올라탔다.

막차에 가까운 전철은 인파로 붐벼 청년 바로 뒤에 서 있어도 부자연스럽지 않았다. 그는 이어폰을 끼고 휴대폰으로 동영상을 봤다. 가끔 웃음을 참는 모습은 지극히 평범한 젊은이 같았다. 평균 체격에 평범한 체형으로 보아 꾸준히 운동해온 사람은 아니었다. 개성은 없지만 유행을 따른 옷차림은 분명 SPA 브랜드의 옷 같았다. 이 년 전 유키가 이런 차림이었던 기억이 떠올랐다. 이 평범한 청년이 불과 오 분 전까지 여자의 뒤를 밟았다는 사실에 새삼 소름이 끼쳤다.

도중에 한 번 환승하고 처음 전철을 탄 지 사십 분 남짓 지나서야 전철에서 내렸다. 거기서부터는 걸어서 이동했다. 주택가로 향하는 약 이십 분 동안은 인적이 드물어 미행을 들킬까 조마조마했지만 청년은 주변을 신경 쓰는 기색도 없이 계속 동영상만 보며 걸었다.

청년이 도착한 곳은 단독주택이었다. 서양식 주택으로 차고에는 세단이 한 대 있었다. 시간이 시간인 만큼 창문으로 새어 나오는 불빛도 없이 고요했다. 청년은 가방에서 꺼낸 열쇠로 현관문을 열고 안으로 들어가 문을 잠갔다. 문패가 있었는데 가까이 가서 살펴보니 흰색 반투명 판에 '호리에 HORIE'라고 적혀 있었다.

청년의 주소와 성씨를 알아냈다. 본가에 사나 보다. 오늘 수확은 이 정도인가.

"좋았어, 역시! 이 기세로 쭉 가!"

유키는 말리기는커녕 유우를 점점 더 부추겼다.

2층 방에 불이 켜지는 모습을 보고 유우는 호리에의 집을 떠났다.

다음 날은 오랜만에 일찍 일어났다. 5시에 침대를 나오다니 매일 아침 달리던 시절 이후 처음이었다. 잠이 부족할 텐데 신경이 곤두서서 그런지 조금도 졸리지 않았다.

서둘러 준비를 마치고 기숙사를 나서는데 마침 동료들이 일을 마치고 돌아왔다. 기이하게 쳐다보는 그들의 시선을 능청스럽게 받아넘겼다.

근처 패스트푸드 가게에서 모닝 세트를 사 먹고 호리에의 집으로 향했다. 호리에라는 사람을 알려면 조금 지켜봐야 했다. 그리고 정말 위험하다고 판단되면 유키가 뭐라고 하든 경찰에 신고할 생각이었다.

어젯밤은 어두워서 몰랐는데 밝은 태양 아래서 본 호리에의 집은 형편없었다. 건물 자체는 그다지 오래되지 않은 것 같은데 한눈에 봐도 관리가 소홀한 듯 엉망이었다. 작은 정원에는 잡초가 무성했고 곳곳이 얼룩덜룩했다. 차고의 차는 토요타의 구형 캠리로 과연 움직이나 할지 의심될 정도였다. 날씨가 좋은데도 모든 창문에 커튼이 쳐져 있었고 빨래도 널지 않았으며 음식 냄새도 나지 않았다. 호리에는 가족이 없을지도 모른다. 그런 생각이 든 순간 가슴이 아릿했다.

아침 8시경, 호리에가 학교에라도 가는지 숄더백을 메고 밖으로 나왔다.

뒤를 밟던 유우는 앗 소리를 낼 뻔했다. 전철을 타고 한 시간 정도 향해 도착한 곳이 바로 나미가 사는 집이었기 때문이다.

호리에는 길가에 멈춰서서 후미진 곳에서 아파트 베란다를 올려다봤다. 그곳에는 잠옷에 카디건 차림으로 이불을 널고 있는 나미가 있었다. 역에서 제법 가까운 저층 아파트였는데 허름하지는 않지만 특별히 좋아 보이지도 않았다. 슈퍼마켓이나 편의점이 가까워서 생활하긴 편리하겠지만 즐길 거리는 다소 부족한 환경 같았다. 이불 한 채. 혼자 산다는 말이 사실이었나 보다.

호리에의 눈에 띄지 않도록 주의하며 다시 나미를 지켜봤다. 출근하지 않는 날 집에 혼자 있는다 해도 저런 얼굴이라니. 립스틱을 바르지 않은 입술은 꽉 다물렸고 미간에는 주름이 잡혀 있었다. 분명 부정적인 생각을 하는 표정이었다.

"재미없는 인생이네."

도로변 거울 속에서 유키가 중얼거렸다.

"그런 말 하지 마."

"자기 인생이 재미없다고 자기보다 약자인 호스트를 감정의 쓰레기통 취급하다니 최악이야. 그야말로 답 없는 인생이지. 유우도 그렇게 생각하니까 표정이 그런 거 아냐?"

"표정?"

유우는 자신의 얼굴을 만졌다. 입꼬리가 올라가고 볼이 떨렸다. 자신이 웃고 있다는 사실을 깨닫고는 화들짝 놀랐다. 자신이 나미의 외로운 처지를 즐기고 있다는 말인가.

재미없는 인생이라며 비웃어줄 수 있다면, 더러운 말로 모욕하며 잘난 체하는 얼굴에 따귀라도 한 대 날릴 수 있다면 속이 다 시원할 텐데. 그리고 바닥에 떨어진 안경을 지르밟으며 지금까지 한 행동에 사과를 받아야지. 무릎을 꿇리고 그 머리를 내려다보며 샴페인을 마셔야지.

숨소리가 거칠어졌고 그것이 자신이 내는 소리라는 사실에 놀랐다. 호리에는 여전히 같은 자세로 야구모자를 깊게 눌러쓰고 나미를 올려다봤다. 주먹을 연신 쥐었다 폈다 하며 안절부절못했다. 자신의 호흡과 호리에의 호흡이 하나가 된 것 같았다.

그러는 사이에 나미가 집 안으로 들어갔다. 호리에는 뒷주머니에서 휴대폰을 꺼내 시간을 확인한 뒤 어깨를 축 늘어뜨리고 왔던 길을 되돌아갔다. 유우는 호리에의 뒤를 쫓았다.

호리에의 목적지는 집 근처 슈퍼마켓이었다. 포인트 열 배 데이 깃발이 걸린 곳에서 많은 식료품을 한꺼번에 사들였다. 혼자 산다고 하면 보름치는 될 법한 양이었다. 들고 온 쇼핑백에 다 담을 수 없어 비닐봉지도 한 장 샀다. 인스턴트 반찬과 인스턴트 라면, 냉동식품이 대부분이었다. 추가로 짐을 묶는 끈과 박스테이프도 샀다.

"……유키, 저거."

"아무래도 납치해서 감금하려고 준비하는 것 같아. 저놈 얼굴 좀 봐, 심각하잖아."

슈퍼마켓을 나온 호리에가 드럭스토어에 들러 대량 묶음 성인용 기저귀를 사자 추측은 확신으로 바뀌었다.

생각해 보면 혼자 사는 단독주택만큼 감금하기에 안성맞춤인 곳은 없었다. 등골이 오싹했다. 호리에는 정말로 위험한 인물이었다. 나미가 그의 먹잇감이 될 수 있다…….

문이 열리는 소리에 유우는 정신을 차렸다. 집으로 돌아온 호리에가 구매한 물건을 놓고 다시 나왔다. 문을 잠그고 걸어가는 그는 여전히 표정이 어두웠다.

다시 미행했다. 두 번째 외출의 목적은 옆 동네 패밀리레스토랑에서 아르바이트하는 것이었다. 유우는 맞은편 정식집에서 오야코동을 먹으며 유니폼을 입고 어설프게 접시를 나르는 청년을 지켜보았다. 그러다 문득 든 생각에 호리에의 집으로 되돌아갔다. 집 안은 쥐 죽은 듯 조용했고 인기척은 느껴지지 않았다.

주위에 사람이 없다는 것을 확인하고 현관으로 다가갔다. 문 옆에 놓인 작은 화분이 신경 쓰였다. 이제 싹이 트려는지, 아무것도 심지 않았는지, 아니면 씨를 심었지만 싹을 틔우지 못하고 죽었는지 지금은 흙밖에 보이지 않았다. 허리를 숙여 화분을 기울여 보니 역시 화분 밑에 있었다. 열쇠였다. 집 여분 열쇠일 터다. 설마 요즘 시대에 이런 허술한 곳에 보관할까 반신반의했는데 정말로 있을 줄이야.

유키가 만족한 기색이라 오늘 조사는 여기서 끝냈다.

그날은 첫 손님이 유우를 배웅 호스트로 지명하는 행운이 찾아와 오랜만에 들뜬 기분으로 밖으로 나갔다. 어쩌면 앞으로도 계속 지명해줄지 모르겠다.

"또 오세요."

진심을 담아 말하며 손을 흔들고 가게로 돌아가려고 발길을 돌렸다. 그런데 어째서인지 류오 씨가 나와 있었다. 옆에 손님은 없는 것을 보니 아무래도 유우를 따라 나온 것 같았다. 가게에서 보여주던 웃는 얼굴과 달리 표정이 진지했다.

"무슨 일 있어요?"

"다른 녀석들 없는 곳에서 한번 제대로 이야기 나누고 싶어서. 요즘 유우 씨 좀 이상해."

유우는 말문이 막혔다.

"……아닌데."

"내가 점장에게 나미 씨의 출입을 금지해달라고 말해줄까?"

유우의 이상 행동이 나미의 괴롭힘 때문이라고 생각하는 듯했다. 잘 챙겨주는 선배지만 이렇게까지 말해줄 줄은 몰랐다. 마음이 따뜻해졌지만 한편으로는 참담했다. **왜 이런 놈**에게 동정받아야 하나. 상반된 감정에 목구멍이 떨렸다.

"마음은 고맙지만 나미 씨를 출입 금지 시키면 곤란해요. 나를 지명하는 몇 안 되는 고마운 손님이니까."

게다가 요즘 나미는 오히려 유우에게 즐거움을 주는 존재였다. 그 꼴사나운 여자의 위기를 눈치챈 사람은 유키와 자신뿐이니까.

"왜 웃어? 기분 나쁘게."

유우는 깜짝 놀라 입가를 눌렀다. 안 돼, 또 웃고 있었구나.

"전에도 당신처럼 된 녀석이 있었어. 무리해서 계속 일하다가 맛이 갔다고. 나미 씨와 관계를 끊거나 그게 싫으면 잠시 쉬어."

연민 어린 말투에 이번에는 꽤 불쾌했다. 옆 가게 유리창에 또 유키가 나타났다. 그 표정만 보고도 유키의 생각을 읽을 수 있었다. 그렇지, 너도 그렇게 생각하지?

"시끄러워. 나이도 어린 주제에 건방진 소리 지껄이지 마."

한동안 낸 적 없던 거친 목소리가 튀어나왔다.

류오 씨, 아니 류오의 얼굴이 창백해졌다.

"……지금 본인이 무슨 소리 하는지 알아?"

"귓구멍 막혔어? 아니면 머리가 나쁜가?"

"당신 그런 사람 아니잖아. 역시 병원에……."

"닥쳐! 꺼져!"

마침내 소리를 질렀을 때 가게 문이 열리고 다른 호스트가 손님을 배웅하러 나왔다. 놀란 유우는 급히 입을 다물었지만 손님은 겁먹은 얼굴로 잔뜩 긴장했다. 마주 선 유우와 류오를 보고 호스트는 상황을 짐작한 듯했다.

"……괜찮으세요?"

"아무것도 아니에요."

유우는 최대한 웃으려고 노력하며 대답했지만 그의 반응을 보니 성공하지 못한 듯했다. 손님은 마지막 대화도 흐지부지하며 서둘러 떠났다.

손님에게 목소리가 닿지 않기를 기다렸다가 류오가 입을 열었다.

"가게에 폐를 끼친다면 그만두게 할 거야. 참나, 내가 네 교육 담당이라니 똥 밟았네. 분명히 말하는데 더는 네 일에 신경 안 쓸 거야."

류오는 혀를 차며 유우에게 등을 돌렸다.

유리 속 유키가 힘차게 고개를 끄덕였다.

"됐어."

일을 마친 동료들은 유우를 데면데면하게 대했다. 류오와 벌인 말다툼이 모두에게 알려진 듯했다. 누구든 트러블에 휘말리고 싶지 않겠지. 아무 대가도 바라지 않고 타인에게 손을 내밀 수 있는 사람은 몹시 드물었다.

유우는 가게를 나와 곧장 기숙사로 돌아가지 않고 유흥가 쪽에 있는 파출소로 향했다. 구역이 구역인 만큼 경찰이 네 명이나 있었다.

"실례합니다. 드릴 말씀이 있는데요."

유리문에 비친 유키가 항의의 목소리를 냈지만 무시했다.

호리에가 나미에게 저지르려는 짓은 역시 유우 혼자서는 감당할 수 없었다. 하지만 그렇다고 내버려 둘 수도 없었다. 나미를 쫓아다니는 수상한 청년이 있다는 사실과 아무래도 그가 나미를 납치 감금할 계획을 세운 것 같다는 추측을 애써 담담하게 경찰에게 전달했다.

설명을 들은 경찰은 알겠다며 고개를 끄덕였다. 마침내 어깨의 짐을 내려놓은 기분이었다. 영웅은 될 수 없지만 이것으로 만족했다.

그런데 떠나려던 유우를 경찰이 붙잡았다.

"주머니를 좀 보여주시겠습니까?"

"뭐라고요? 주머니? 왜요?"

"아까부터 계속 유리창에 대고 말씀하셨죠?"

그 말에 의문이 풀렸다. 자신도 모르는 사이에 유키와 대화했나 보다. 그래서 경찰은 유우가 어떤 약물을 흡입해서 상태가 이상해진 게 아닐까 의심한 것이다.

부당한 의혹을 해명할 만한 대답은 나오지 않았다. 그럴 기력이 없었다. 역시 경찰은 믿을 수 없는 족속이다. 이 년 전에 유키의 억울함을 풀어주지 못한 무능한 작자들. 그래, 유키의 말이 맞았다.

유우는 한숨을 푹 쉬고 어느새 퇴로를 막고 있던 경찰들을 들이받으며 파출소 밖으로 뛰쳐나갔다. 뒤돌아보지 않고 오로지 도망치는 데만 급급했다. 뒤에서 쫓아오는 목소리가 들렸다. 호객꾼 남자를 밀치고 좌판에서 술을 마시던 사람들에게 욕설을 들었다.

조용하고 평범하게 살아온 자신이 한밤중 유흥가에서 경찰에게 쫓길 줄은 꿈에도 생각 못 했다. 하지만 세상일은 다 그런 것일지도 모른다. 유키의 사건도 지하철 사건도 전혀 예측할 수 없었으니. 인생은 예상치 못한 일들의 연속이다.

온 힘을 다해 달리는 것은 몇 년 만일까. 달린다는 행위 자체가 이 년 만이었다. 그래도 몸이 어떻게든 움직여준 덕분에 경찰을 따돌릴 수 있었다. 그 길로 기숙사로 돌아와 몸을 들썩이며 숨을 몰아쉬고 세수했다. 거울 속의 유키는 마치 "거봐, 내가 말했지?"라고 말하는 듯 기가 막힌다는 듯한 표정을 짓고 있었다.

"환상과 대화하는 사람의 말은 경찰이든 누구든 절대로 안 믿어."

"나미에게 직접 경고하는 건 어때?"

"진심으로 하는 말이야?"

나미는 평소 유우를 바보 취급하고 무시했다. 납치 감금이라는 기분 나쁜 단어를 꺼내면 호리에가 아니라 오히려 유우를 신고할 것 같았다.

어리석은 여자. 그러나 그녀도 처음부터 진상 손님은 아니었다. 요즘은 아니지만 예전에는 손님과 호스트로서 나름대로 즐거운 시간을 보낸 것도 사실이다. 젊은 손님에 비해 경계할 필요가 없는 상대였고 간호사라는 직업도 진심으로 존경했다.

"내가 이 손으로 지킬 수밖에 없어……."

"그래. 나미를 지켜서 히데오가 영웅이 되는 거야."

나미를 몰래 지켜보다가 호리에가 범행을 실행하는 순간에 몸을 던져 돕자.

몸이 부르르 떨렸다. 흥분으로 몸이 떨리다니 참으로 오랜만이었다. 육상 트랙의 출발선에 섰을 때 이후로 처음이었다.

유키는 뿌듯한 얼굴로 웃었다. 역시 우리는 많이 닮았다고 생각했다.

필요한 도구를 준비하는 것은 생각보다 쉬웠다. 최루 스프레이도, 전기충격기도 수갑도 인터넷에서 그날 바로 구매할 수 있었다.

별다른 특징이 없는 상자에 담겨 전혀 위험하지 않은 물건인 척 도착한 물건들을 들고 기숙사를 나온 시간이 오후 4시 30분경. 후드티와 청바지로 갈아입고 운동화를 신은 평범한 차림에 배낭을 메고 야구모자를 깊게 눌러썼다.

가게에는 잠시 쉬고 싶다고 연락을 넣어뒀다. 점장은 안 된다는 말은 하지 않았지만 그만두었으면 좋겠다는 말투로 대답하기는 했다. 그러나 쉴 바에야 차라리 그만두라고 강요하지는 않는다는 점에서 '아킬레스'는 양심적인 가게다. 결국 나중에 그만둘지도 모르지만 지금 당장은 결정할 수 없었다. 일단은 이 임무부터 완수하고 나서 생각하자.

오후 5시가 넘어서 목적지인 종합병원에 도착했다. 나미의 근무 부서가 어디인지는 몰랐지만 지역, 진료 과목, 위치 등으로 부서를 추측하는 데 그리 어렵지 않았다. 나미는 외래 간호사이고 오늘은 낮 근무였다.

대기실 맨 뒷줄 의자에 고개를 숙이고 앉아 기다리니 복도 안쪽에 있는 하얀색 간호사복을 입은 나미가 보였다. 바인더를 품에 안고 젊은 간호사와 이야기를 나누고 있었다. 자못 든든하고 친절한 수간호사처럼 보였다. 후배 간호사들은 나미의 눈치를 보지 않고 그녀를 믿고 따르는 것처럼 보였다.

이번에는 나미가 환자에게 말을 거는 모습을 목격했다. 허리를 숙이고 휠체어를 탄 노인의 팔을 어루만지며 웃으며 대화를 나눴다. 환자가 나미와 헤어질 때 고맙다는 듯 몸을 숙이며 인사하는 모습이 인상적이었다.

'아킬레스'에서 보여준 모습과는 정반대였지만 그다지 놀랍지 않았다. 사람은 겉과 속이 다른 존재고, 유우에게는 자신의 민낯을 드러내도 상관없을 뿐이었다.

오래 머무르면 의심을 살 수 있으니 병원 밖에서 나미가 나오기를 기다렸다. 나미는 퇴근 시간보다 한 시간 반 정도 지난 7시가 넘어서야 나타났다. 심플한 셔츠와 바지에 회색 카디건. 나미는 낯익은 작은 토트백을 들고 한 손으로 어깨를 주무르며 역으로 걸어갔다.

아직 주변에 호리에는 보이지 않았다. 방심하면 안 되지만 오늘은 나타나지 않을지도 모른다. 그렇다면 호리에가 움직일 때까지 매일 같은 일을 반복해야 한다.

유우는 나미의 뒤에서 오십 미터 정도 간격으로 최대한 행인과 가로수를 사이에 두며 쫓아갔다. 환락가처럼 붐비는 곳이라면 더 가깝게 따라붙을 수 있겠지만 깔끔하게 정리된 종합병원 앞 인도라서 자칫 눈에 띄기 쉬웠다.

호리에도 이런 곳에서는 손을 쓰지 못하겠지. 납치한다면 아무도 없는 어두운 길이나 나미의 아파트에 도착한 뒤를 노리지 않을까. 다양한 변수를 추측하면서 후드티 주머니에 찔러 넣은 오른손으로 최루 스프레이를 꽉 쥐고 검지를 분사 버튼에 올려놓았다. 왼쪽 주머니에는 전기충격기를 넣었다. 반대로 넣을까 고민했는데 만일의 경우 스프레이가 사용하기 편할 것 같다고 판단했다.

우선은 최루 스프레이를 뿌릴 것이다. 그리고 상대가 주춤한 틈을 타 목덜미에 전기충격기를 대고 기절시켜야지. 필요하면 수갑으로 손발을 구속할 생각이었다.

머릿속 시뮬레이션은 완벽했다. 훈련된 군인처럼 능숙하고 냉정하게 계획을 수행하는 자신을 상상하면 그럴 때가 아니라는 것을 알면서도 흥분으로 몸이 달아올랐다. 뜻밖에 찾아온 기회. 영웅이 될 기회. 유키가 내게 바라는 것.

"우선은 최루 스프레이, 상대가 주춤하면 전기충격기."

입으로 웅얼웅얼 반복하면서 오로지 나미의 뒤만 따라갔다. 때때로 목소리가 커지는 바람에 행인들이 기분 나쁜 듯 쳐다보기도 했다. 감정이 생각보다 더 격해진 듯했다.

한참을 걷다가 앞쪽 갓길에 정차한 세단 한 대를 발견했다. 비상등이 깜빡였다.

유우는 숨을 삼켰다. 구형 캠리. 호리에의 집 차고에 있던 차였다.

그 옆을 지나가려던 나미가 멈춰 섰다. 차에 탄 사람이 말을 건 듯 무언가 대화를 나눴다. 예상치 못한 상황에 유우도 덩달아 걸음을 멈췄다. 하지만 유우가 있는 곳에서는 탑승자와 나미의 얼굴이 보이지 않았다.

황급히 달려가려고 할 때 더욱 예상 밖의 일이 일어났다. 나미가 스스로 조수석 문을 열고 차에 올라탄 것이다.

나미에게 다가가며 이름을 부르려다가 멈췄다.

무슨 일이지?

두 사람을 태운 차는 혼란에 빠진 유우를 남겨두고 지체 없이 출발했다. 차로 납치당하기 전에 구출할 생각이었기 때문에 차를 쫓아가려면 두 다리밖에 없었다.

이 다리밖에.

점점 멀어지는 차를 노려보며 유우는 달리기 시작했다. 호리에의 최종 목적지는 본인의 집일 터다. 붐비는 시간대라 전철로 앞질러 갈 수 있을지도 모른다.

불과 백 미터도 달리지 않았는데 벌써 숨이 차올랐다. 몸이 뜻대로 움직이지 않아서 몇 번이나 고꾸라질 뻔했다. 사람들과 몇 번이나 부딪치면서 역으로 들어가 계단을 뛰어올랐다. 심장이 세차게 뛰고 엉덩이와 허벅지 근육이 터질 것 같았다.

마침 전철이 출발하려고 대기 중이었다. 닫히려는 문틈으로 몸을 억지로 비틀어 넣자 땀이 비 오듯 쏟아졌다. 막상 타고 나니 잘못 탔을까 봐 걱정돼 차량에 붙은 안내 표지를 올려다봤다. 다행히 제대로 탄 것 같았다.

전철을 타고 가는 동안은 서두를 수 없어서 답답했다. 혹여나 나미와 연락이 닿지 않을까 싶어서 휴대폰을 꺼내려고 주머니에 손을 넣었다가 흠칫 놀랐다. 그래, 주머니를 묵직하게 차지한 물건은 휴대폰이 아니었다. 주머니에 전기충격기와 최루 스프레이를 넣어둔 사실을 완전히 잊고 있었다. 호리에와 싸우려고 준비한 무기인데 달리는 중에도 용케 떨어지지 않은 것 같았다. 조금 전까지와는 다른 땀이 서서히 피부를 적셨다.

심호흡을 하고서 메고 있던 배낭을 몸 앞으로 돌려 휴대폰을 꺼내 나미에게 전화를 걸었다. 신호음이 열 번 울렸을 때 포기하고 메시지를 보냈다.

―이유는 나중에 말할 테니 당장 차에서 내려요. 그리고 다른 사람에게 도움을 요청해요. 그 남자는 당신을 감금할 거

예요.

나미가 왜 호리에의 차에 탔을까. 길 안내라도 부탁받았을까? 조심성 없는 행동에 화가 치밀었지만 위험을 경고하는 것이 시급했다.

메시지를 확인했다는 표시가 바로 떴지만 일 분이 지나도 이 분이 지나도 답장은 없었다. 역시 믿지 않는 것인가. 아니면 차에서 내려서 도망치는 중일까. 아니, 나미는 이미 제압당했고 범인이 메시지를 확인한 것일 수도 있다. 그렇다면 메시지를 보낸 건 경솔한 행위였다. 돌이킬 수 없는 실수를 저질렀을지도 모른다.

나미가 유우의 말을 믿지 않는다는 가설에 희망을 걸고 믿을 때까지 계속 메시지를 보내야 할까 고민했다. 하지만 유우의 말을 믿는다 한들 호리에가 어지간히 얼빠진 놈이 아닌 이상 쉽게 놓아 주지 않을 터였다.

이 년 전 유키가 이송된 병원으로 달려가던 순간이 떠올랐다. 그때의 공포와 절망이 되살아나면서 몸이 덜덜 떨렸다.

"싫어, 안 돼, 안 돼……."

"정신 차려. 그러니까 우리가 어떻게든 해야 해. 히데오는 영웅이니까."

휴대폰 속에서 질타하는 유키의 말에 유우는 고개를 세차게 저었다.

"나는 분명 실패할 거야. 그리고 또……."

"겁먹지 마. 해야 한다고!"

갑자기 도착역의 안내방송이 귀에 들어와 퍼뜩 고개를 들었다. 정신을 차리고 보니 혼잡한 차내에서 유우 주위만 동그랗게 빈 공간이 생겼다. 무심코 주위를 둘러봤지만 승객들 모두 고개를 숙이거나 돌리며 눈을 마주치려고 하지 않았다.

문이 열리자마자 전철에서 뛰어내렸다. 지하철에서 칼부림 사건이 일어났을 때처럼. 하지만 이번에는 거기서 멈춰 서지 않고 단번에 플랫폼을 가로질러 역 밖으로 나갔다. 버스 정류장에 버스는 없었다. 택시 승강장에는 사람이 몇 명 기다리고 있었다. 역에서 호리에의 집까지는 도보 이십 분이니까 일 킬로미터 남짓. 뛰어가면 삼 분이다.

순식간에 판단을 마치고 달리자마자 곧바로 지금은 그런 페이스로 달릴 수 없다는 사실을 깨달았다. 일 킬로미터를 쉬지 않고 달릴 수 있을지조차 의심스러웠다. 하물며 청바지에 운동화 차림에 배낭까지 메고 있으니. 게다가 길거리에는 신호등도 있고 길 가는 행인도 있다.

그래도 발길을 돌려 버스나 택시를 기다리는 것보다는 빠를 것 같았다. 자신의 다리에 모든 것을 걸었다. 나미를 돕기 위해 달릴 수밖에 없다. 이 다리만이 나를 영웅으로 만들어 줄 수 있다.

차도를 살피며 달렸지만 호리에의 차는 찾을 수 없었다. 아직 도착하지 않았을 수도 있고 유우가 놓쳤을 수도 있다.

자동차 경적이 울리고 자전거를 탄 남성이 소리쳤다. 요란하게 넘어지면서 주머니 속 최루 스프레이가 굴러 나와 황급히 주웠다.

보인다. 호리에의 집. 차고에 차는 없다!

안심도 잠시, 유우는 움찔했다. 어둠에 잠긴 호리에의 집 1층 창문에서 불빛이 새어 나왔기 때문이다.

설마, 벌써 안에 들어갔나? 내가 한발 늦었나? 그런데 차는 어디 있지?

유우는 도로에서 우뚝 서서 집을 바라봤다. 땀이 뚝뚝 떨어졌다. 귓가에 거친 숨소리와 심장 소리만 울렸다. 들썩이는 가슴에 맞춰 몸과 시야가 흔들렸다.

점점 자신이 왜 여기에 있는지 여기가 어디인지 알 수 없었다. 온몸을 짓누르는 피로도, 폭발할 듯 뛰는 심장의 고통도 열기도 모호해지고 긴장마저 사라졌다. 이상하게 현실감이 사라져 꿈이라도 꾸는 기분이었다.

옆에 서 있는 곡면 거울을 봤다. 유키가 필요했다.

"해."

단호한 목소리에 등 떠밀려 현관으로 다가가 화분을 들어 올렸다. 열쇠가 여전히 그곳에 있었다. 열쇠를 집어 들어 구멍에 꽂았다. 찰칵찰칵 소리가 났다.

문을 열자 어두운 현관에 신발 몇 켤레가 있었다. 유우는 운동화를 벗고 집으로 걸어갔다. 불이 켜진 방은 더 안쪽에 있는 듯했다.

빛에 이끌려 도착한 곳은 부엌이었다. 둥근 형광등 아래 식탁이 있고 벽 쪽은 시스템 주방으로 꾸며졌다. 흰색 조리대와 은색 싱크대. 탁한 백색 냉장고. 마룻바닥.

"……어?"

냉장고 앞에 사람이 쓰러져 있었다.

제대로 본 것이 맞는지 확신이 서지 않아 멍해졌다.

사람이다. 남자. 엎드린 채 쓰러져 있었다. 움직이지 않았다.

이 사람, 호리에인가?

오싹 소름이 끼쳤다. 무슨 일이 일어났는지 모르겠다. 하지만 보통 일이 아니었다.

순간적으로 최루 스프레이와 전기충격기를 꺼냈다. 양손에 무기를 들고 몸을 돌려 주위를 경계했다. 마루가 삐걱거리는 소리가 나서 저도 모르게 그쪽에 최루 스프레이를 뿌렸다. 그러나 아무도 없었다. 그냥 집 자체가 울려 난 소리 같았다.

얼마나 그렇게 있었을까. 자신의 몸에서 나는 소리 외에는 아무 소리도 들리지 않았다. 아무도 습격하지 않았다.

유우는 뒤늦게 다시 마루로 시선을 돌렸다.

"……저기요."

속삭이듯 불렀지만 반응은 없었다. 남자에게 다가가 쪼그리고 앉아 몸을 흔들어 봐도 마찬가지였다. 침대에 누워 있는 유키가 떠올랐다. 최악의 가능성이 머리를 스치며 심장이 얼어붙었지만 용기를 내 목을 만져보니 맥박이 잡혔다.

 살아 있다! 안도감에 숨을 크게 내쉬었다. 그때 호리에의 셔츠에 묻은 붉은 얼룩이 눈에 띄었다. 손에 쥐고 있는 스프레이 캔에도 같은 색이 묻어 있는 것을 발견했다. 흠칫 놀라 손바닥을 확인하니 역시 같은 색으로 물들어 있었다.

 유우는 소리를 지르며 스프레이 캔을 내던졌다.

 이게 뭐야, 왜 내 손에 피가.

 패닉에 빠진 머릿속에 류오의 말이 되살아났다.

 "전에 너처럼 된 녀석이 있었어. 무리해서 계속 일하다가 맛이 갔다고."

 경찰관의 목소리도 들렸다.

 "아까부터 계속 유리창에 대고 말씀하셨죠?"

 설마 내가 한 짓인가?

 그럴 리 없다. 앞뒤가 맞지 않는다. 기억도 없었다. 하지만 만약 기억을 잃은 것이라면? 혹은 자각하지 못하고 벌인 짓이라면? 보통은 있을 수 없는 일이지만 자신이 미쳐가고 있다면 상황이 달랐다. 어쨌든 나는 환상과 이야기하는 사람이니까.

 도저히 가만히 있을 수 없어 일어섰다. 머리를 쥐어뜯고 그 자리를 빙글빙글 맴돌았다. 온몸이 부들부들 떨리고 시선이 사방을 어지럽게 헤맸다.

 그 순간 시야 끝에 사람 그림자가 스쳤다. 비명을 지르다가 식탁에 몸을 부딪쳐서 다시 자세를 잡았다. 그곳에 낯익은 얼굴이 있었다.

"……유키."

어쩌고 상공회라는 글자가 새겨진 둥근 거울이 벽에 걸려 있었다. 그 속에서 유키가 유우를 물끄러미 바라보고 있었다.

"진정해. 끝까지 해내는 거야."

"……할 수 있을까?"

"호리에의, 범죄자의 숨통을 끊어."

"어떻게 그래!"

견디지 못하고 절규하는 유우를 유키가 노려봤다. 이제껏 본 적 없는 차갑고 엄격한 표정이었다.

"이 년 전에 내 미래를 빼앗은 놈들은 달아났잖아. 그놈들 대신 이 나쁜 놈을 혼내줘."

"유키……."

"어서."

"유……."

어느새 눈물이 쏟아졌다. 유키의 얼굴이 잘 보이지 않았다. 호흡이 흐트러지고 이름도 제대로 부를 수 없었다.

"어서, **아빠!**"

그 순간 유우의 내면에서 부풀어 오른 감정이 폭발했다.

유키, 유키, 유키.

홀로 키워낸 하나뿐인 아들.

영웅이라는 뜻의 자기 이름이 부담스러웠으면서도, 자신 역시 아들이 용기 있는 사람이 됐으면 좋겠다는 생각에 이름을 유키라고 지었다. 그 뜻을 말해준 아버지의 기대에 부응한 유키는 이름 그대로 용감한 사람으로 자랐다. 뿌듯했다. 자랑스러웠다. 친구 같고 형제 같은 관계였지만 역시 히데오는 유키의 아버지고 유키는 히데오의 아들이었다.

단둘이서 살아온 소중한 날들이 설마 그런 식으로 끝을 맞이할 줄이야.

다른 사람의 싸움을 말리려고 한 용감했던 행동은 아들의 찬란한 인생을 그렇게 허망하게 부숴버렸다.

삶의 전부였던 아들을 빼앗기고 히데오의 삶은 완전히 피폐해졌다. 마음이 무너졌고 지금까지 해온 일도 계속할 수 없었다. 집도 내놓았다.

다 내 탓이다. 스스로 얼마나 책망했는지 모른다. 차라리 내가 대신 침대에 누워 있고 싶은 심정이었다.

지금, 그런 유키가 바란다. 아버지에게 바라고 있다. 억울함을 풀어달라고. 영웅이 되라고.

유키의 바람에 응답해야 한다. 용기라는 뜻의 이름을 받은 아들은 아버지의 바람대로 용기를 보였다. 그러니 나도.

"안 돼, 아빠!"

그 순간, 또 다른 목소리가 울렸다.

히데오는 눈을 부릅뜨고 다시 거울을 응시했다. 방금 유키의 목소리가 들렸다. 잘못 들었을 리 없다. 애초에 자신을 아빠라고 부를 사람은 세상에서 오직 한 사람, 유키 뿐이다.

거울 속에 유키가 있었다.

그러나 두 명이었다.

한 명은 귀신 같은 형상으로 전기충격기를 움켜쥐고 있었다. 나머지 한 명은 그 옆에서 울상을 짓고 있었다.

유키의 형상을 하고 입을 움직인 존재는 영혼이었다.

"아빠"하고 울먹였다.

귀신 같은 유키의 얼굴이 창백해졌다. 서서히 일그러지고 경련하듯 떨렸다.

히데오는 절규하며 두 유키를 향해 전기충격기를 던졌다. 격렬한 소리와 함께 두 얼굴에 거미줄처럼 금이 갔다. 충격으로 거울이 흔들렸다. 파편이 하나, 둘 바닥에 떨어졌다.

부서져 떨어진 두 얼굴 중 하나는 히데오의 얼굴이었다. 지금까지 유키라고 착각했던 얼굴은 히데오의 얼굴이었다.

"아빠, 떠올려 봐. 아빠는 어떤 사람이야?"

히데오가 아니라 유키가 물었다.

어떤 사람이냐고……?

히데오는 멍하니 되물었다.

영웅……이 아니야. 영웅이 되고 싶어.

"아니야, 아빠는 지금도 훌륭해. 나미 씨에게 그런 취급을 당하면서도 그 사람을 지키려고 했잖아. 아빠는 다정한 사람

이야."

다정…….

"자, 저기 봐. 저 사람 죽어가고 있어. 아직 늦지 않았어."

그 말에 이끌린 히데오는 바닥에 쓰러져 있는 호리에에게 시선을 돌렸다. 그리고 깜짝 놀랐다. 호리에가 아니었다. 호리에는 이렇게 뚱뚱하지도 않고 머리가 희지도 않다. 황급히 몸을 젖혀 얼굴을 확인했다. 역시 아니었다. 호리에보다 훨씬 나이가 많았다, 아마 히데오만큼이나. 호리에와 닮은 것으로 보아 분명 그의 가족 같았다.

"어서, 아빠."

유키가 다시 힘을 실어 말했다.

"……그래, 우리처럼 되면 안 되지. 할게."

자신의 입으로 스스로에게 명령했다.

유우는 곧바로 휴대폰으로 구급차를 부르고 기다리는 동안 구급대원의 지시에 따라 응급조치를 했다. 견뎌줘, 제발.

낯선 사람에게 정신없이 호소하는 히데오의 귀에 유키의 목소리가 희미하게 들렸다.

"역시 우리 아빠야."

남자가 목숨을 건졌다는 소식을 뒤늦게 나미에게 전해 들었다. 그는 나미의 친동생이자 호리에의 아버지였다.

최근 심장 질환 진단을 받았는데 발작을 일으켜 쓰러졌다고 했다. 히데오의 손바닥에 묻었던 피는 넘어졌을 때 생긴 상처에서 난 피였다. 지금은 입원해서 수술을 기다리고 있다고 하는데 그간의 치료비가 비싸서 호리에가 고모인 나미에게 도움을 청하려고 했던 것이다.

"너무 이기적이지?"

나미는 한숨을 내쉬었다.

"동생은 경제력도 생활력도 없어서 계속 부모님께 의존해 살았어. 어릴 적부터 너무 오냐오냐 커서 결혼생활도 오래가지 못했지. 부모님은 동생 부부를 위해 집까지 새로 지어줬는데. 자랄 때 부모님이 나와 남동생을 차별하셨어. 그 시절에는 그리 드문 일이 아니었었지. 어릴 적 나는 동생의 하녀나 마찬가지였다니까. 억울했어. 그래서 간호사 자격증을 따자마자 집을 나온 거야."

'아킬레스'에서 그 이야기를 들으며 히데오는 예전에 나미에게 아버지에 대한 불만을 털어놨을 때 유치하다고 비난받았던 기억이 났다. 나미는 히데오에게서 자신의 남동생을 겹쳐 보았던 것이다.

"나는 진작에 마음 정리를 했었어. 마음속으로는 인연을 다 끊었지만 그래도 키워준 은혜가 있으니 자식으로서 도리는 다하려고 했지. 몇 년 전에 아버지가 돌아가셨을 때도 올해 어머니가 입원했을 때도 여기저기서 돈을 마련해 드렸어. 그런데도 동생은 백수로 태평하게 살아온 주제에 이제 와서 죽을병에 걸렸다고? 치료를 받지 않으면 죽는다고? 부모님이 집을 새로 지어주고 손자 학비도 대줬는데, 이제 남은 재산도 없고, 손자는 대학을 관두고. 결국 내가 동생 치료에 돈을 대지 않으면 죽는다는 말이야?"

호리에가 처음 도움을 청했을 때 나미는 감정에 휩쓸려 거절했다고 한다. 나미에 대해 거의 몰랐던 호리에는 아버지를 도와주지 않는 고모에게 원망스러운 마음을 품고서 나미가 어떤 사람인지 확인하고자 했다. 그리고 다시 부탁하러 찾아가고 싶었지만 좀처럼 결단을 내리지 못했다고 한다.

덧붙여서 호리에가 장을 한꺼번에 본 이유는 아르바이트로 바빠서 자주 마트에 갈 수 없기 때문이었다. 단지 그뿐이었다. 짐 묶는 끈 등은 대학을 그만둬서 이제는 필요 없는 교재를 처분할 때 쓰려고 산 것이었고 기저귀는 할머니가 사용할 물건이었다. 그의 아버지는 원래 집안일도 간병도 하지 않았지만 병에 걸리고 나서는 거의 병상에 누워 지냈다. 할머니가 입원한 후에는 호리에가 모든 짐을 떠맡은 셈이었다.

동생은 몰라도 젊은 조카를 정말 이대로 두어도 괜찮을까.

"나는 솔직히 조카를 위해서라도 동생이 그대로 죽는 편이 낫겠다고 생각해. 그런데 조카가 눈물을 흘리며 기뻐하더라고. 도와줘서 감사하다고. 그 모습을 보니 나도 각오가 섰어. 이 아이를 도와줘야겠다고."

히데오는 호리에를 엉뚱하게 오해했다며 사과했다. 나미

를 미행한 것과 호리에의 집에 불법 침입한 것 또한 사과했다. 냉정하게 따지면 제정신으로 할 만한 생각도 행동도 아니었다. 하지만 나미는 책임을 묻지 않았고 조카에게도 잘 설명했다고 말했다.

"호리에의 형편이 조금이라도 나아지면 좋겠네요."

모든 것이 밝혀진 다음 날, 히데오는 여느 때처럼 병원을 찾았다. 침대에 누워 잠든 유키에게 말을 걸며 근육이 완전히 빠진 앙상한 몸을 꼼꼼하게 닦았다.

호스트 일은 낮 시간을 자유롭게 쓸 수 있어서 좋았다. 여러 직장을 전전하다가 마지막으로 흘러간 곳이 호스트바였지만 결과적으로 지금의 자신에게 가장 적합한 선택이었을지도 모른다는 생각이 들었다.

하지만 자신보다 훨씬 어린 사람들에게 고개를 숙이는 생활에 비참한 기분을 느낀 것도 사실이었다. 히데오가 류오에게 어린놈이라고 말하며 아니꼬워했던 이유는 억눌러왔던 본심이 표출됐기 때문이었다. 젊은 호스트들은 어렴풋이 짐작하고 있었으리라. 그들은 쉰 살 넘은 신인을 어색해했지만 배타적으로 굴지는 않았다. 유우라고 부르는 것도 그들 나름의 배려였다. 류오 씨는 유우가 범한 결례를 너그럽게 이해해줬다. 아들뻘 아이들과 함께 사는 것은 힘들지만 가끔은 위로를 받기도 했다.

그날 이후 거울 속 환상은 나타나지 않았다. 이 년 전부터 가슴에 맺혔던 한이 지하철 사건을 계기로 유키의 형상을 하고 모습을 드러냈다고 생각한다. 그것은 결코 유키가 아니었다. 마지막에 나타난 존재를 제외하고.

"이상하지만 그 존재만은 너였다고 생각해. 세상에는 이상한 일이 얼마든지 일어나는 법이니까. 안 그래?"

환상이 아닌 유키와 나누는 대화는 언제나 일방통행이었다. 평온한 일상으로 돌아왔다고 안도하는 한편 쓸쓸하기도 했다. 정체가 무엇이든 아들의 모습을 한 존재와 이야기를 나눌 수 있어서 행복했던 것도 사실이었다.

"호리에와 종종 만나서 밥이라도 먹을까 해. 마음이 통하는 부분이 있지 않을까 싶어서."

"오, 잘됐네."

들릴 리 없는 목소리가 들린 것 같았다.

유키에게 새 잠옷을 입히고 머리를 정성껏 빗겨 주고 "내일 보자"라고 인사했다.

병실을 나서다가 아직 눈에 익지 않은 간호사와 마주쳤다. 얼마 전에 유키의 담당이 된 간호사였다. 그녀는 인사를 나누다가 히데오의 얼굴을 보고는 눈을 가늘게 떴다.

"아드님이 아버님을 많이 닮았네요."

"네, 쌍둥이 같다는 말 많이 듣습니다."

"선해 보이는 인상이 똑 닮았어요."

"감사합니다. 정말 기쁜 말씀이네요."

그래, 유키는 선한 사람이었다. 그래서 생면부지의 타인을 위해서 용기 있는 행동을 할 수 있었다. 나는 용기 있는 사람은 아니지만 선행이라면 분명히 보여줄 수 있다. 아빠는 선한 사람이라고 그때 유키가 말해준 것처럼.

병원을 나와 발을 내려다봤다. 나미가 마지막으로 가게에 온 날 선물한 러닝화.

툭툭, 가볍게 땅을 찼다.

자, 다시 달려볼까.

05 문

"미래의 내 모습을 알 수 있다면 어떻게 할래?"

맞은편 자리에 앉은 이케부치의 질문에 노에는 문제집을 풀던 손을 멈추고 고개를 들었다. 시선을 내리깐 이케부치의 손에 낮게 중얼거리는 목소리가 떨어진 것이다.

약 한 달 전, 여름방학이 끝난 뒤 모의고사를 치르고 나서 이케부치는 노에에게 공부를 도와달라고 부탁했다. 그 결과 매주 목요일, 노에가 입시학원 수업이 없는 날 방과 후에 이케부치와 노에는 학교 근처 카페에서 이마를 맞대고 앉았다. 동급생 남학생과 그런다는 것만으로도, 대화를 거의 나눈 적 없는 반 아이들이 "둘이 사귀어?"라고 물었지만 그런 관계는 아니었다.

햇볕에 그을린 이케부치의 손이 아까부터 멈춰 있었다.

"점 이야기야? 아니면 애플리케이션?"

얼마 전에 유행한 애플리케이션의 이름을 말하자 이케부치는 머뭇머뭇 고개를 들었다.

"그런 게 아니라, 말 그대로야."

"관심 없어. 있을 수 없는 일을 가정하는 건 의미가 없으니까."

"있을 수 있는 일이라면?"

초자연적 현상을 믿지 않는 노에는 작게 한숨을 내쉬었다. 고등학교 3학년 10월. 가방에 학업성취 부적을 달고 다니는 아이들이 점점 늘었고 노에의 반에서도 여학생을 중심으로 타로점 애플리케이션이 유행했다.

"이케부치, 모의고사 결과가 꽤 충격이었나 보네. 불안한 마음은 이해하지만 그럴수록 공부에 더 집중하는 게 낫지 않겠어?"

테니스부의 유망주였던 이케부치는 슬럼프와 부상이 없었다면 체육 장학금을 받고 대학에 진학할 수 있을 터였다. 그런데 부상 여파로 전국대회 2차전에서 패배하면서 그 기회가 날아갔다. 보도부 부원으로 이케부치의 다큐멘터리를 제작한 노에는 그의 마지막 여름을 처음부터 끝까지 카메라 렌즈를 통해 지켜봤다. 땀을 뚝뚝 흘리면서도 눈도 한 번 깜빡이지 않은 채 코트에 서 있는 모습을 떠올리면 가슴이 아릿했다. 이케부치의 여름이 끝났을 때 노에의 여름도 끝이 났다.

"넌 불안하다거나 다른 고민거리 없어?"

노에가 있다고 대답하자 이케부치의 그을린 얼굴이 안심한 듯 밝아졌다.

"그렇지!"

"그런 식으로 다른 사람과 공통점을 찾아내 위안 삼는 건 좋지 않아. 내 고민은 성적이 아니거든."

"아, 그렇구나……."

이케부치는 금세 풀이 죽어서 아이스커피의 빨대를 물었다. 더 말할 생각이 없어 보여서 노에가 다시 문제집을 보려는데 순간 "나 말이야"라고 한숨 섞인 목소리가 흘러나왔다.

"예전부터 테니스로 대학 갈 생각만 해서 그런지 아직 마음이 복잡하고 갈피를 잡지 못했어. 체육 특기자 전형으로 가고 싶었던 대학을 1지망으로 정했지만 모의고사 결과로는 어림도 없고, 이제는 정말로 그 학교에 가고 싶은지 아닌지도 모르겠어."

그럴 만했다. 번아웃 증후군과 그 외 다른 요소가 섞여 방황하는 것 같았다. 오랫동안 운동에만 전념한 사람에게 있을 법한 일이었다.

"그래서 나는 애초에 장래 무엇을 하고 싶은 걸까 고민하게 됐어. 대학은 결국 거쳐 가는 과정 중 하나잖아. 내 고민은 그거야. 목표를 제대로 정하지 않으면 무엇을 하든 만족스럽지 않으니까."

이케부치는 녹고 있는 얼음을 빨대로 찔렀다. 얼음이 작게 소리를 내며 부서졌다.

"그러고 보니 콕 집어서 물어본 적이 없네, 네 장래 희망은 역시 언론인이야?"

아픈 곳을 찔렀다. 예전에는 그랬지만 지금은 잘 모르겠다. 대학이라는 과정을 지나고 그다음. 나는 무엇을 하고 싶은가. 또 무엇을 할 수 있을까. 사실 노에도 이케부치와 비슷한 고민을 하는 중이라 쉽게 조언할 수 없었다.

언론인이 되기로 다짐한 것은 초등학생 때였다. 줄곧 변하지 않았던 그 꿈이 지하철 칼부림 사건을 계기로 송두리째 흔들렸다. 사망한 무카이 마사미치의 얼굴이 눈동자에 각인돼 사라지지 않았다. 사건이 일어나기 불과 몇 분 전, 노에는 무카이를 치한으로 오해해 그에게 죽으라고 말했기 때문이었다.

무카이는 깜짝 놀란 기색이었다. 그 무모한 행동에 자신이 던진 말이 적지 않은 영향을 끼친 것은 아닐까. 증명할 수도 없고 답을 찾을 수도 없다는 사실을 머리로는 이해하지만 마음은 한없이 그쪽으로 기울었다. 그를 나쁜 사람으로 매도해 죽음으로 몰아넣었을지도 모르는 자신에게 언론인이 될 자격이 있을까. 최근에는 저널리즘 그 자체에 대해 회의감마저 들었다.

자신이 저질렀을지 모르는 죄를 이케부치에게만 털어놓았다. 이케부치 역시 지하철 칼부림 사건에 얽힌 비밀을 품고 있으니까. 서로의 비밀을 알고 지키는, 이른바 공범이 된 지 곧 반년이 된다. 어느 정도 친해지기는 했지만 속마음을 완전히 터놓을 생각은 없었다. 이케부치뿐 아니라 그 누구에게도. 사람들이 노에에게 거리감을 느끼는 이유였다.

"1지망은 X대 정경학부."

질문에서 빗나간 대답을 내놓았지만 이케부치는 노에가 화제를 돌렸다는 사실을 눈치채지 못한 듯했다.

"X대 정경학부?"

"왜?"

"아, 아니, 나랑 수준이 달라서 놀랐어."

이케부치는 당황한 기색으로 빨대를 물었다. 무언가를 감추는 기색이 역력해서 타고난 호기심이 고개를 들었지만 노에가 추궁하기도 전에 이케부치가 입에서 빨대를 떼며 말했다.

"아무튼 그래서 처음 이야기로 돌아가 보자."

"미래의 내 모습을 알 수 있다면 어떻게 할 거냐고?"

"응, 맞아."

이케부치는 상체를 앞으로 살짝 내밀며 목소리를 낮췄다. 카페는 시끌벅적했고 남의 대화에 귀 기울이는 사람은 없는데도.

"'미래의 문'이라는 거 들어 봤어?"

"그게 뭐야?"

"요즘 중학교 동창 단체 메시지 방에서 화제야. 도덴* Q선의 특정 시간, 특정 자리에 앉아서 가부라기신사앞 정류장에서 가장 먼저 타는 승객을 보면 미래의 내 모습을 알 수 있대."

그러면서 바닥에 둔 책가방에서 바스락거리며 휴대폰을 꺼내 라인 대화 화면을 띄워 노에에게 보여줬다. 주로 이모티콘과 단문으로 이뤄진 대화 속에서 해당 내용만 글자 수가 많아 이질적이었다.

─'미래의 문'은 진실의 문. 당신의 미래를 알 수 있다!
목요일 도덴 Q선, 미야하라 정류장, 오후 4시 31분 출발, 세타행. 승차구 바로 옆자리에 앉습니다. 가부라기신사앞 정류장에서 가장 먼저 탄 사람이 미래의 당신과 아주 비슷한 사람입니다. 미야하라 정류장에서 소시 정류장(가부라기신사앞 바로 전 정류장) 사이의 어느 정류장에서 탑승해도 상관없습니다.
단 너무 잘 맞아서 소름 돋으니 심약한 사람은 시도하지 마세요. 미래의 모습이 반드시 멋지다고 할 수는 없습니다.
참고로 제 친구는 '미래의 문'에서 어떤 여배우를 본 뒤 연예기획사에 스카우트됐습니다. 실화입니다.

---

* 도쿄도 교통국에서 운영하는 노면전차.

"이건 어디서 복붙한 거 같은데."

"응, 정말 그런 것 같네."

전형적인 도시 괴담이었다. 즉 신뢰할 가치가 없는 헛소리였다. 다 읽자마자 시답지 않다고 판단했지만 이케부치의 표정이 몹시 진지해서 솔직하게 말하지 않았다.

이케부치는 휴대폰에 SNS 애플리케이션을 띄웠다. 유행하는 메이크업과 패션으로 무장한 여자아이가 자신감에 찬 표정으로 찍은 사진이 있었다.

"여배우를 본 뒤 연예기획사에 스카우트된 그 사람이래. '미래의 문' 이야기는 안 써 놨지만 그 전차를 이용하는 승객이고 실제로 스카우트로 모델이 된 것도 맞나 봐. 딱 들어맞아. 대박이지?"

그것만으로는 확신할 수 없다고 생각했지만 이케부치는 노에가 대꾸할 틈을 주지 않았다.

"나, 시도해 보려고. 헛소문이라고 해도 기분전환도 되고 좋지."

이케부치의 뺨이 붉어졌다. 말과 달리 상당히 진심이라는 것을 알 수 있었다. 타로점을 보는 반 친구들이 머릿속에 떠올랐다. 불안을 해소하는 심리 케어 방법으로서 타로점은 효과가 있어 보였다.

"해 보지 그래?"

노에가 반대할 줄 알았는지 그 말을 들은 이케부치의 눈이 빛났다.

"그럼 너도 같이 갈래?"

"어? 왜?"

"'미래의 문'은 목요일이고 입시학원 수업이 없는 날도 목요일이니까 괜찮잖아."

"그런 이유 말고."

"아니, 아까 보여준 라인 메시지에도 있었잖아. 미래 모습이 꼭 멋진 것만은 아니라고. 정말 답이 없는 모습이라면 충격받아서 못 일어날걸. 공포영화도 혼자보다 둘이 보는 편이 덜 무섭잖아."

"나는 혼자 보는데."

많은 친구들과 어울리며 왁자지껄한 분위기를 좋아하는 사람과 혼자 있는 것을 좋아하는 사람의 차이일까.

"다른 친구한테 부탁해. 좋아하는 애들 있을 거 아니야."

"아니, 그건……."

이케부치는 우물쭈물 말끝을 흐렸다. 아마도 고민을 남에게 들키고 싶지 않다는 뜻이겠지.

밝고 강한 성격에 자신감 넘치는 허풍선이, 그것이 바로 이케부치 료니까. 체육 특기자 전형으로 진학하지 못해도 전혀 개의치 않는다는 듯 사람들 앞에서 행동했다. 예전에는 이케부치에게도 감추고 있는 약한 면을 솔직하게 드러낼 수 있는 절친한 친구가 있었다. 하지만 우정에 금이 갔고 그 친구에게 받았던 인형 키링을 책가방에서 떼어낸 것을 보면 아직 망가진 관계를 되돌리지 못한 듯했다. 그렇다면 남은 사람은 '공범'인 노에밖에 없었다.

"언론인 지망생으로서 흥미가 생기지 않아?"

이케부치의 깊은 우정이 깨진 데는 노에도 무관하지 않았다. 책임감을 느낀다고 할 정도는 아니지만 두 사람 사이에 벌어진 일의 진실을 자신이 밝히지 않았다면 지금도 그 둘은 아무것도 모른 채 사이좋게 지냈을지도 몰랐다.

노에는 절반 남은 커피를 입에 머금었다. 뜨거웠던 커피는 그새 차게 식어서 맛없었다.

"⋯⋯역시 전철은 아직도 못 타?"

이케부치가 어두워진 얼굴로 물었다. 지하철 사건 후 노에는 트라우마로 전철을 탈 수 없어서 지금도 자전거로 통학했다. 사건이 작년 12월에 일어났으니 벌써 아홉 달 넘게 지났는데도 여전했다.

그때, 노에의 뒤에서 "이케부치"하고 부르는 소리가 났다. 뒤돌아보니 타학교 교복을 입은 남학생이 친근하게 손을 흔들고 있었다.

목을 쭉 뺀 이케부치가 반가운 미소를 지었다.

"이누이잖아, 오랜만이네."

"졸업식 이후로 처음 보는 거지?"

아무래도 중학교 동창 같았다.

이누이가 테이블로 다가와 이케부치의 귓가에 "여자친구?"라고 속삭였다. 이케부치보다 노에가 먼저 "그냥 친구야"라고 대답했다. 일일이 부정하는 것도 귀찮지만 부정하지 않으면 긍정으로 받아들이는 사람도 있기에 분명히 선을 긋는 편이 좋았다. 반대로 부정하면 할수록 긍정이라고 판단하는 사람도 있지만.

이누이는 노에의 말을 순순히 받아들인 것 같았다.

"그래? 미안해. 이케부치, 나 여자친구 생겼다."

"뭐라고? 너네 남학교잖아. 남학교인데 동아리 활동도 아르바이트도 안 해서 여자 만날 기회 없다고 푸념하지 않았어? 그래서 SNS에 프로필과 사진을 보정해서 올렸다고."

"아니, 우리 학교는 SNS 금지야. 게임센터에서 놀고 있는데 여자친구가 먼저 말 걸었어."

게임센터. 이케부치의 흔들리는 눈동자를 노에는 놓치지 않았다. 전부터 생각했지만 허세가 심한 것 치고는 얼굴에 감정이 너무 잘 드러나는 타입이었다.

이누이가 잠시 수다를 떨다가 떠나자 노에는 조심스럽게 심호흡하고 입을 열었다.

"도덴은 노면전차지? 한 량짜리."

"어? 아아, 아까 이야기 말이지? 응 맞아."

그렇다면 전철보다는 버스와 비슷한 느낌 아닐까. 적어도 지하철과는 전혀 다른 환경이다. 괜찮을 수도 있다. 분명 괜찮을 것이다. 전철을 계속 피하면 생활이 불편해지니 이번 기회에 극복하면 좋을 것이다.

"좋아, 같이 가."

결전의 날은 다시 연락해서 정하기로 했는데 그다음 주 월요일 밤에 이케부치가 라인 메시지를 보내왔다. 이번 주 목요일은 사정이 좋지 않으니 다음 주 목요일에 가자고.

약속한 날 방과 후, 평소에 만나던 카페가 아닌 학교 정문에서 만난 이케부치는 녹색과 검은색이 섞인 화려한 투톤 머플러를 두르고 자전거를 끌고 나타났다.

"그거 안 더워?"

아직 10월인데다 오늘은 특히나 화창하고 따뜻했다. 실제로 종종걸음으로 다가오는 이케부치의 이마에 땀이 송글송글 맺혀 있었다.

"자전거 타면 바람 때문에 추울까 봐."

머플러를 풀지 않으려는 것을 보면 더위를 감수할 가치가 있을 정도로 자신이 멋지다고 생각하는 듯했다.

노에는 더 이상 말을 보태지 않고 자전거에 올라탔다. 목적지는 도덴 Q선의 소시 정류장. 미래를 볼 수 있다는 가부라기신사앞 정류장의 바로 전 정류장이었다. 특정 자리에 앉는 것이 조건이기 때문에 자리를 확보하려면 시발역인 미야하라 정류장에서 타야 한다고 노에는 주장했지만 그 시간에 맞추려면 조퇴를 해야 하는 것이 문제였다. 이런 일로 노에에게 조퇴까지 하게 할 수는 없다며 이케부치는 고집을 부렸다. 붐비지 않는 시간대니까 아마 괜찮을 테고 실패하면 다시 도전하면 된다고도 했다. 그 성실하고 긍정적인 사고방식이 그를 뛰어난 테니스 선수로서 만들었으리라는 생각이 들었다.

소시 정류장까지 걸어가기에는 다소 멀었지만 자전거를 타면 기분 좋게 사이클링 한다고 생각할 만한 거리였다. 자동차 배기가스만 제외하면 볼을 어루만지는 바람은 상쾌했다.

목적지까지 이동하는 이십 분 동안 이케부치는 쉴 새 없이 재잘댔고 노에는 말이 없었다. 두 사람 모두 긴장했지만 겉으로 보이는 모습은 서로 달랐다. 소시 정류장에 도착하자마자 자전거 보관소에 자전거를 세웠다. 정류장 앞에는 커다란 공원묘지가 있었고 울창한 나무들이 서서히 황혼으로 물들어 갔다. 공원묘지 외에는 특별할 것 없는, 조금은 한적한 장소였다.

"역시 둘이 같이 오길 잘한 것 같아."

이케부치가 중얼거리는 소리를 들으며 노에는 잠시 멈춰서 정류장을 바라봤다. 선로 두 개가 나란히 뻗어 있었고 양쪽에 각각 상행 승강장과 하행 승강장이 있었다. 지금 올라간 승강장에는 아무도 없었다. 괜찮다, 그 지하철과는 다르다.

승강장에서 잠시 기다리는 동안 멀리서 차단기 내려가는 소리가 들렸다. 그쪽으로 고개를 돌리자 이내 선로 끝에서 작은 녹색 차량이 나타났다. 전차. 심장이 꽉 오그라들었다. 숨이 막히는 기분에 순간 발치로 시선을 피했다. 희미하게 거칠어진 호흡에 맞추어 검은 그림자가 흔들렸다.

"노에?"

이케부치의 걱정스러운 목소리에 고개를 들었다.

"……괜찮아."

스스로를 달래듯 대답했다. 그저 존재하지도 않는 공포에 몸이 휘둘리는 것뿐이다. 숨을 쉴 수 있도록 통하도록 교복 셔츠의 가슴팍을 살짝 잡아당겼다.

눈앞에서 전차가 멈췄다. 문은 두 개. 앞쪽 승차구와 뒤쪽 하차구. 노에는 나약한 마음을 떨쳐버리듯 먼저 올라탔다. 전차는 다소 붐볐고 서 있는 승객은 적었지만 빈자리는 없었다. 종점에 대학이 있어서 그런지 십 대 후반에서 이십 대 초반으로 보이는 젊은 승객이 많았다.

승차구 바로 옆에 있는 문제의 자리에는 머리를 빨간색과 파란색으로 염색하고 컨버스 토트백을 무릎 위에 놓은 젊은 여자가 앉아 있었다. 이번 계획은 실패라고 생각했는데 이케부치가 그 앞에 서자마자 여자가 튀어 오르듯 일어났다. 그러고는 깜박하고 지나칠 뻔했다는 듯 서둘러 전차에서 내렸다.

"아싸."

이케부치는 신이 나 앉았지만 노에의 상태는 좋지 않았다. 이케부치의 머플러 색깔이 너무 강렬하고 자극적으로 보였다. 방금 전차에서 내린 여자의 머리 색과 어지러이 섞이고 일그러지며 불쾌한 마블 무늬*를 만들었다. 주위 사람들의 말소리와 숨소리가 귀에 거슬렸다.

문이 닫혔다. 공기 밀도가 높아지며 압박감이 심해졌다. 전차가 움직이기 시작하자마자 몸이 흔들려서 순간 눈앞의 난간을 붙잡았다. 손바닥이 땀으로 축축해서 당황했다.

"노에."

이케부치가 일어나 자리를 양보하려고 했다.

"괜찮아……."

"얼굴이 말이 아닌데."

이케부치가 노에의 어깨를 누르며 자리에 앉혔다. 쓰러지듯 주저앉다시피 한 노에의 심장이 빠르게 뛰었다. 사건이 일어난 뒤 많은 시간이 지났고 지하철과는 전혀 다른 공간인데 아직도 극복하지 못했나 보다.

"하지만 이케부치가 여기 앉아 있어야……."

"그건 다음에 해도 돼. 다음 정류장에서 내리자. 괜히 같이 오자고 해서 미안해."

승객들의 시선이 느껴졌다. 노에는 스스로가 너무 부끄럽고 한심해서 고개를 저을 수밖에 없었다.

---

* 대리석에 새겨진 무늬처럼 자연스럽게 흐르는 패턴.

소시 정류장에서 가부라기신사앞 정류장까지 한 정류장, 고작 일 분 거리였다. 속이 울렁거리고 몸을 가누기 힘들어하는 사이에 가부라기신사앞 정류장에 정차했다.

　문이 열렸다. 전차 안으로 들어온 차가운 공기에 깜짝 놀라 쳐다보니 회사원으로 보이는 정장 차림 남자가 탑승하고 있었다. 그는 전차에 올라타려는 순간 "아" 하고 뭔가가 생각난 얼굴로 몸을 빙글 돌려 방향을 바꿨다.

　승강장으로 돌아간 남자를 대신해 가장 먼저 올라탄 사람은 오십 대로 보이는 깔끔한 인상의 남자였다. 그는 이케부치 옆에 서서 손잡이를 잡고 한 손으로 문고본 책을 펼쳤다. 노에는 무심코 그 남자를 올려다봤다가 화들짝 놀라 마음속으로 소리를 질렀다. 바로 자신에게 잊을 수 없는 특별한 얼굴이었기 때문이다.

　그 순간 바싹 얼어 있던 몸이 저절로 움직였다. 노에가 이케부치를 밀치고 서둘러 전차에서 내렸다. 거의 본능적으로 그 자리에서 도망친 것이다.

　이케부치가 황급히 따라 내리려고 했지만 바로 앞에서 매정하게 문이 닫히고 말았다. 출발음이 울리며 전차가 다시 출발했다. 유리창 너머로 이케부치가 당혹스럽다는듯 노에를 바라보며 멀어졌다.

　승강장 기둥에 기댄 노에는 떠나는 전차를 멍하니 배웅했다.

가부라기신사앞 정류장에서 가장 먼저 탄 남자. 그는 프리랜서 언론인인 우에하라 이타루였다.

남자는 노에를 전혀 기억하지 못하는 듯했다. 어쨌든 노에가 그와 만난 것은 초등학생 때였고 대화도 고작 한 번 나눴을 뿐이었으니 그럴 만했다.

칠 년 전 일이었다. 당시 초등학교 5학년이던 노에는 고집이 조금 센 평범한 아이였다. 다른 아이들과 다른 점이 있다면 할아버지가 주민 운동을 하셨다는 사실이었다.

노에의 조부모는 번화가에서 빵집을 운영했다. 증조할머니 때부터 내려오는 나름대로 전통 있는 가게였다. 인근에는 비슷한 가게들이 즐비해서 상점가는 예스러운 분위기를 물씬 풍겼다. 이곳의 정취를 느끼러 일부러 찾는 사람도 많았고 텔레비전 프로그램에도 자주 소개됐다.

하지만 자치단체에서 그 일대의 도로를 확장한다는 명목으로 강제 퇴거를 요구하자 할아버지들은 그 정책에 반대하는 주민 운동을 시작했다.

노에가 학교에서 돌아왔을 때 할아버지들이 거실에 모여 의논하는 모습을 자주 봤다. 노에는 상점가를 좋아했고 할아버지들의 운동에도 공감했지만 회사원인 아버지와 어머니는 그렇지 않은 듯했다. 할아버지가 없는 자리에서 "이 정도면 좋은 조건인데"라며 불평하는 소리를 듣고 마음이 불편했던 기억이 아직도 생생했다.

할아버지들에게 닥친 불행은 단순히 다음 세대의 지지를 받지 못한 것만이 아니었다. 어떤 언론에서 주민 운동의 배후에 반사회적 세력이 있다고 보도한 것이 발단이었다. 주민 운동 멤버의 가족 중에 그런 인물이 있었던 것은 사실이지만 그 사실에 억측이 더해져 확대해석으로 번졌다. 문제의 인물과 주민 운동은 무관했고 언론의 주장도 완전히 사실무근이었지만 많은 사람이 그 보도를 사실로 받아들였다. 할아버지들은 보도 내용을 부인하며 강한 불쾌감을 표했지만 그 공격적인 태도가 오히려 루머에 힘을 실어주는 역할을 하고 말았다.

언론이 부추긴 대중의 정의감 때문에 운동에 참여한 사람들의 개인정보가 인터넷에 유출되면서 말 없는 장난 전화를 걸거나 가게에 낙서하는 등 못된 짓을 하는 사람들이 생겨났다. 노에의 집도 예외는 아니었는데 하굣길에 노에가 누군가에게 뒤를 밟히는 일까지 발생해 교실 분위기도 뒤숭숭해졌다.

가족까지 피해를 입자 부모님은 주민 운동을 반대한다는 의사를 분명히 밝혔고 집안 분위기는 빠르게 악화됐다. 할아버지와 아버지는 서로 반목했고 어머니는 강단 없는 아버지를 탓했으며 할머니는 복용하는 신경안정제의 양을 점점 늘렸다. 그리고 노에는 신문, 주간지, 와이드쇼 같은 언론을 몹시 싫어하게 됐다. 거만한 얼굴로 헛소리만 지껄이는 족속들.

그런 상황을 단번에 역전시킨 사람은 프리랜서 언론인이

라는 수상쩍은 직함이 찍힌 명함을 들고 찾아온 우에하라 이타루라는 남자였다. 언론에 넌더리가 난 할아버지들은 취재 요청을 단칼에 거절했지만 우에하라는 포기하지 않았다. 주민 운동의 외곽에 있는 인물부터 꾸준히 취재하며 오랜 시간 공을 들인 끝에 마침내 노에의 집 거실까지 입성해 할아버지 앞에 녹음기를 내밀었다. 그는 몇 번이고 할아버지들을 찾아가 그들의 주장을 세밀하게 취재했다. 그리고 그가 쓴 기사가 세상에 나오면서 주민 운동과 반사회적 세력은 아무 관계가 없다는 사실이 증명됐다.

그 사실이 세상에 얼마나 알려졌는지는 몰라도 할아버지들은 명예라도 회복해서 다행이라며 만족했다. 주민 운동은 실패로 끝났고 상점가는 사라졌다. 그러나 할아버지가 말년을 평온하게 보낼 수 있었던 것은 우에하라 덕분이라고 해도 좋았다.

주민 운동 취재가 막바지에 이르렀을 무렵, 노에는 우에하라와 처음으로 대화를 주고받았다. 팔다 남은 빵을 들고 집으로 돌아가는 우에하라에게 노에가 말을 걸었다.

"아저씨는 왜 이런 걸 취재해요? 더 돈이 되고 화제가 될 만한 사건이 많잖아요."

어린 마음에 든 순수한 궁금증이었다. 이름 없는 노인들의 명예를 회복시켜준다 한들 아무런 이득도 없을 것 같았기 때문이다.

책가방을 멘 아이가 그런 질문을 하자 우에하라는 당황했다. 하지만 어린아이라고 무시하지 않았다.

"언론인이란 자기 이익이 아니라 타인의 이익을 먼저 생각하는 직업이야. 좀 더 자세히 말하면 누군가에게 피해를 입어 눈물 흘리는 사람들을 돕는 일이지. 진실을 찾아냄으로써."

고요한 충격이 지금보다 더 말랑했던 마음에 점점 파동을 일으켰다.

짧은 대화였다. 그러나 그 후 노에는 우에하라가 다룬 기사와 서적을 닥치는 대로 읽었다. 어려서 이해할 수 없던 부분은 미래의 자신에게 숙제로 남겼다. 숙제는 이제 하나도 남지 않았다. 그러나 할아버지들이 부당하게 폄훼 당한 이후 세상의 불합리에 분노하는 것 말고는 아무것도 할 수 없었던 노에에게 그것들은 한 줄기 빛이었다. 정신을 차리고 보니 어느새 '나도 그런 일을 하자'고 마음먹게 됐다.

노에가 처음 펜을 무기로 싸우기 시작한 시기는 초등학교 6학년 때였다. 급식 당번을 둘러싼 불평등 문제에 대해 썼다. 그리고 가장 최근에는 산업 폐기물 업체의 불법 투기까지, 문제가 크든 작든 관계없이 온 힘을 다해 맞서 왔다. 지하철 사건 하나로 자신의 정의감을 믿을 수 없게 되기 전까지는.

설상가상으로 바로 지난달 우에하라 이타루의 스캔들이 주간지에 보도됐다. 정치인 불법 후원 의혹을 둘러싼 취재에서 그와 해당 정치인 사이에 부적절한 유착 관계가 있었다는 의혹이 제기됐다. 우에하라는 본인의 저서에 언론인은 권력의 감시자여야 한다고 썼다. 권력과 유착하는 행위는 용서받을 수 없는 배신이고 언론인으로서 자격을 잃는 행동이라고. 노에에게 우에하라는 꿈의 출발점이었기에 마치 발밑이 무너져내린 느낌이었다.

가야 할 길은 물론 버티고 선 땅까지 잃은 노에는 방황했다. 그런 상황에서 우에하라와 재회하다니.

하필 '미래의 문'에서

책가방 안에서 휴대폰이 진동해 꺼내 보니 이케부치의 전화였다.

─괜찮아?

휴대폰을 귀에 댄 순간 큰 소리가 고막에 날아들었다. 휴대폰을 귀에서 조금 떼고 "괜찮다"고 대답했다.

"갑자기 내려서 미안해."

─그건 괜찮은데, 지금 어디야.

"가부라기신사앞 정류장 승강장."

─나, 다음 정류장에 내려서 그쪽으로 돌아가려고 하는데 전차가 안 와. 뛰어가는 게 더 빨랐을 것을. 넘어지거나 토하지는 않았어?

진심으로 걱정해 주는 마음이 느껴졌다. 그래서 미안하지만 더 이상 '미래의 문'과 엮이지 않겠다고 말했다. 이케부치가 다시 한번 도전한다고 해도 함께할 수 없다고.

이케부치는 그게 좋겠다고 대답했고 거듭 사과했다. 전화기 너머로 전차가 다가오는 소리가 들렸다.

'미래의 문'에 대해서는 더 이상 생각하고 싶지 않았다. 그런데 이상하게도 멀리하고 싶을수록 더욱 가까워졌다.
"'미래의 문'이라는 거 알아?"
점심시간에 샌드위치 포장을 뜯는 순간 앞자리에 앉은 여자아이들의 대화가 귀에 들어왔다.
"알아, 도시 괴담 같은 이야기 맞지?"
"C반의 오쓰지 있잖아. 여름방학 전부터 학교 안 온 지 꽤 됐거든. '미래의 문'에 갔다가 그렇게 됐대."
"진짜? 저주 같은 건가? 그거 무서운 거였구나. 대박!"
대화를 끊고 싶은데 머릿속 데이터베이스가 멋대로 검색하기 시작했다. 3학년 C반의 오쓰지. 오쓰지 미와. 쳐진 눈썹에 입가에 작은 점이 있는 아이. 얼굴은 기억나지만 같은 반이었던 적도 없고 특별한 관계도 아니었다. 그런데 학교에 나오지 않는다는 사실은 몰랐다. 등교 거부인가?
휴대폰으로 오쓰지 미와의 이름을 검색하니 그 아이의 계정으로 보이는 SNS가 나왔다. 게시글 내용은 좋아하는 아이돌 그룹이나 화제의 동영상, 유행하는 음료에 관한 것으로 눈에 띄는 특징이 없는 평범한 아이 같았다. 등교 거부라는 말과 어울리지 않아 보였지만 한편으로는 그럴 수도 있겠다고 생각했다. 학교 폭력을 저지르는 아이, 당하는 아이, 등교하지 않는 아이, 목숨을 포기하는 아이. 그런 아이들 가운데 제삼자가 보기에 '그럴듯한' 조건을 갖춘 사람은 거의 없을 것이다. 예를 들어 허풍기 있는 이케부치가 PTSD에 시달린다고 그 누가 상상이나 하겠는가.

"안 먹어?"

머리 위에서 들린 목소리에 노에가 재빨리 애플리케이션을 닫았다. 올려다보니 이케부치가 기운 없는 얼굴로 손에 든 도시락 꾸러미를 가볍게 흔들어 보였다.

"같이 먹어도 돼?"

"……상관없긴 한데."

두 사람의 대화를 흥미롭게 관찰하는 반 친구들의 시선이 여름철 몸에 달라붙는 습기처럼 불쾌했다. 남자아이의 놀림 섞인 질문에 이케부치가 "그런 거 아니야"라고 대꾸했다.

"무슨 생각 했어?"

이케부치가 비어 있던 옆자리에 앉은 뒤 물었다. 둔한 것 같으면서도 테니스를 하면서 기른 관찰력이 예리했다.

"딱히."

오쓰지 미와 이야기를 할까, 순간 고민했지만 그만뒀다. 오랜 세월 언론인을 꿈꾸면서 마음에 걸리는 일은 바로 조사하는 버릇이 생겼지만 조사해서 어떻게 할 것이냐고 물으면 할 말이 없었다.

게다가 도시락을 여는 이케부치의 옆모습은 타인의 걱정까지 짊어지게 하기에는 너무 어두웠다. 젓가락질 속도는 매우 느렸고 전형적인 남자 고등학생의 도시락인 채소가 적은 튀김 도시락의 양은 조금도 줄어들지 않았다.

"무슨 일 있어?"

신경 쓰여서 물어보니 쪽지 시험 결과가 형편없었던 모양이다. 하지만 친구들의 성적은 그럭저럭 괜찮았고 그들 중 일부는 이미 특기자 전형으로 진학이 정해진 친구도 있어서 도무지 그 사이에서 함께 웃기 어려웠다고 말했다.

"네가 가르쳐 줘서 성적이 조금은 오르지 않을까 기대했거든. 그런데 왜 전국대회에서 졌을까, 더 잘할 수 있지 않았을까, 그 공을 놓치지 않을 수도 있었을 텐데, 더 노력해야 했을까. 그런 생각만 계속 들어."

고개를 떨구는 이케부치를 보니 가뜩이나 가라앉았던 노에의 기분이 더욱 우울해졌다. 진작 받아들인 전국대회 결과를 다시 곱씹다니 아무리 생각해도 좋지 않은 징조였다. 이제 와서 새삼 후회해 봤자 의미 없다고 옳은 소리를 하기란 쉬웠지만 그 말이 이케부치에게 어떤 도움이 될까. 지금이야말로 이케부치에게 무라야마가 필요하다고 생각했다. 지금은 관계에 골이 패인 이케부치의 절친한 친구. 친구로서 매니저로서 줄곧 이케부치를 지탱해 온 그라면 분명 의지가 되어줄 텐데.

결국 두 사람은 말없이 밥을 먹었다. 이케부치는 도시락을 삼 분의 일이나 남기고 자신의 교실로 돌아갔다. 노에는 샌드위치를 다 먹었지만 무슨 맛이었는지 전혀 생각이 나지 않았다.

"언론인이란 자기 이익이 아니라 타인의 이익을 먼저 생각하는 직업이야. 좀 더 자세히 말하면 누군가에게 피해를 입어 눈물 흘리는 사람들을 돕는 일이지. 진실을 찾아냄으로써."

어린 마음을 사로잡았던 우에하라 이타루의 말이 떠올랐다.

내가 도대체 무엇을 할 수 있다는 말인가.

그런데도 그런 노에를 믿어 주는 사람은 비단 이케부치만이 아니었다. 보도부 후배들이 다큐멘터리 기획 중 후보자 선정에 대한 조언을 얻고 싶다고 연락해 왔다. 동아리 활동 등으로 이름을 날리는 학생의 다큐멘터리를 제작해 유튜브에서 공개한다는 기획은 전임 부장이 시작한 아이디어였다. 그 중에서 노에가 이케부치를 취재한 회차는 반응이 상당히 좋았고 지금도 재생수가 꾸준히 늘고 있었다.

후배들이 조언을 요청했을 때 처음에는 거절했다. 현역 부원들이 결정할 사항이라고 생각했기 때문이었다. 그러나 끈질긴 부탁에 결국 승낙하고 말았다. 아니, 사실은 오랜만에 보도부의 분위기를 느끼고 싶었기 때문인지도 몰랐다.

퇴부한 이후 처음으로 동아리 건물을 찾았다. 관악부가 점심시간에도 열심히 연습하고 있었다. 애니메이션 연구회 부원들은 동아리실에서 점심을 먹는 듯했다. 변하지 않은 소리를 들으며 복도를 지나 보도부와 사진부 동아리실이 늘어선 호젓한 구역에 다다랐다.

삐걱거리는 나무 문을 연 순간 그리운 잉크 냄새가 코를 간지럽혔다. 그와 동시에 물건들의 위치가 조금씩 바뀌었다는 사실을 깨달았다. 노에를 맞이한 후배들도 더는 후배의 얼굴들이 아니었다. 노에가 퇴부한 지 얼마 지나지 않았건만 그들은 벌써 동아리를 이끄는 주역들의 얼굴을 하고 있었다.

"선배님이 봐주셨으면 하는 건 이건데요."

노에의 잔물결 치는 마음속 동요를 눈치채지 못한 후배는 선배의 귀중한 시간을 낭비해서는 안 된다는 듯 작업 책상 위에 종이를 바로 펼쳤다. 다큐멘터리 취재 대상 후보자 명단이었다. 이름과 학년, 소속 동아리 등 기본 정보 외에도 활약상과 주목도, 장래성 등 항목별로 점수가 매겨져 있었다.

"대단하네. 내가 있을 때는 이런 거 없었어."

"선배 때는 부장이 혼자서 취재 대상을 정했죠. 그런 방식은 아무래도 좀 아닌 것 같아서 다 같이 분담해서 만들었어요. 꽤 힘들었어요. 그런데 보시면 알겠지만 이렇게 수치화해서 정리하니 총점이 다 비슷하더라고요. 스타 같은 학생이 없다고 할까, 눈에 확 띄는 사람이 없어서 어떻게 골라야 할지 감이 안 와요."

그렇구나. 노에는 명단을 다시 훑어보고는 조심스럽게 입을 열었다.

"그럼 일단 수치에서 벗어나 발로 뛰고 눈으로 보면서 찾는 건 어때? 동아리들을 찾아가 견학하고 너희가 직접 느낀 감각으로 판단하는 거야."

민망할 정도로 원론적인 말밖에 못 했지만 후배는 깨달음을 얻은 듯 눈을 크게 껌뻑거렸다.

"그렇구나, 역시 노에 선배님이에요."

아무래도 명단과 수치에 너무 집착한 나머지 사고가 경직된 듯했다. 달라진 듯 보였던 얼굴이 예전의 후배 얼굴로 돌아와서 왠지 허탈했다. 이런 조언이라도 충분했을까.

그 밖에도 뭔가 해줄 수 있는 일이 없을까 하는 생각에 다시 명단을 살펴보는데 '연극부'라는 글자가 눈에 들어왔다. 그러고 보니 2학년 때 연극부를 취재한 적이 있었다. 지역대회를 앞두고 모두가 예민한 상태여서 취재 승인을 받았음에도 외부인인 노에는 찬밥 신세였다. 그러나 여러 번 찾아가다 보니 사이가 조금씩 가까워졌고 부원 중 한 사람이 대본을 읽어보지 않겠냐고 제안했을 때는 무척 기뻤다.

그래, 그 부원이 바로 오쓰지 미와였다.

수줍게 웃던 얼굴이 떠올라 심장이 조금 뛰었다. '미래의 문'에 갔다가 학교에 오지 않는다는 오쓰지는 연극부의 미술 담당이었다. 자신과 아무 관계도 없는 사람이라고 생각했지만 사실은 대화를 나눈 적이 있는 사이였다. 인생에 접점이 있었다고 생각하니 오쓰지의 존재와 그녀의 부재가 새삼 현실로 다가왔다.

보도부 동아리실을 떠나 서둘러 교실로 돌아왔다. 아직 점심시간이 조금 남아 있었다.

연극부 부장이었던 히사이시가 A반이라는 정보가 머릿속에 떠올라 A반 교실을 들여다봤다. 있다.

다른 여자아이와 함께 점심을 먹는 히사이시에게 다가가 말을 걸었다.

"히사이시. 밥 먹는데 미안해. 잠깐 시간 괜찮아?"

히사이시가 노에를 돌아보고는 의아한 표정을 지었다. 연극부를 취재했을 때 이후로 처음이었기 때문이다.

"아, 오랜만이네. 무슨 일이야?"

"오쓰지 미와에 대해 묻고 싶어서."

단도직입으로 말하자 곧바로 히사이시의 눈빛이 험악해졌다. 애초에 공격적인 성격으로 유명한 아이였다.

"오쓰지가 왜 학교에 안 오는지 조사해? 너 보도부 퇴부했잖아."

"그런 게 아니라."

그런 것이 아니라면 무엇일까, 자신도 몰랐다. 단지 오쓰지와의 인연을 떠올린 순간 저도 모르게 몸이 움직였을 뿐이다.

히사이시는 팩에 든 오렌지 주스를 쥐고 한숨을 크게 내쉬었다.

"우리도 몰라. 동아리 활동을 중단하고 나서는 별로 대화한 적도 없어. 그런데 오쓰지와 같은 반 아이에게 학교에 계속 안 나온다는 소식을 듣고 라인 메시지를 보냈지만 메시지를 읽고도 답장하지 않더라고. 예전 연극부원 단체 메시지 방에서도 아무 말 안 하고."

"예전에 연극부에서 문제가 있었던 건 아니지?"

"응, 그런 일 없었어. 너도 알잖아. 오쓰지는 순해서 다른 사람과 다투는 걸 본 적이 없어. 자연스럽게 배려할 줄 아는, 뒤에서 묵묵히 도울 줄 아는 아이였으니까."

외부인인 노에에게 대본을 내밀던 모습이 다시 떠올랐다. 자주 펼친 흔적이 남아 있는 대본에는 수많은 포스트잇이 붙어 있었고 메모가 빼곡했다.

"여름방학 전부터 학교에 오지 않았지? 당시에 고민 같은 건 없어 보였어?"

"우리도 곰곰이 생각해 보고 같은 반 아이들에게도 물어봤어. 하지만 오쓰지는 원래 뭐든 오픈하는 성격은 아니었고 고민은 더더욱 말 안 했던 것 같아. 다만 본인에게 들은 이야기는 아니지만 결석하기 전에 '미래의 문'을 보러 갔던 것 같던데, 미래를 고민했을 수도 있고. 수험생이니까 당연하겠지만."

"너희도 '미래의 문'을 시험해 봤어?"

"아니. 그럴 시간 있으면 차라리 공부를 더 하겠어."

히사이시는 단호하게 말했지만 다른 학생은 말하기 껄끄

러운 듯 머뭇거리며 입을 열었다.

"나는 도전했는데 자리가 비어 있지 않았어."

역시, 전차는 지정석이 아니라 그럴 만도 했다. 노에가 갔던 날도 이케부치가 막 탑승했을 때만 해도 다른 승객이 그 자리에 앉아 있었다. 그 승객이 마침 소시 정류장에서 내린 것은 운이 좋았다고 할 수 있을까.

"나는 최근에야 알았는데 '미래의 문'이 그렇게 유명해?"

노에의 질문에 히사이시가 친구와 서로 얼굴을 쳐다봤다.

"글쎄. 그 소문을 들은 건 올해 들어서인 것 같은데. 그치?"

"응. 시도는 해봤지만 엉터리라고 말하는 사람도 꽤 있어."

"이를테면?"

"고등학교 다니는 남자애가 도전했는데 '미래의 문'에서 나타난 사람은 초등학생 여자아이였다던데. 그런데 반대로 분명 내 미래일 거라고 확신할 만한 일을 겪은 사람도 있나 봐."

무엇을 근거로 자신의 미래라고 확신할 수 있을까. 의문이 하나 생겼다.

이번에는 히사이시가 물었다.

"오쓰지가 학교에 안 나오는 것과 '미래의 문'이 무슨 상관이 있어?"

"그냥 개인적으로 관심이 있어서."

상관이 있고 없고는 현재로서 말할 수 없었다.

"오쓰지 말이야, 6월에 이야기를 나눴을 때는 꽤 밝았는데."
"6월?"
"응, 복도 창문에서 비가 들이치는 걸 발견하고 서둘러 닫는데 때마침 지나가던 오쓰지가 도와줬어. 장마가 싫다고 말했던 게 기억나. 곧 좋아하는 아티스트의 개인전이 열려서 기대된다고도 했어."

소문이 사실이라면 그 후 '미래의 문'을 보러 갔다가 학교에 오지 않는 셈인가.

"뭐가 뭔지 잘 모르겠어. 생각해 보면 그게 오쓰지와 나눈 마지막 대화였고 개인전이 어땠는지 들은 적도 없었거든. 이 년 넘게 동아리 활동도 같이 했는데 말이야."

그날 밤, 자신의 방 책상에 앉아 있던 노에는 샤프를 내려놓고 한숨을 푹 쉬었다.

글렀어, 집중이 전혀 안 돼.

눈은 영어 문장을 따라가고 있지만 머릿속에는 오쓰지 미와가 있었다. 게다가 '미래의 문'도 머릿속에서 떠나지 않았다.

도대체 무얼 하고 있는 것일까. 굳이 이야기를 들으러 히사이시를 찾아가기까지 하고. 참견할 이유가 전혀 없는데.

"*누군가에게 피해를 입어 눈물 흘리는 사람들을 돕는 일이지. 진실을 찾아냄으로써.*"

우에하라의 말이 머릿속을 다시 지배해서 머리를 흔들었

다. 샤프를 고쳐 쥐었다가 금세 다시 내려놨다.

노에는 어금니를 악물고 일어났다. 그러고는 방을 나와 이미 잠자리에 든 부모님이 깨지 않도록 조심스럽게 1층으로 내려가 재작년까지 할머니가 사용하던 방의 맹장지 문을 열었다. 할머니는 지금은 큰어머니와 함께 살지만 할아버지의 생전 물건은 이곳에 그대로 남아 있었다. 찻장 서랍을 뒤지자 찾던 물건을 바로 발견했다. 주민 운동 회의록 사이에 소중하게 끼워 둔 그것을 할아버지는 훈장처럼 여겼을지도 모른다. 스크랩한 우에하라 이타루가 쓴 기사와 그의 명함.

명함을 가지고 방으로 돌아와 손을 뒤로 돌려 문을 꽉 닫았다.

나는 과연 무엇을 하려는 걸까.

비정상적인 행동인 것은 분명했다. 객관적으로 생각해도 이성적인 행동은 아니었다. 그래도.

심호흡한 뒤 휴대폰에 전화번호를 입력하고 통화 버튼을 눌렀다. 발신음을 듣고는 첫 단계를 통과해 안심했다. 이미 없는 번호일까 봐 걱정했기 때문이다. 기도하는 마음으로 상대방이 전화를 받기를 기다렸다.

—여보세요.

남자 목소리가 들렸다. 두 번째 단계 통과. 낯선 번호로 걸려 온 전화를 그는 무시하지 않았다.

"갑자기 전화 드려서 죄송합니다. 우에하라 이타루 씨 맞으신가요?"

―맞습니다만, 누구시죠?

"××상점가 도로 확장 계획에 반대하는 주민 운동 때 도움을 받은 노에 히로시의 가족입니다. 우에하라 씨께 여쭙고 싶은 것이 있는데, 혹시 시간을 내주실 수 있을까요?"

수화기 너머에서 "노에 씨, 노에 씨"하고 되뇌는 소리가 들렸다.

―빵집을 했습니다. 야키소바빵과 스콘이 맛있던.

우에하라는 할아버지를 잊지 않았다. 감정이 북받쳐 올랐다.

―저는 노에 히로시의 손녀인 노에 히비키라고 합니다. 장래 꿈이 언론인인데 요즘에는 제가 과연 그럴 자격이 있을까 고민에 빠졌습니다. 그래서 우에하라 씨께 조언을 구할 수 있을까 해서 실례를 무릅쓰고 전화를 드렸습니다.

갑작스러운 말이지만 단숨에 쏟아냈다.

후배에게 조언해 준 일이 머릿속에 남아 있었다. 누군가의 가벼운 한마디에 끝없던 고민의 답을 찾아낼 수 있을지도 모른다. 아무리 생각해도 그 누군가는 우에하라뿐이었다.

―……자격, 말입니까? 괜찮습니다, 말씀하세요.

잠깐의 침묵 후 돌아온 목소리에서 당혹감이 배어 나왔다. 충분히 자연스러운 반응이었다. 그 반응에 기죽지 말라고 스스로 다독였다.

"사람은 실수를 범하는 동물이죠. 그런 불안정한 존재가 진실을 찾아낼 수 있을까요?"

부끄러워서 얼굴이 뜨거워지는 질문이었지만 묻지 않고는 견딜 수 없었다.

―그러니까 노에 씨가 실수를 저질렀나 보군요.

단번에 간파당해서 마치 내장을 꽉 쥐어 잡힌 듯 숨이 막혔다.

"……어떤 사람을 나쁜 사람으로 몰며 제 감정을 그대로 쏟아내 욕했습니다."

속이 울렁거렸다. 전차를 탄 그날처럼 심장이 사납게 날뛰고 전화를 잡은 손에 땀이 뱄다.

―그 사람은 나쁜 사람이 아니었습니까?

"……모르겠어요."

―그럼 알 때까지 조사해야겠네요.

뜻밖의 말이었다. 말문이 막히자 상대가 희미하게 웃는 기색이 느껴졌다.

―노에 씨는 아무래도 정의감이 매우 강하고 스스로에게 엄격한 사람 같네요. 그저 멋있을 것 같다는 이유로 언론인이 된 나와는 달라요. 아직 학생입니까?

"고등학생이에요."

―그렇군요. 그 나이에 벌써 저널리즘의 위험성을 깨달았군요. 그런 사람이야말로 이 직업에 걸맞다고 생각합니다.

"저는 듣기 좋은 위로의 말을 바라는 게 아닙니다."

이번에는 또렷한 웃음소리가 들렸다.

—내가 그런 걸 해줄 이유가 있나요. 그저 내 생각을 말했을 뿐입니다. 노에 씨는 방금 '실수를 저지르는 존재인 인간이 진실을 찾아낼 수 있을까'라고 말했죠. 매우 어려운 일이지만 할 수 있습니다. 다만 그러려면 오랜 시간을 들여 조사하고 무수한 사실을 하나하나 쌓아가야 하죠. 안타까운 건 그렇게 아무리 신중을 기해도 틀릴 수 있다는 사실이지만요.

노에는 침을 삼키는 것도 잊고 집중해서 들었다. 우에하라는 더할 나위 없이 성실하게 대답해줬다.

—언론인 중에는 대개 정의감 강한 사람이 많아서 자신의 정의에 맞는 진실을 찾다 보면 때로는 사실을 왜곡하는 일이 생깁니다. 노에 씨가 한 일도 그에 가까운 무언가라고 생각합니다. 그러니 이 일을 하는 자는 누군가의 부정을 의심하는 만큼 자기 자신도 의심해야 해요. 나도 얼마 전에 스스로에게 너무 관대했다가 실패했으니 반성을 담은 조언인 셈입니다.

정언유착 사건을 암시하는 말이리라. 우에하라는 잘못을 인정하면서도 언론인으로서의 본분은 잊지 않은 듯했다. 유연하고 강단이 있었다.

노에는 온몸에 힘을 주고 떨리는 목소리를 짜냈다.

"제가 오해해서 어떤 사람에게 욕했고 그 사람이 죽고 말았어요. 어쩌면 제 탓일지도 몰라요."

—검증은 했습니까?

"……아뇨."

—상상에만 의존한 노에 씨의 고민은 독선적이고, 노에 씨와 상대 모두에게 도움이 되지 않습니다. 책임감을 느낀다면, 그리고 도망치고 싶지 않다면 진실을 찾아요. 노에 씨의 죄와 진정한 의미로 마주하는 건 그 이후입니다.

우에하라의 말이 서서히 마음에 스며들었다. 칠 년 전에 단 한 번 대화를 주고받았던 초등학생 시절 어느 날처럼.

"우에하라 씨는 지금도 사건을 쫓으시나요?"

—당연하죠. 언론인이니까요. 노에 씨는요?

마치 동종 업계에 종사하는 대등한 언론인을 대하듯 물어서 노에는 눈을 깜빡였다. 그러고는 숨을 깊게 들이마시고 대답했다.

"조사하고 싶은 소재가 있어요."

오쓰지 미와의 등교 거부. '미래의 문'. 마음에 걸린다면 역시 모른 척할 수 없다.

꽤 오랜만에 망설임 없이 목소리를 냈다고 생각했다.

—오호, 어떤 소재죠?

"'미래의 문'이라는 도시 괴담이요."

—흥미롭네요.

우에하라는 비웃지 않았다.

하기로 마음먹은 이상 빠를수록 좋았다. 우에하라와 통화를 마치고 삼십 분 후. 이케부치에게 전화를 걸었다. 제법 늦은 시간이었지만 아직 잠들지 않았으리라 짐작한 대로 몇 초 지나지 않아 전화를 받았다.

―무슨 일이야? 전화를 다 하고.

"단도직입적으로 말할게. 이케부치, '미래의 문'에 다시 도전할 생각이지?"

―아, 글쎄, 해 볼까 생각 중이긴 한데.

말은 그렇게 해도 사실은 당장이라도 시험해 보고 싶을 것이다. 오늘 점심시간 때 본 모습을 생각하면 지푸라기라도 잡고 싶은 심정일 테니까.

"한 가지 물어볼 게 있는데 '미래의 문'의 그 자리를 예약하는 방법, 넌 알지?"

숨을 삼키는 기색이 또렷하게 느껴졌다. 이래서는 긍정이나 마찬가지였다.

―……왜 그런 말을.

"저번에 함께 갔을 때 확실하게 자리를 확보하려면 시발역인 미야하라 정류장에서 타는 게 좋은데 넌 소시 정류장에서 타도 괜찮다고 장담했잖아. 붐비지 않는 시간이라고 해도 막상 타보니 빈자리는 없었고 소시 정류장에서 그 자리에 앉아 있던 사람이 내려야만 앉을 수 있었어. 달리 말하면 그 사람이 그 정류장에서 내리리라는 것을 넌 알고 있었기 때문에 소시 정류장에서 타도 괜찮다며 마음 졸이지 않은 거야. 그날 화려한 머플러를 두르고 있었지. 땀까지 흘리면서도 결코 풀지 않았어. 그건 그 정류장에서 내린 사람에게 보여주려던 표식이었지? 그 사람 대학생 같던데 소시 정류장 근처에는 묘지공원밖에 없잖아. 그 시간에 성묘를 가다니 조금 이상해."

이케부치는 찍소리도 못하고 잠자코 있었다.

"게다가 내게 '미래의 문' 이야기를 했을 때 넌 언제 시도할지 바로 정하지 않았어. 왜냐하면 예약을 잡을 수 있을지 없을지 몰랐을 테니까. 실제로 가장 빠른 목요일은 예약을 잡지 못해서 그다음 주로 미룬 거고. 예약 방법은 인터넷인가? 돈을 내고 예약하면 다른 사람이 그 자리에 앉지 못하도록 자리를 미리 맡아주는 거, 맞지?"

이케부치가 신음 같은 숨소리를 흘린 뒤에야 대꾸했다.

—너 초능력자야?

"그냥 추측했을 뿐이야. 왜 내게 예약에 대해 숨겼어?"

—가뜩이나 도시 괴담 따위 안 믿는 것 같은데 그것 때문에 돈까지 썼다고 하면 어이없어할까 봐.

스이오의 페더러라면서 이름값도 못 하는 애처로운 목소리였다.

"딱히 어이없지는 않은데 그렇게 느꼈다면 미안해. 그래서 다음 거래는 했어?"

—아직이야.

"잘됐네. 그럼 이번에는 예약할 때부터 끼워 줘."

―응? 이제 같이 안 하는 거 아니었어……?

"그게 아니라 나도 확인하고 싶은 게 있어서 그래. 돈은 지난번에 내가 망친 것까지 다 낼게."

―한 번에 이천 엔이야. 정말 괜찮아?

총 사천 엔. 아르바이트도 하지 않는 고등학생에게는 뼈아픈 지출이지만 어쩔 수 없었다. 노에는 '미래의 문'에 대해 가설을 세웠다. 그것을 검증하려면 이케부치의 도움이 필요했다. 그 가설이 진실일 경우 이케부치는 실망할지도 모르지만.

―그렇게까지 해서 확인하고 싶은 게 뭔데?

이케부치는 당연히 알고 싶어 했지만 노에는 대답하지 않았다. 정확한 사실을 수집하지 않고서는 성급하게 말하기 싫었다.

다음 날 방과 후, 노에는 학원을 쉬고 이케부치와 평소 만나던 카페로 갔다. 이케부치가 테이블에 휴대폰을 놓고 소셜 게임 애플리케이션을 열었다. '친구 모집'을 탭하고 상세 검색에 'DOOR', 'FUTURE'라고 입력하자 플레이어 한 명이 나왔다. 친구 신청을 보낸 뒤 잠시 기다렸다. 이십 분 정도 지난 뒤 수락됐다.

"그렇구나, SNS가 아니라 소셜 게임에서 연락을 주고받는구나."

"중요한 건 지금부터야."

이케부치는 긴장감을 조성하듯 말한 뒤 단문 메시지를 보냈다. 내용은 'Q'라는 한 글자. 도덴 Q선을 가리키는 암호이리라. 상대가 곧바로 답장을 보냈다.

―네 사진을 보내.

"다짜고짜 사진이라니?"

노에가 눈살을 찌푸리자 이케부치가 조금 득의양양하게 설명했다.

"미리 얼굴을 알아 두면 자리를 양보하기 수월해서래. 표식은 그냥 보험일 뿐이야. 나도 왜 달라고 하냐고 지난번에 물었어. 이름은 안 알려주니까 괜찮아."

이케부치는 갤러리 애플리케이션을 열고 자신의 얼굴이 크게 찍힌 사진을 골라 보냈다.

―너, 전에도 신청한 사람이지?

―이번에는 실패하기 싫어. 어떻게든 미래의 내 모습을 알고 싶어.

상대의 대답은 '오케이'였다. 즉시 날짜를 정하고 미리 사둔 선불카드 번호를 보내 결제했다. 협상을 마친 이케부치는 숨을 몰아쉬며 노에를 쳐다봤다.

"어떻게 생각해?"

"예약을 거절당하기도 해?"

"음? 글쎄. 이누이도 됐다고 하던데."

이누이. 지난번에 이 카페에서 마주쳤던 이케부치의 친구. 그 아이도 '미래의 문'에 갔구나.

"어땠대?"

대답을 듣기 전에 노에가 예상한 내용을 말했다.

"혹시 결과가 모호하지 않았어?"

"그렇긴 한데, 왜?"

"그렇구나. 응, 뭔지 대충 알겠어."

"뭐를?"

'미래의 문'의 비밀이. 그러나 그것을 만든 사람의 의도는 아직 알 수 없었다.

어리둥절한 이케부치에게 현금 사천 엔을 건넸다. 이케부치는 머리 위로 두 손을 들어 황송하다는 듯 받았다.

11월 첫 주 목요일. 자리를 예약한 날, 노에는 가부라기신사앞 정류장의 상행 승강장에 서서 곧 도착할 전차를 기다렸다. 불어오는 바람을 가만히 맞으니 차갑게 느껴졌다. 오늘 같은 날씨라면 머플러를 둘러도 그리 이상하지 않으리라.

손목시계를 확인했다. 전차 시간표대로라면 지금쯤 전차는 직전 정류장인 소시 정류장에 막 도착했을 터다. 지난번과 같은 머플러를 두른 이케부치가 탑승해 승차구 바로 옆자리에 앉은 누군가와 교대하듯 자리에 앉겠지. 그 자리에 앉아서 가부라기신사앞 정류장으로 와 열린 문으로 탑승하는 남자를 본다. 바로 지금 노에의 앞에 서 있는 남자를.

전차가 미끄러져 들어와 멈춰 섰다. 열린 문으로 가장 먼저 타려던 남자에게 노에가 뒤에서 말을 걸었다.

"잠깐 괜찮으세요?"

뒤돌아본 남자는 이십 대 중반쯤 됐을까. 키가 큰 운동선수 분위기에 캐주얼한 재킷을 입고 세련된 선글라스를 끼고 있었다.

"'미래의 문'의 비밀이 풀렸습니다."

남자는 선글라스 벗고 노에를 뚫어지게 응시했다. 눈을 동그랗게 뜬 그 얼굴은 첫인상보다 어려 보였다.

"노에."

하차구로 내린 이케부치가 화려한 머플러를 흔들며 뒤에서 종종걸음으로 다가왔다. 상황을 파악하지 못한 그의 얼굴은 온통 당혹감으로 물들어 있었다.

"이분은……?"

"이케부치."

"응?"

"……의 미래의 모습."

노에는 선글라스를 벗은 남자를 다시 올려다봤다.

"맞죠? 당신은 이 전차의 바로 전 전차가 도착했을 때부터 여기 있었는데 그 전차를 타지 않고 그냥 보냈어요. 그다음 전차에 무조건 가장 먼저 탈 수 있도록."

"어? 어?"

이케부치는 이해하지 못한 듯했다. 남자는 체념한 듯 한숨을 쉬고 재킷에서 휴대폰을 꺼내 연락했다.

"지금 리더가 오고 있으니까 그 사람이랑 말해. 나는 그냥 고용된 사람이야."

곧 다음 전차가 도착했고 승강장에 내린 승객 중 한 명을 향해 선글라스 남자가 가볍게 손을 흔들었다. 이케부치가 "악!"하고 소리를 질렀다.

"저 사람 아까 나한테 자리를 내줬던……."

"안녕하세요, 나베시마입니다."

새로 등장한 대학생으로 보이는 남자가 고개를 돌리며 다가왔다. 그러고는 양쪽 귀에 꽂은 에어팟을 빼지 않은 채 주눅 든 기색도 없이 자신을 소개했다.

"어디 카페라도 갈까?"

"아뇨, 여기서 말씀하시죠."

승강장에는 항상 타인의 시선이 있다. 경계하기에 이보다 좋은 곳은 없었다.

노에는 평가하는 듯한 나베시마의 시선을 정면으로 받아내며 바로 본론을 꺼냈다.

"핫리딩을 썼군요."

"그래."

나베시마가 순순히 인정했다.

"핫……?"

이케부치 한 사람만 이해하지 못한 채 노에와 나베시마를 번갈아 봤다.

"핫리딩은 상대의 정보를 미리 조사해서 마치 그의 비밀을 알아맞힌 듯 행동하는 심리학 기법이야. 점이나 마술 같은 데서 많이 쓰여."

"……그래서?"

"즉 '미래의 문'은 속임수라는 말이야."

이케부치가 눈을 부릅떴다. 선글라스 남자는 조금 미안한 듯 어깨를 움츠렸지만 나베시마는 아무 반응도 하지 않았다.

"나는 아무 정보도 알려주지 않았는데."

"자리를 예약할 때 사진을 보냈잖아. 인터넷에서 이미지 검색을 해서 인물을 특정하는 건 어렵지 않아. 특히 넌 테니스 선수로 나름 유명하니까 인터넷에 사진이 올라와 있을 거야."

이케부치가 전국대회 2차전에서 패배한 사실을 금방 알아냈을 것이다. 아마 보도부가 제작한 다큐멘터리도 봤을 터다.

"그렇게 입수한 정보로 네가 보고 싶으리라 추측되는, 혹은 네가 받아들일 만한 미래 모습을 짐작해서 보여준 거야."

이누이의 '미래의 문' 결과가 모호했던 까닭은 그의 정보를 충분히 수집하지 못해 핫리딩 기법을 사용할 수 없었기 때문이었다. 이누이는 이케부치처럼 동아리 활동으로 유명하지도 않았고 SNS도 하지 않았다.

또 예약하지 않고 '미래의 문'을 시험하는 사람도 있을 텐데 나베시마가 그들까지 관여할 수 없다. 당연히 핫리딩 기법을 사용할 수 없어서 운에 맡기다 보니 남자 고등학생의 미래 모습이 여자 초등학생이 되는 경우도 생긴 것이다. 그러나 어차피 도시 괴담 같은 이야기라서 원하지 않은 결과나 터무니없는 결과가 나와도 사람들은 조금 실망했을 뿐이다.

노에는 다시 나베시마에게 시선을 옮겼다.

"지난번에 이케부치가 도전했을 때 이 승강장 맨 앞에 서 있던 남자는 회사원 같은 사람이었죠. 그런데 이케부치가 앉아 있어야 할 자리에 여자 고등학생이 앉아 있자 남자는 순간 물건을 깜빡 두고 온 척하며 전차에 타지 않았어요."

"아아, 그 여자아이가 너였구나. 참고로 회사원인 척한 그 사람이 바로 나야. 자리를 확보하고 있던 사람은 세미나 친구고. 선글라스 남자도 같은 대학 학생이야."

"대학생이군요."

Q선 종점에는 대학이 있어서 학생 이용객이 많았다.

"테니스 선수로 활약하다 좌절한 이케부치에게는 착실하고 무난한 미래가 좋을 거라 생각했어. 그런데 이번에는 조금 더 꿈이 이루어지는 미래를 보여줘도 좋겠다고 생각했지. 콘셉트는 일, 연애, 스포츠. 인생을 즐기는 남자야."

"어떻게 그런 일을. 돈이 목적은 아니죠?"

자리를 확보하는 요금은 이천 엔. 교통비와 소품값 등을 생각하면 남는 돈은 없을 터다.

"의미 없는 일에 온 힘을 다하는 존재가 바로 대학생이야.

목요일은 수업이 6교시에 시작해서 한가했고. 굳이 말하자면 있지도 않은 도시 괴담을 만들어내고 싶었달까. 그리고 덤으로 남까지 돕는 거지. 내 입으로 말하기 쑥스럽지만 '미래의 문'에서 희망을 얻는 아이도 있거든."

결국 사람들을 속인 셈이지만 나베시마는 태연하게 인정했다. 그리고 그의 말에도 일리가 있었다.

"연예기획사에 스카우트된 사람이 있다는 소문도 당신들이 퍼뜨린 건가요?"

"정답. 마침 그 사람과 아는 사이라 소문으로 써도 된다고 허락받았어. 스카우트되어 모델이 된 건 사실이지만 '미래의 문'과 관계없어."

노에는 이케부치를 흘긋 살폈다. 이케부치는 바닥만 응시한 채 입술을 굳게 다물고 있었다.

가슴이 조금 아릿했지만 모른 척 나베시마를 바라봤다.

"그런데 오쓰지 미와라는 이름 기억하세요? 스이오고등학교 3학년이고 연극부 학생이에요."

"……아아, 예약자 중에 그런 사람 있었어. 미술 담당에 입가에 점이 있었지."

오쓰지 미와의 특징이었다. 오쓰지는 정말로 '미래의 문'에 도전했다. 그 아이 또한 SNS에 얼굴을 공개했으니 나베시마가 정보를 얻는 데 어렵지 않았으리라.

"오쓰지 씨에게는 어떤 미래를 보여줬나요?"

태연한 태도를 잃지 않던 나베시마가 한쪽 눈썹을 휙 치켜올렸다.

"왜 그런 걸 묻어? 그 아이와 친구야?"

"오쓰지가 '미래의 문'을 보고 온 뒤부터 학교에 나오지 않아요."

이케부치와 선글라스 남자가 동시에 노에를 쳐다봤다.

"……그게 우리와 무슨 상관이야. 우리는 그저 친구들에게 둘러싸여 즐거워하는 모습을 보여줬을 뿐이야."

"이유가 뭔가요?"

"그 아이의 비밀 계정을 발견했거든. 본명으로 가입해서 학교 친구들과 주고받는 것 말고 다른 계정. 그 계정에서 맞팔로우한 유난히 친하게 지내던 친구와 관계가 틀어진 것 같더라고. 그 친구가 오쓰지의 게시물에 아무런 반응을 보이지 않았어. 그 친구는 비공개 계정이라 자세한 내용은 확인할 수 없었지만 둘 사이에 문제가 생겼겠거니 짐작했지."

그랬구나, 오쓰지가 교우 관계에 고민이 있다고 생각해서 친구에게 둘러싸여 즐거워하는 모습을 보여줬구나.

"만약 잘못 파악했다고 해도 친구들과 즐겁게 지내는 미래를 보여주면 누구든 싫어하지 않을 테니까."

그것이 학교에 오지 않는 이유와 관련 있는지는 지금으로서는 알 수 없었다.

"시간을 내주셔서 감사합니다. 여쭤보고 싶었던 건 그게 다예요."

노에는 두 대학생을 향해 살짝 고개를 숙인 뒤 이케부치에게 가자고 말했다. 걸음을 뗀 순간 "저기"하고 나베시마가 불러세웠다.

"우리 잘못일까?"

나베시마는 침착한 척 했지만 실패했다. 눈에 띄게 동요한 목소리였다.

그런 나베시마의 모습에서 노에는 자신을 봤다. 순수하게 믿었던 정의가 갑자기 무너져 내리자 어찌할 줄 몰라 당황한 모습. 노에를 움직인 것은 분노였고 나베시마를 움직인 것은 장난과 선의였다. 정의를 일방적으로 강요했다는 점은 같았다.

"모르겠어요."

노에는 솔직하게 대답했다. 진실을 찾으려면 오쓰미 미와 본인의 목소리가 필요했다.

말이 없는 대학생들을 남겨두고 이번에야말로 승강장을 떠나려던 순간 선글라스 남자가 말했다.

"후배의 여동생이 전철 타는 걸 무서워한다는 말을 들었어."

야, 하고 나베시마가 경직된 목소리로 나무랐지만 선글라스 남자는 입을 다물지 않았다.

"작년에 지하철 S선 칼부림 사건이 일어났잖아. 텔레비전에도 영상이 많이 나오고, 인터넷에도 퍼졌지. 그걸 보고 나서 그 아이는 대중교통을 탈 때 심한 불안을 느껴 결국 등하교 때 이용하던 이 Q선 전차도 못 타게 됐지. 후배는 그런 동생을 많이 걱정했어. '미래의 문'은 그 아이가 불안을 극복할 수 있도록 도와주자는 마음에서 시작된 아이디어야. 나베시마는 칼부림 사건 현장에 있던 사람이니까 불안에 시달리는 마음을 잘 안다고 힘이 되어주자면서."

"앗!"

이케부치가 소리쳤다.

"형, 사건 동영상에 나온 초록 머리 남자죠!"

그 순간 노에도 생각났다. 문 근처에 서 있던 청년이었다. 머리 색이 달라져서 못 알아봤다. 그렇구나, 나베시마도 그 전철에 타고 있었구나. 그리고 그들이 Q선을 무대로 선택한 이유는 단지 통학할 때 이용하는 전차였기 때문만은 아니었구나.

"솔직히 '미래의 문' 소문이 퍼져서 곤란했지만 나베시마가 말했어. 마침 잘 됐다고. 우리가 할 수 있는 범위에서 희망을 선물하자고. 우리는 정말 좋은 마음에서……."

"됐어, 그만해."

나베시마가 친구의 말을 끊었다. 그는 아직 할 말이 많은 친구의 어깨를 붙잡고 서 가라는 듯 노에와 이케부치를 향해 턱짓했다.

노에는 이케부치를 재촉하며 뒤돌아섰다. 걸어가면서 차

마 이케부치의 얼굴은 보지 못한 채 말했다.

"또 망쳐서 미안해."

나베시마는 더 이상 '미래의 문'을 만들지 않을 것이다.

"노에……."

"'미래의 문'을 그냥 두었다면 너도 희망을 품을 수 있었을 텐데."

이케부치는 우물쭈물 무언가 말했지만 잘 알아들을 수 없었다.

"……히카루와 인터넷에서 알게 됐어. 그 아이도 예술을 좋아해서 마니아끼리 할 수 있는 이야기를 하다 보니 말이 잘 통했거든."

아, 홍차 마셔, 엄마가 회사에서 받은 맛있는 차니까, 라며 덧붙이는 오쓰지는 노에가 대답할 겨를도 주지 않고 말을 이었다.

"현실의 친구들과는 취미 이야기를 깊게 나눌 수 없으니까. 예술 같은 건 관심 있는 아이도 적고, 너무 신나서 떠들어대면 싫어할 수도 있잖아. 하지만 히카루에게는 그런 거 신경 쓰지 않고 말해도 됐고 좋아하는 이야기를 얼마든지 할 수 있었어. 예술론 같은 걸 떠들기도 하고 말이야. 취미뿐 아니라 고민이나 장래 희망, 때때로 사회문제까지 진지한 이야기도 많이 나눴어. 현실에서는 그런 대화를 잘 하지 않잖아. 사이가 좋든 나쁘든 상관없이 왜인지 부끄럽기도 하고 혹시 비웃음당할까 봐 걱정되니까. 그런데 히카루에게만큼은 무엇이든 속마음을 꺼내놓을 수 있었어."

막혀 있던 물이 한꺼번에 쏟아진 것 같았다. SNS 사진에서 본 것보다 훨씬 더 마른 몸에서 '히카루'를 이야기하는 말이 끊임없이 흘러나왔다.

나베시마의 말처럼 비밀 계정으로 친하게 지냈다는 친구. 히카루는 SNS에서 사용하는 이름이었고 옆 도시에 살며 나이는 한 살 어렸다. 미대를 목표로 1학년 때부터 학원에 다녔는데 최근에는 악기에도 관심이 생겼다고 했다. 먹는 것을 싫어해서 여자끼리 소통하는 데 걸림돌이 많았다. 끝없이 쏟아지는 이야기를 듣는 사이에 그 소녀가 마치 눈앞에 있는 것처럼 생생하게 그려졌다.

삼십 분 전에 이 집의 초인종을 눌렀을 때만 해도 이렇게 될 줄 상상도 못 했다. 찾아오기는 했지만 노에와 오쓰지는 결코 친한 사이가 아니었다. 만나주지 않을지도 모른다고 생각했고 사실 금방 반응하지도 않았다. 하지만 마지막이라고 생각하고 초인종을 세 번째 눌렀을 때, 응답은 없었지만 인터폰 너머에서 인기척이 느껴졌다. 다른 사람이었다면 분명 누구냐고 물었을 것이다. 하지만 그러지 않는 걸로 보아 방금 인기척을 낸 사람이 오쓰지 본인이라는 것을 알 수 있었다.

말이 없는 상대를 향해 노에는 충동적으로 말했다.

"'미래의 문'은 속임수야."

먼저 꺼내야 할 말이 있었을지 모르지만 그 말이 가장 먼저 튀어나왔다. 만약 미래의 자신을 보고 속을 끓여 병이 났다면 그럴 필요가 없다고 전하고 싶었다.

오늘은 포기하고 돌아가자고 마음 먹었을 때 뒤에서 현관문 열리는 소리가 났다. 빼꼼히 열린 문틈으로 창백하고 불안감에 휩싸인 오쓰지의 얼굴이 보였다.

오쓰지는 노에를 기억했다. 보도부 부원 노에는 유명인이니까, 라고 긴장 어린 얼굴로 말하며 노에를 들여보내 줬다. 부모님은 출근해서 안 계셨다.

오쓰지의 방은 새하앴다. 예술을 좋아한다고 했지만 하얀 벽에는 엽서 한 장 걸려 있지 않았다. 오쓰지가 홍차를 우려 내왔다. 바닥에 깔린 러그에 마주 앉는데 몹시 어색했다.

노에는 신중하게 말을 골라 '미래의 문'이 속임수라는 이야기를 했다. 오쓰지는 그저 눈을 크게 뜬 채 한 번도 끼어들지 않았다. 볼이 움푹 파여서 눈만 유난히 커 보여 마치 눈과 이야기하는 기분이 들었다.

그리고 대략 설명을 마친 순간 "히카루는"하고 말이 시작됐다. 처음 불쑥 내뱉듯 떨어진 목소리는 금세 격류가 됐다. 감정이 격해져서 목소리가 떨렸고 때때로 끊어지면서도 여전히 멈출 기미는 보이지 않았다.

쉬지 않고 말하던 오쓰지의 두 눈에 눈물이 맺히더니 뺨을 타고 흘러내리며 입가의 점을 적셨다.

"6월에 우리 두 사람이 좋아하는 젊은 작가의 개인전이 열렸어. 전시회가 시작되자마자 같이 가자고 약속했지. 더 붐비기 전에 가서 여유롭게 감상하고 싶었고 선착순으로 나눠주는 엽서를 꼭 받고 싶었으니까. 히카루는 아침에 일찍 일어나기 힘들지만 노력해 보겠다고 했어."

6월 개인전. 연극부 부장이었던 히사이시가 말한 그 전시회다.

"그날은 비가 내렸어. 혼자서 전시장 입구에서 기다리는데 히카루에게 전화가 왔어. 미안, 늦잠 잤어, 하지만 금방 도착할 거야, 라고. 빨리 오라고 말했어. 다른 친구였다면 그렇게 말 안 했을 거야. 늦어도 되니까 천천히 오라고 했겠지. 그런데 히카루니까, 뭐든 말할 수 있는 친구였으니까 그렇게 말했어. 히카루는 못 왔어. 전시회장 근처 도로에서 차에 치여 그대로……."

목소리가 갈라지고 끊어지자 오쓰지는 입술을 꽉 물었다. 히카루가 오쓰지의 SNS에 반응하지 않은 이유는 두 사람의 관계가 틀어졌기 때문이 아니라 불의의 사고로 히카루가 세상을 떠났기 때문이었다. 이 방의 벽이 하얀색인 이유도 분명 그 때문인 듯했다.

"횡단보도가 없는 곳을 뛰어서 건넜다가 사고를 당했대. 우산을 써서 주변이 잘 안 보였나 봐. 내가 재촉한 탓이야. 나 때문에 히카루가……."

노에는 네 잘못이 아니라는 말을 삼켰다. 그런 위로가 얼마나 덧없는지 자신도 경험했기 때문에 이해했다. 인과관계는 증명할 수 없어도 자책감에서 벗어날 수 없었다.

"그런 시기에 '미래의 문'을 알았구나."

"사람의 생명이란 얼마나 무상한가, 나 자신도 내 소중한 사람도 내일이면 이 세상에 없을 수도 있다는 생각이 머릿속에서 떠나지 않았어. 미래가 정말로 존재하는지 궁금했지. 직접 해 보니까 미래의 나는 친구들에게 둘러싸여 즐겁게 웃고 있었어. 나는 대학생 정도 나이였는데 그럼 고작 몇 년 안 지나서 그렇게 웃고 떠든다는 거잖아. 히카루를 까맣게 잊은 사람처럼. 최악이야."

나베시마가 밝은 미래라고 제시한 그 광경은 오쓰지에게 정반대의 의미로 작용했다. 진실을 찾으려면 사실을 수집해야 한다는 우에하라의 조언이 떠올랐다. 아무리 그럴듯해 보이는 조언이라도 상상은 결국 현실이 아닌 상상일 뿐이었다.

"그래서 학교에 안 나오는 거야?"

"친구들을 만나기 두려웠어. 최악의 미래가 현실이 될 것 같아서."

오쓰지는 손으로 눈물을 훔치고는 억지로 미소 지었다.

"미안해, 갑자기 쏟아내서."

"나야말로 함부로 끼어들어서 미안해. 알고 싶은 게 생기면 파헤쳐야 하는 성미라."

"아니야. 네가 진실을 찾아주지 않았다면 나는 계속 누구에게도 아무 말도 할 수 없었을 거야. 그래서 고마워."

오쓰지의 뺨을 타고 쉴새 없이 눈물이 흘러내렸다.

소중한 친구를 잃은 마음의 상처는 쉽게 아물지 않으리라. 한 번 미워진 자신을 예전처럼 사랑하기란 어렵겠지. 고통은 여전히 고통일 뿐, 진실을 알아낸다고 해서 모든 일이 해결되지는 않는다.

그래도 오쓰지는 고맙다고 인사했다.

마음의 안개가 걷힌 기분이었다.

수험생의 한 달은 쏜살같이 지나갔다. 정신을 차리고 보니 12월도 절반쯤 지나 거리는 크리스마스 분위기로 물들었다. 지하철 칼부림 사건이 일어난 지 곧 일주기가 된다.

맑게 갠 상쾌한 토요일, 노에는 도쿄 내에 있는 미술관에 방문했다. 일주일 전부터 다시 학교에 나오는 오쓰지가 젊은 작가의 그룹 전시회에 함께 가자고 제안했기 때문이다. 반드시 보고 싶은 작품이 있다고 했다. 소심한 오쓰지답게 적극적으로 제안하지는 않았지만 새로운 경험에 흥미가 생겨서 흔쾌히 응했다.

입구에 서 있던 오쓰지가 노에를 발견하고 손을 흔들었다. 노에도 살짝 돌아봤다. 오쓰지와 잠시 기다리자 함께 관람하기로 한 나머지 두 명도 합류했다. 이 자리에 모인 모두를 아는 사람은 노에 뿐이라서 그녀가 나서서 소개했다.

"이쪽은 오쓰지. 그리고 이쪽은 이케부치와 무라야마야."

세 사람이 저마다 만나서 반갑다며 인사를 나눴다.

노에가 오쓰지와 그룹 전시회에 간다고 말했더니 이케부치가 자신도 함께 가고 싶다고 했다. 수험생에게 도움이 되는 좋은 자극을 받을지도 모른다는 핑계를 댔지만 무라야마도 함께 가도 되냐는 이케부치의 질문에 그 진의를 파악했다. 무라야마와 화해하고 싶지만 딱히 계기가 없고 둘만 있을 때도 대화를 잘 풀어나갈 자신이 없던 이케부치가 이번에 기회를 잡은 것이다.

이케부치와 무라야마는 아직 어색한 듯했다. 두 사람을 관찰하다가 무라야마와 눈이 마주쳤다.

"듣자 하니 노에도 X대 정경학부에 지원한다며?"

"'노에도'라니, 그럼 무라야마도?"

"잘 되면 내년에 같은 학교에 다닐 수도 있겠네."

전에 이케부치가 노에가 지원할 학교 이름을 듣고 묘하게 동요하던 모습이 떠올랐다.

"우리 둘 다 힘내자."

두 사람의 화기애애한 대화에 이케부치가 안도의 한숨을 내쉬는 모습을 포착했다.

네 사람은 오쓰지의 간단한 설명을 들으며 전시회장으로

들어갔다. 널찍한 공간에 작품들이 전시되어 있었고 어느 작품부터 관람하든 상관없다고 했지만 익숙하지 않은 노에와 나머지 두 친구는 오쓰지를 따라갔다. 오쓰지는 망설이지 않고 곧바로 한 작품을 향해 걸어갔다.

자신들의 키 높이보다 더 큰 캔버스에 그려진 그림은 문이었다. 문이 아주 조금 열려 있고 그 너머에는 아무것도 없다. 색조차 칠하지 않아 캔버스 본연의 색이 그대로 노출됐다. 작품 옆에는 작은 패널이 있었는데 '문 act 2'라는 제목이 적혀 있었다.

"히카루와 보러 가기로 했던 개인전은 바로 이 작가의 전시회였어. 그때는 '문'이라는 작품을 발표했는데 이 그림의 시리즈 작품이래. 전작의 문은 닫혀 있다는 이야기를 작가님 블로그에서 봤어."

오쓰지는 작품의 정면에 서서 가만히 바라보며 말했다. 노에는 그 옆에, 이케부치와 무라야마는 뒤에 서서 같은 그림을 바라봤다.

"……미술은 잘 모르지만 이 그림은 좋다."

열린 문. 문 너머에 아무것도 없는데 이상하게도 빛이 보이는 듯했다.

"'미래의 문'……."

이케부치가 혼잣말처럼 중얼거렸다. 저도 모르게 나온 말인지 노에가 돌아보니 화들짝 놀란 얼굴로 어깨를 움츠렸다.

그러다 이내 생각을 고친 듯 노에에게 말했다.

"넌 '미래의 문' 일을 망쳐 미안하다고 사과했지만 사실 나는 진실을 알아서 다행이라고 생각해. 문은 스스로 열어야 하니까."

오늘의 하늘을 닮은, 구름 한 점 없는 밝은 미소였다. 노에는 그런 말을 들을 줄은 생각도 못 했기 때문에 어떻게 반응해야 할지 난감했다. 하지만 그 일을 계기로 무라야마를 이 자리에 부를 수 있었다면 노에의 행동도 조금은 도움이 되지 않았을까.

가방 속에서 휴대폰 진동이 울려서 꺼내 보니 전화가 왔다. 등록되지 않은 번호. 하지만 왠지 눈에 익었다.

어떤 예감이 번뜩였다.

"잠깐 실례할게."

노에는 친구들에게 양해를 구한 뒤 로비로 나왔다. 그리고 귀에 대자마자 들려온 목소리에 소름이 돋았다.

─안녕하세요. 지금 통화 괜찮아요?

"……네, 괜찮습니다."

놀란 나머지 대답이 매끄럽게 나오지 않았다.

전화를 건 사람은 우에하라 이타루였다.

─무슨 일이시죠?

"노에 씨가 지난번에 '미래의 문'이라는 도시 괴담을 조사하고 싶다고 했죠? 어디서 들어본 것 같아서 저도 좀 알아봤습니다."

―그건 대학생들이 꾸며낸 속임수였어요.

"그래요? 그런데 만들어낸 이야기라고 해도 원래 존재하는 소재를 바탕으로 한 아이디어 같아요. 에도 시대 문헌에 비슷한 이야기가 실려 있습니다. 가부라기신사 옆에 암자가 있는데 그 출입구에서 거리를 엿보면 미래 자신의 모습이 보인다……, 맞죠?"

―……그렇긴 하네요.

대답은 했지만 마음은 다른 곳에 있었다. '만약 과거로부터 전해진 그 이야기가 사실이라면'이라는 생각이 들었다.

처음에 '미래의 문'을 시험했을 때 노에는 그 좌석에 앉아 있었다. 그리고 그 문으로 처음 탑승한 사람은 우에하라였다…….

머리를 가볍게 흔든 뒤 전시회장으로 시선을 돌렸다. 세 사람은 아직도 문 그림을 감상하고 있었다. 셋이서 대화를 나누는 듯, 무언가 재미있는 일이라도 있었는지 하얀 이를 드러내며 웃었다. 오쓰지 본인은 몹시 싫어했지만 대학생들이 보여 준 미래의 모습이 훗날 사실이 되면 좋겠다.

―나도 사건을 쫓는다고 지난번에 말했죠? 이 소재를 몇 년 동안 시간을 들여 세심하게 취재하고 싶습니다. 노에 씨의 장래 희망이 언론인이라면 공부할 겸 저를 도와주지 않겠습니까? 주제는 지하철 S선 무차별 칼부림 사건입니다.

순간 숨을 삼켰다. 우에하라는 노에의 반응을 살피는 도전적인 말투로 말했다.

이 사건으로 사망한 사람은 단 한 명이지만 이후 PTSD를 앓는 사람이 매우 많아요. SNS가 발달하며 사건에 대한 기억이 널리, 그리고 오랫동안 공유된 것이 원인 중 하나라고 추측됩니다. 범인과 피해자를 조사하는 건 당연하며 한 사건이 사회 전반적으로 어느 범위까지 영향을 미쳤는지를 추적해보고 싶습니다.

온몸에 소름이 돋았다. 재미있어 보이기도, 보람 있어 보이기도 하다며 노에의 마음속 센서가 강하게 반응했다.

─노에 씨가 제작한 다큐멘터리를 봤어요. 거기 나온 테니스부 부원도 사건에 휘말렸던 사람이죠. 노에 씨에게도 인연이 깊은 사건이라고 생각하는데, 어떻습니까?

노에는 가슴팍을 꽉 움켜쥐었다. 코트를 입었음에도 달음박질치듯 격렬하게 뛰는 심장이 느껴졌다. 격렬한 감정이 마음을 마구 두드렸다.

곧바로 답할 수는 없다. 진심으로 참여하려면 각오가 필요했다. 아직 전철도 타지 못하는 몸이라 쉽게 결정할 일이 아니었다.

생각할 시간을 달라고 대답한 뒤 전화를 끊었다.

Q선 전차에서 우에하라와 재회했을 때는 순간 도망치고 말았다. 과거로부터, 그리고 미래로부터.

하지만 지금이라면…….
호흡을 조금 가다듬고서 다시 전시회장으로 향했다.
한 걸음 내디딘 그 끝은 밝은 빛으로 충만했다.

"니토리, 잠깐 괜찮아?"

점장이 평소보다 몇 배는 더 상냥한 음색으로 말을 걸어왔을 때부터 불길한 예감이 들었다. 락커 룸에서, 점장에게서 도망칠 수 있는 아르바이트생은 없었다. 니토리는 유니폼 앞치마를 두르던 손을 멈추고 "무슨 일이세요?"라고 답하며 돌아봤다.

"미안한데 히나마쓰리* 행사 홍보용으로 간단한 일러스트 좀 그려줄 수 있을까?"

"그러면 안 되죠."

---

* 매년 3월 3일에 여자아이의 무병장수와 행복을 기원하며 히나단에 히나 인형을 장식하는 일본의 전통 축제.

델리 코너 담당 미후네가 니토리보다 먼저 대답했다.

"공짜로 일을 시키시려는 것 같은데 니토리도 명색이 프로인데 작업비는 주셔야죠."

미후네는 엄지와 검지로 동그라미를 만들어서 점장의 가슴팍에 단호하게 내밀었다. 지금은 델리 부서의 핵심 인력이 된 미후네지만 십 년 전까지는 인기 없는 코미디언이었다고 한다. 그는 늘 자신보다 힘없는 젊은 직원들을 나서서 챙겼다.

점장은 미후네의 팔을 성가시다는 듯 털어냈다.

"그건 나도 알아요. 하지만 윗선에서 비용 절감하라는데 별수 있나요."

"거봐, 그럼 그렇지. 니토리, 이런 건 수락하지 마."

"……전 보수 못 받아도 상관없는데요."

니토리의 대답에 점장은 그것 보라며 손뼉을 짝 쳤고 미후네는 눈을 치켜떴다.

니토리 유이치, 스물일곱 살. 슈퍼마켓 니코니코의 정직원인 그의 목표는 전업 일러스트레이터로 먹고사는 것이다. 우리도 상황이 어렵다고 말하면서도 다시 일하게 해 달라며 고개 숙인 니토리를 외면하지 않고 아르바이트로 채용해 준 사람은 점장이었다. 미후네의 말이 옳고 자신을 위해 목소리를 내준 마음은 고맙지만 니토리는 은혜를 갚고 싶었다.

"다만……."

말을 꺼낼까 말까 망설이다가 낸 목소리가 점장의 밝은 목소리에 지워졌다.

"그럼 잘 부탁해! 애플리케이션으로 광고를 내보낼 테니까, 행사 담당자와 의논하고."

점장은 그 말만 남기고 전광석화처럼 사라졌다.

"자기 의견은 분명히 밝혀야지."

미후네가 입을 반쯤 벌린 채 굳은 니토리를 격려했다.

"그렇죠."

니토리가 모호하게 대답하면서 오늘은 튀김을 사 가자고 마음 먹었다. 미후네에게서 크로켓 냄새가 났기 때문이다.

기분 전환으로 맛있는 음식을 먹고 그 후에 도전해보자. 어쩌면 오늘이야말로 그릴 수 있을지도 모른다.

야간 근무에서 벗어나 애용하는 자전거를 타고 이십 분 정도 페달을 밟았다. 지은 지 삼십 년 된 자신의 아파트로 돌아오자 밤 12시가 넘은 시간이었다.

침대와 작업 책상, 그리고 화구 선반으로 구십 퍼센트가 채워진 집. 나머지 십 퍼센트는 탑처럼 어지럽게 쌓인 작화용 자료가 차지했다. 탑과 탑 사이에 조심스럽게 앉아 할인가로 구매한 홋카이도산 야채 크로켓과 가다랑어포 주먹밥을 번갈아 먹었다. 슈퍼마켓 니코니코 델리 코너 직원들의 보장된 실력은 고급 슈퍼마켓에 못지않았다.

십 분 만에 크로켓과 주먹밥을 다 먹고 입가에 묻은 가다랑어포를 핥아먹었다. 물티슈로 손가락을 닦고 왼쪽 자료 더미

위에 놓여 있던 태블릿을 집어 들었다. 침을 삼킨 뒤 드로잉 애플리케이션을 실행했다. 화면 가득 하얀 캔버스가 떴다.

……그래, 여기까지는 괜찮아.

심호흡한 뒤 캔버스에 검지를 대고 한번에 그었다. 손끝에서 태어난 먹빛 선이 길게 뻗고 구부러지다가 다시 길어지며 형태를 갖추어 갔다.

히나마쓰리 행사 일러스트 요청을 받았을 때 니토리의 머릿속에는 복숭아꽃이 떠올랐다. 일러스트레이터로서 가장 잘 그리는 소재는 동물이지만 식물도 좋아했다. 디자인 요소를 넣은 그림부터 사실적인 묘사까지, 다양한 터치로 수백 점, 수천 점을 그렸다.

캔버스에 가지가 뻗어나가고 고운 꽃이 흐드러지게 피었다. 색을 입히자 싱그러운 생명력까지 더해졌다.

그런데 **별안간 강한 바람이 불어닥쳐 가지를 세게 흔들었다.**

"헉!"

니토리는 저도 모르게 태블릿을 던졌다.

바닥에 내동댕이쳐진 태블릿. 화면 속 캔버스에서 복숭아꽃이 강풍을 견디고 있었다. 그런 그림은 그리지 않았는데.

니토리는 흔들리는 꽃을 십 초 정도 바라보다가 한숨을 쉬고 태블릿을 집어 들었다. 전원을 끄자 새까맣게 변한 화면에 낙담한 얼굴이 비쳤다. 이렇게 될 줄 예상하고 각오했지만 괴로운 심정은 여전했다.

자신이 그린 그림이 제멋대로 움직이는 이 기묘한 현상은 어느 날 갑자기 시작됐다. 아니, 현상이 아니라 증상이라고 해야 하나. 그림이 움직일 리 없고 니토리의 눈에만 그렇게 보일 뿐이니까. 실제로 다른 사람의 눈에는 그렇게 보이지 않는 듯했다.

내게 문제가 있다. 내가 이상하다.

그 때문에 지금은 그리고 싶은 그림을 그릴 수 없는 상태였다. 지금의 니토리는 프로 일러스트레이터라고 할 수 없었다. 미후네 씨는 프로라고 말해줬지만 니토리 스스로는 인정할 수 없었다.

중학생 때부터 일러스트레이터가 되고 싶었다. 원래 그림 그리기를 좋아하기도 했고 같은 반 여자아이의 칭찬을 듣고 나서 더욱 그런 마음이 들었다. 꿈을 갖기는 쉬워도 현실은 녹록하지 않았다. 그림을 포기하고 슈퍼마켓 일에 전념할까 고민한 적이 한두 번이 아니었지만 그림을 그리며 느끼는 행복을 도저히 놓을 수 없었다. 그렇게 고생 끝에 간신히 유망한 젊은 작가 중 한 명으로 인정받았고 지난해에는 마침내 개인전을 열었다. 유명 기업의 광고용 일러스트도 그렸다. 아이디어가 무궁무진하게 샘솟았다. 순풍에 돛을 단 배, 설마 이렇게 좋은 날이 올 줄 몰랐다.

증상이 나타난 지 일 년이 넘었다. 한동안은 불쾌감을 억누르며 일했지만 억지로 그린 작품의 퀄리티는 고객을 만족

시킬 수 없었고 냉혹한 현실을 뼈저리게 깨달았다. 워낙 소심한 성격이라 병원을 싫어했지만 두려운 마음을 떨쳐내고 안과와 정신과에 찾아가 진료를 받았다. 그러나 원인을 찾을 수 없었고 처방받은 약을 먹어도 증상은 개선되지 않았다. 의뢰받은 모든 작업을 취소할 수밖에 없었고 수입도 끊겨서 결국 슈퍼마켓 니코니코로 돌아갔다.

슈퍼마켓 동료들은 그림으로 먹고살 길이 없어서 돌아왔다고 생각했지만 오해를 풀 마음은 없었다. 사실을 털어놓아봤자 상대도 난감할 뿐이고 이유야 어찌 됐든 그림으로 먹고살 수 없는 것도 사실이었다.

"정말 어쩌려고 이러니."

침대에 누워 천장의 얼룩을 바라보며 중얼거렸다.

피로 누적 때문에 나타난 증상일 수도 있다는 생각에 한동안 그림을 그리지 않고 쉬었다. 어느 날 갑자기 증상이 사라지지 않을까 기대하며 몇 번이고 캔버스와 마주했다. 그러나 결과는 언제나 같았다. 니토리가 그린 풀과 나무가 살랑거렸고 토끼는 뛰어다녔으며 고치는 나비로 변하려고 꿈틀거렸다. 때로는 캔버스에서 나와 입체적으로 움직였다. 이 좁은 공간에서 벗어나고 싶다는 듯 자기주장을 시작했다.

고개를 옆으로 돌리자 벽에 건 티셔츠가 시야에 들어왔다. 니토리가 그린 일러스트가 프린트 된 옷으로, 굿즈 회사와 협력해 제작한 상품이었다. 실적이 나쁘지 않아서 다음 기획을 진행하기도 했지만 중단됐다. 천 속에 갇힌 소쩍새가 금방이라도 날갯짓할 것 같아서 황급히 시선을 돌렸다.

히나마쓰리 행사 일러스트는 역시 거절할 수밖에 없다. 지금의 니토리는 복숭아꽃 하나도 만족스럽게 그리지 못하는 신세였다. 점장이 실망할 모습이 눈에 선해서 두 눈을 감았다.

"니토리는 그런 자세가 글렀어. 맞서지 않고 도망가는 거."

자연스럽게 과거의 한 장면이 떠올랐다. 전철에서 리리코와 나눈 대화. 기억하고 싶지 않은 사건 5위 안에 드는 장면이었다.

니토리는 몸을 벌떡 일으켰다. 이대로 잠들면 분명 악몽을 꾸리라. 악몽의 클라이맥스에서는 늘 움직이는 그림의 홍수가 니토리를 집어삼켰다. 여러 차례 겪었던 일이기에 이번에도 틀림없었다.

기분 전환이 필요했다. 패딩을 입고 자전거 열쇠를 손에 쥐고 아파트 계단을 내려갔다.

예전부터 야간 사이클링을 종종 즐겼지만 그 증상이 나타난 뒤로는 더욱 자주 나갔다. 다행히 수상한 사람으로 경찰에 신고된 적은 없었다.

오늘 밤은 자전거 핸들을 선로 쪽으로 돌렸다. 기름칠이 필요했지만 모른 척하며 페달을 밟았다. 2월의 깊은 밤, 냉기에 귀가 아리고 폐가 얼어붙었다. 경로를 정하는 데 특별한 이유는 없었지만 선로를 따라 뻗은 길을 수백 미터 달리다가 리리코와의 기억에 영향을 받았다는 사실을 깨닫고는 가장 가까운 모퉁이를 돌아 선로 반대 방향으로 멀어졌다.

그 전철에서의 일 이후 리리코와 만나지 않았다. 리리코는 전문학교 시절 같은 반 친구였는데 그녀의 작품은 니토리와는 정반대로 강하고 도전적인 화풍이 특징이었다. 모험심과 결단력이 풍부한 성격이 작품에 고스란히 담겼다. 매달 머리 색을 바꾸고 코에 피어싱 두 개를 했는데, 일 년 내내 무난한 티셔츠와 청바지를 입는 니토리와는 겉모습부터 정반대였다. 그래서 오히려 더 끌렸던 것 같다. 아마 그녀도 그랬으리라. 두 사람의 관계는 뜻밖에도 팔 년이나 이어졌지만 결국 전철 안에서 비참한 최후를 맞았다.

그때 그 한마디만 없었다면 두 사람은 지금도 함께였을까. 혹은 그 전철만 타지 않았다면. 전철 안에는 니토리가 그린 일러스트 광고가 있었다. 리리코가 그 광고를 손가락으로 가리킨 순간이 떠올라 입안이 썼다.

페달을 더 세게 밟았다. 예스러운 주택가는 혼란스러운 니토리의 마음과는 달리 고요했고 바퀴가 삐걱거리는 소리만 울려 퍼졌다. 주택지 사이사이에 점점이 흩어져 있는 텃밭에서 겨울의 마른 흙냄새가 났다.

십 분 후, 니토리의 자전거는 다시 선로를 맞닥뜨리며 멈췄다. 선로에서 멀어진 줄 알았는데 다시 돌아왔다니. 직선으로 뻗은 줄 알았던 길이 사실은 완만하게 굽어 있었나 보다.

캔버스에서뿐 아니라 현실에서도 선에 놀아나는 것일까. 기분 전환조차 뜻대로 되지 않는 날이었다.

"……돌아갈까."

한숨 섞인 혼잣말을 중얼거리며 핸들을 꺾은 순간이었다.

시야 구석에 빛바랜 벽돌벽이 들어왔다. 커다란 셔터가 두 개 달린 오래된 공장으로 보이는 건물이었다. 부식된 철문과 무너져 내린 벽돌담이 부지를 둘러싸고 있었다. 외관만 봐서는 쇼와시대* 초기에 지어진 건물 같았다. 셔터 옆에 간판이 붙어 있었지만 페인트가 벗겨져 회사 이름은 읽을 수 없었다. 부지에 버려진 손수레와 상자 상태를 보니 방치된 지 오래된 듯했다.

주변에 아무도 없는 것을 확인하고 부지 앞에 자전거를 세운 뒤 건물로 다가갔다. 셔터는 별다른 특징이 없는 건물에 비해 다소 새로운 느낌이 들었다. 그런 셔터에 손을 대자 녹슨 금속의 까칠한 감촉이 느껴졌다.

옛 추억이 떠올랐다. 돌아가신 큰아버지가 운영하던 공장이 이런 느낌이었다. 어렸을 적 어머니와 함께 놀러 가서 콘크리트 바닥에 돌로 낙서하다가 공장 직원 아저씨에게 야단을 맞았던가.

---

* 1926~1989년으로 쇼와 천황이 재위한 시대.

이 건물을 그린다면 지붕에 제비를 앉히고…….

머릿속에 선을 만들어내다가 퍼뜩 현실로 돌아왔다. 상상을 무럭무럭 키워봤자 어차피 그림으로 그리지 못하는데.

"바보 같아."

"으응."

동의하듯 울리는 가늘고 높은 목소리에 니토리의 몸이 움츠러들었다.

"으응, 으응."

반복되는 목소리를 잘 들어보니 고양이 소리였다. 모습은 보이지 않지만 소리는 가까이서 들렸다. 소리의 정체를 깨닫고는 긴장이 풀렸다. 울음소리는 건물 안에서 들려오는 듯했다. 사람들에게 쓸모가 없어지자 길고양이들의 보금자리가 됐나 보다.

니토리는 셔터 앞에서 떨어져 옆을 들여다봤다. 벽돌담과 건물 사이에 존재하는 좁은 공간 안쪽에 반쯤 열린 문이 보였다. 깊이 생각하지 않고 다가가 문틈으로 안을 살폈다.

건물 안은 예상외로 밝았다. 높은 벽에 난 채광 창문으로 자연광과 인공광이 뒤섞인 밤의 빛이 흐릿하게 들어왔다. 주변을 경계하며 들어가 건물 중앙에 서서 전체를 둘러봤다. 콘크리트가 드러난 텅 빈 공간. 사용하던 기계나 도구는 모두 가지고 떠났으리라. 벽과 바닥에 과거의 모습을 연상케 하는 흔적이 여기저기 남아 있었다. 바닥에 방치된 빈 캡슐 병이 창문으로 들어오는 빛을 반사하며 은은하게 빛났다.

"냐옹."

다시 고양이 소리가 들렸다. 이번에는 밖이었다. 인기척에 놀라 도망갔나?

못 할 짓을 했다고 생각하면서도 그 자리를 떠날 수가 없었다. 뿌연 빛 속에 떠오른 커다란 회색 벽. 과거에는 보드 같은 것이 달려 있었을 부분이 그 형태 그대로 변색되어 있었다. 마치 지우개로 지운 도화지 같았다. 그것도 아주 거대한.

이런 곳에 자유롭게 그림을 그리면 무척 행복하겠지.

갑자기 그리고 싶은 욕구가 샘솟았다. ……무슨 바보 같은 생각인지.

"집에나 가자."

굳이 소리 내어 말한 이유는 스스로 설득하기 위해서였다. 지금 나는 이상했다. 분명 깊은 밤이 특유의 고조된 감성을 불러일으킨 탓이리라. 아무리 폐가라지만 사유지에 멋대로 침입한 시점에서 정상이 아니었다.

그러나 니토리의 눈은 벽에 못 박혔다. 눈과 다리가 꼼짝도 하지 않았다. 목구멍이 꿀꺽 소리를 내며 울렸다. 조금씩 벽으로 다가가 손가락으로 덧댔다. 얼음 같은 냉기. 몸속에서 뿜어져 나오는 열기를 의식했다.

그리고 싶다.

발끝에 무언가가 닿았다. 언제부터 그곳에 뒹굴고 있었는지 모를 흰 분필 조각이었다. 두 손가락으로 집어 들었다. 분필 가루를 느낀 순간 스위치가 켜졌다.

딱딱한 벽에 분필 끝을 눌러 팔을 힘차게 휘둘렀다. 강하고 유연한 선이 탄생했다. 그대로 손가락을, 손목을, 팔꿈치를, 어깨를 쉬지 않고 움직였다. 몸을 움직여 옆으로 미끄러뜨리고, 허리를 구부렸다가 펴면서 온몸으로 그림을 그렸다. 분필이 벽에 부딪히는 소리와 자신의 호흡만 들렸고 이내 그 소리조차 의식에서 멀어졌다.

마지막 선을 잇고 나서 벽에서 몸을 뗐다. 세 걸음 뒤로 물러나 방금 완성한 작품을 바라봤다.

말이었다. 고등학교 이후 처음으로 말을 그린 것 같았다. 동물은 좋아해도 말의 몸 구조는 이해하지 못했고, 구도도 고려하지 않은 채 몸과 마음이 움직이는 대로 그렸기 때문에 엉망이었다. 하지만 기분은 좋았다.

'움직이고 싶은 대로 움직이자'라고 생각했다. 이 넓은 벽이라면 원하는 만큼 움직여도 괜찮았다.

그림 속 말이 힘차게 울었다. 굵은 목을 치켜세우며 니토리를 바라보았다. 야생성이 생생하게 살아 있는 눈빛. 아름다운 근육으로 잿빛 땅을 박차고 네모난 벽을 가볍게 누볐다. 이 얼마나 자유로운 존재인가.

자유로워진 느낌이었다. 이런 느낌은 참으로 오랜만이었다.

니토리가 폐공장에서 기르는 동물이 서서히 늘어났다. 분필이 아닌 직접 가져온 화구를 사용해 본격적으로 그렸다. 첫 번째로 그린 말에도 색을 입혔다. 새, 곰, 원숭이. 풀과 나무에 알록달록한 꽃도 그려 넣었다. 바다와 강도. 전체의 구도나 주제는 생각하지 않고 떠오르는 대로 그렸다. 물고기. 바다 동물. 조개. 무지개도 괜찮겠지.

불법행위라는 사실은 알았지만 멈추지 않았다. 아무리 늦게 퇴근해도 하루도 거르지 않고 폐공장을 찾았다. 그림이 움직이는 환각을 보는 증상은 여전했고 벽 속 동물들도 자유롭게 움직였다. 하지만 좁은 틀이 없는 넓디넓은 캔버스에 풀어놓으니 불쾌감은커녕 오히려 가슴이 뻥 뚫린 듯 시원했다.

증상은 여전했지만 예전처럼 우울한 마음으로 지새우는 밤은 사라졌다. 폐공장은 니토리만의 낙원이었다.

하지만 그런 좋은 기회가 마냥 주어질 리 없었다.

그날은 출근하지 않는 날이어서 조금 이른 시간인 저녁 8시에 아파트를 나섰다. 이 시간이면 남의 눈에 띌 위험이 있지만 조금이라도 오래 그림을 그리고 싶은 욕심이었다. 자전거 바구니에 화구를 가득 싣고 페달을 밟는 동안 무심코 콧노래를 흥얼거렸나 보다. 거리에 스쳐 지나간 여성이 수상쩍게 바라보는 눈길에 황급히 소리를 죽였다.

긴장을 풀지 않고 평소보다 더욱 경계하며 폐공장에 들어섰을 때 숨이 멎었다. 은은한 빛으로 가득 찬 넓은 공간. 선명한 수성 아크릴 물감. 활기차게 뛰어다니는 동물들.

낙원의 한가운데 사람이 서 있었다. 골격부터가 남자였다. 작업복 같은 옷을 입고 허리에 손을 얹은 채 니토리를 등지고 있었다.

'어? 내가 사람도 그렸던가?'

순간 그런 얼빠진 생각이 들었다. 아니었다, 살아 있는 사람이었다. 눈을 비비고는 뚫어지게 쳐다봤다. 덩치가 작고 등이 굽었다. 뒷머리가 조금 벗겨진 것으로 보아 젊은 남자 같지는 않았다. 왼손에 든 비닐봉지에 컵술이 담겨 있었다.

니토리는 손으로 입을 가리고 소리가 나지 않도록 조심스럽게 온 길을 되돌아갔다. 땀이 줄줄 흐르고 심장이 터질 듯 뛰었다. 불법 주거 침입과 기물 파손이라는 단어가 머릿속에서 떠나지 않았다. 들키면 큰일이다.

온 신경을 집중해 자전거 페달을 천천히 밟으며 냉정하게 상황을 분석하려고 안간힘을 썼다. 복장으로 짐작건대 남자는 폐공장 관계자 같았다. 그에게 니토리의 작품은 불쾌한 낙서일 뿐이다. 뒷모습만 봐서 얼굴은 보지 못했지만 분명 화가 났으리라. 경찰에 신고해도 할 말이 없었다. 그곳에 나를 특정할 만한 단서를 남겨놓고 오지는 않았을까.

폐공장을 다시 찾아서는 안 됐다. 나답지 않은 나쁜 짓을 그만둘 시점이 왔음을 깨달아야 했다. 범죄자가 되면 슈퍼마켓 일자리마저 잃는다.

그럼에도 니토리는 다음 날도 화구를 챙겨 들고 폐공장으로 향했다. 남자가 어제오늘 사이에 서둘러 손을 썼을 것 같지는 않았다. 대처하지 않을 가능성도 충분했다. 낙서투성이로 방치된 곳이 곳곳에 많다. 오늘만. 오늘이 마지막이다. 그렇게 마침내 이성의 목소리가 잦아들었다. 결국 욕망에 진 것이다. 한번 맛본 쾌감을 차마 놓을 수 없었다.

문의 자물쇠는 여전히 망가져 있었다. 그 남자는 불법 침입자를 서둘러 막을 생각이 없는 듯했다. 일단 가슴을 쓸어내린 뒤 숨을 죽이고 안으로 들어갔다. 바닥에 빈 컵술 병이 있었다. 처음 왔을 때 발견한 병은 니토리가 치웠기 때문에 이 병은 어제 그 사람이 가져온 것이다. 상표명까지는 보이지 않지만 그 남자가 가져온 술병이 분명했다. 자주는 아니더라도 가끔 이곳에 드나든다는 뜻이다. 지금까지 마주친 적 없으니 어제 폐공장을 방문한 시간을 고려하면 항상 저녁 8시 조금 지난 시간에 오는 걸까?

니토리는 그림을 그렸다. 집중하는 동안 생각을 잊었다. 불안과 망설임도 잊었다. 그리고 결심했다.

자신이 한 짓을 솔직하게 고백하고 사과하자. 그 후에 이곳에 그림을 그려도 되는지 부탁하자. 철거 예정 건물이라면 승낙받을 수 있을지도 모른다. 물론 경찰에 넘길 수도 있지만 스스로 욕구를 자제하지 못하는 이상 상대가 진심으로 범인을 찾기 시작하면 잡히는 것은 시간 문제였다. 그렇다면 도박을 할 가치가 있었다.

공장 소유주가 누군지 몰라서 예전에 남자와 마주친 시간인 저녁 8시경 공장으로 갈 수밖에 없었다. 그렇다고 해도 니토리가 그 시간에 움직일 수 있는 날은 일주일에 한 번, 일을 쉬는 날뿐이었다.

운명의 여신이 니토리를 불쌍히 여긴 모양이다. 마음먹고 남자를 찾아 나선 첫날, 남자가 모습을 드러냈다.

지난번과 마찬가지로 작업복 차림으로 문을 등지고 서 있었다. 축 늘어뜨린 오른손에는 뚜껑을 딴 컵술이, 왼손의 비닐봉지에는 신문이 들려 있었다.

"아, 안녕하세요."

니토리는 용기를 끌어모아 공장 안에 발을 들여놓았다. 애써 활기차게 인사를 건넸지만 목소리가 이상하게 뒤집혔다. 벽 속 동물들이 호기심 어린 표정으로 일제히 니토리를 주목했다.

남자는 흠칫 놀라며 뒤돌아봤다. 나이는 육십 대에서 칠십 대 사이일까. 니토리는 고개를 푹 숙이며 들고 온 종이봉투를 내밀었다.

"제가 일하는 가게에서 팔고 있는 니가타 사케인데 가공식품 코너 담당자가 추천하는 좋은 술입니다. 부디 받아주세요."

이럴 때는 첫인상이 가장 중요하다.

"뭐, 뭐라고?"

허리를 숙인 자세로 고개만 들어 혼란스러워하는 남자의 눈을 똑바로 바라봤다.

"제발 받아주세요!"

"……술이라고? 그렇다면 받긴 받겠는데……."

남자는 왠지 경계하면서도 종이봉투로 손을 뻗었다. 좋아, 첫 번째 단계 통과다.

"안주도 들어 있어요. 이것도 그 담당자가 추천한 제품이에요."

"이유는 모르겠지만 인심이 후한 청년일세."

이제야 순서가 틀렸다는 사실을 깨달았다. 니토리는 다시 한번 아까보다 더 깊이 고개를 숙였다.

"죄송합니다! 여기 그림을 그린 사람이 바로 저입니다!"

"뭐라고?"

"우연히 이 공장에 들어왔다가 벽이 너무 넓고 좋아보여서……."

"뭐야, 그랬구나. 대단한걸!"

예상 밖의 반응이었다. 귀에 들려온 밝은 목소리. 어리둥절해서 쭈뼛쭈뼛 시선만 들었다.

남자는 그 자리에서 책상다리로 앉아 니토리가 건넨 술을 땄다. 이미 비운 컵술 병에 찰랑찰랑 따라 향을 한 번 음미한 뒤 꿀꺽 소리를 내며 맛있게 목을 축였다.

"캬하!"

만족스러운 한숨을 내쉰 다음으로 안주 캔을 열자 훈제 굴의 냄새가 퍼졌다.

"말이 마음에 들어, 말이. 말을 좋아하나?"

돌연 날아온 질문이 그림에 관한 이야기라는 것을 깨닫는 데 시간이 조금 걸렸다.

"저건 여기서 처음 그린 그림이에요. 딱히 말뿐 아니라 동물 자체를 좋아해요."

"동물은 귀엽지. 사람과 달리 솔직하고. 그런데 이왕이면 말을 더 그려. 하이세이코*를 아는 내가 하는 말이니 틀림없어."

"하이세이코요?"

"멍청아, 하이세이코도 몰라? 경주마 말이야."

"아, 네, 죄송합니다."

더듬거리며 대답하는 니토리와 달리 남자의 혀는 매끄러웠다.

"자네는 말을 그리는 재주가 있어."

칭찬을 듣고 당황했지만 싫지는 않았다. 화끈거리는 볼을 누르며 고개를 든 니토리에게 남자가 마시다 만 캡술을 내밀었다.

---

* 일본의 유명 경주마.

"한잔 마시겠나. 자네, 아티스트라며. 그런 사람과 이야기할 기회는 거의 없지. 사양 말고 마셔."

술을 잘 마시지 못하지만 거절할 상황이 아니었다.

"그럼 잘 마시겠습니다."

남자와 대작하듯 바닥에 앉아 술을 입을 댔다. 깔끔하면서도 적당히 단맛이 느껴져 맛있었다.

"그림은 학교에서 배웠어? 아니면 독학?"

"학교에서 배웠습니다."

"역시 그렇지, 뭐든 학교에서 배우지. 나도 고등학교를 졸업했어야 했는데. 여자 때문에 그만뒀거든."

니토리는 컵술 병을 돌려주며 남자를 찬찬히 관찰했다. 귀는 크고 치열은 고르지 않았다. 때 묻은 옷깃과 소매, 술 냄새 나는 호흡. 동네에서 흔히 볼 수 있는 술 취한 아저씨였다. 그런데 불법 침입해 벽에 그림까지 그린 젊은이에게 이렇게 관대하다니.

니토리는 두 무릎에 손을 얹고 조금 전 두 번 고개를 숙였을 때보다 더 깊이 머리를 숙였다.

"멋대로 들어와서 그림을 그려서 정말 죄송합니다. 저기, 뻔뻔한 부탁이지만 그림을 계속 그리게 해주시면 안 될까요?"

말했다. 말하고 말았다.

그러자 쉬지 않고 말하던 남자의 말이 뚝 끊겼다. 기묘한 침묵. 갑자기 덮친 정적이 지배한 공간에 밖에서 지나가는 열차 소리가 울려 퍼졌다. 니토리가 평소에 폐공장을 찾던 시간에는 전철 운행 시간이 끝난 뒤라 소리가 들리지 않았지만 이 시간에는 아직 운행하고 있었다. 진동까지 전해져 불안한 마음이 강해졌다.

"저기……."

용기를 내어 고개를 들자 남자는 눈을 동그랗게 뜨고 니토리를 바라보고 있었다.

"자네, 여기 사람 아니야?"

"네?"

도대체 무슨 소리인가 싶어 물었다.

"여기 관계자가 아니세요……?"

"나?"

남자는 본인을 손가락으로 가리키며 인상을 썼다. 이 말인즉슨.

"……혹시 이 공장과 아무 관계 없는 외부인이세요?"

"그럼 자네도?"

순간 힘이 쭉 빠졌다. 이 얼마나 황당한 대화를 주고받았다는 말인가. 남자는 니토리처럼 불법 침입자였다. 니토리는 그림을 그렸고 남자는 술판을 벌였다. 게다가 쓰레기까지 방치하고.

"어쩐지 이상하더라. 술과 안주 선물이라니. 자네, 불법 침입에 낙서까지 하다니 얌전하게 생겨서 나쁜 짓을 잘도 하네."

 진심으로 기가 차다는 듯 비난하는 말에 니토리는 황당해서 입이 벌어졌다.

 "할아버지한테 그런 말 듣고 싶지 않은데요."

 "아니, 나는 살날이 얼마 안 남은 노인이고 자네는 앞날 창창한 젊은이잖아. 똑같이 나쁜 짓을 해도 소중한 가능성을 날려 버리는 사람이 더 나쁜 놈이라고, 나쁜 놈. 반성해."

 굴을 손으로 집어 먹으며 손가락 끝까지 빨아먹는 모습이 참으로 뻔뻔했다.

 이런 사람이 싫었다. 니토리가 주먹을 내면 상대는 보를 내는 타입, 아무리 싸워도 결코 이길 수 없는 부류였다.

 남자는 굴을 질겅질겅 씹으며 말했다.

 "자네의 나쁜 짓을 눈감아 줄 테니 말을 더 그려."

 "네?"

 "아까도 말했잖아. 자네는 말을 정말 잘 그려. 내가 경마를 아주 좋아하거든. 자네가 그린 말을 보면서 마시면 술맛이 절로 난다고. 그러니 더 그려주면 안 될까?"

 남자의 말을 들어보니 그는 니토리보다 훨씬 먼저 이 폐공장을 드나들었다. 일을 마치고 컵술을 마시며 집으로 걸어가는 것을 즐겼는데 그러다가 이 공장을 발견했다고 한다. 이후 가끔 들러 혼자만의 시간을 보냈는데 벽에 그림이 생기고부터는 그 그림을 바라보며 술을 마셨다고 한다.

"칭찬이야. 아티스트로서 좋은 거 아닌가?"

"그거야, 뭐."

석연치 않지만 확실히 기분이 좋기는 했다. 사람들이 니토리의 그림을 보고 좋아하는 모습을 보면 행복했기 때문에 일러스트레이터의 길을 선택했다. 리리코는 "니토리는 너무 고객의 입맛에 맞춰 그림을 그려"라고 비난했지만 그것이 대체 뭐가 문제라는 말인가.

"그치? 좋았어, 내가 당장 숙제를 내주지. 우선은 하이세이코, 미스터 시비, 오구리, 타마모 크로스……."

주문 같은 단어들이 줄줄이 등장했다. 어디서부터 어디가 한 단어인지도 알 수가 없어 니토리는 남자의 말을 끊듯 두 손을 들었다.

"잠시만요. 그거 다 말 이름이에요? 전 경마는 전혀 몰라요."

멋대로 이야기를 늘어놓으니 가만히 있을 수 없었다. 칭찬은 기뻤지만 지금의 자신에게 필요한 것은 그림으로 자유로운 기분을 만끽하는 것이었다. 생전 처음 만난 사람이 제시한 주제에 따라 그리다니 본말이 전도됐다.

"게다가 저는 지금 슬럼프에 빠져서 저를 위한 그림만 그리고 싶어요. 죄송하지만 그 요청은 받아들일 수 없네요."

니토리가 거절하자 남자는 아까 핥은 손가락으로 불만스럽게 턱을 문질렀다. 그러고는 눈을 가늘게 뜨며 모멸하는 눈빛으로 응시했다.

"요즘 젊은이들은 다 자기밖에 몰라. 괘씸하다니까."

그쪽이야말로, 라고 생각했지만 입 밖으로 내지 않았다. 자존심을 죽여서 상황을 넘길 수 있다면 그것으로 충분했다. 죄송하다는 말을 연신 내뱉으며 얼버무리고 상황을 살폈다.

술과 안주가 사라지자마자 남자는 니토리에게 흥미를 급격히 잃은 듯했다. 늘 그래 왔듯 쓰레기를 그대로 둔 채 폐공장을 떠났다.

홀로 남겨진 니토리는 크게 숨을 내쉬었다. 마음의 짐 같던 일을 간신히 처리했다. 게다가 남자는 공장 관계자도 아니었고 경찰에 신고하지도 않을 것 같았다. 일단 낙원은 지켰다.

그리고 다음 날, 그 생각이 희망 섞인 관측에 불과했다는 사실을 깨달았다.

슈퍼마켓에서 퇴근한 뒤 폐공장에 가보니 바닥에 빈 컵술병과 말린 소시지 봉투가 어지럽게 널려 있었다. 어젯밤에 남기고 간 쓰레기는 니토리가 치웠기 때문에 이 쓰레기는 오늘도 그 남자가 다녀갔다는 증거였다.

쓰레기 속에 경마 신문이 있었는데 말 한 마리의 이름에 빨간 펜으로 동그라미가 쳐져 있었다. 서스테이너블 소울. 옆에 조잡한 글씨가 달려 있었다.

―청년에게. 지금 가장 슬픔에 잠긴 말이야.

남자가 니토리에게 보내는 메시지가 분명했다.

어리숙한 자신에게 실망했다. 두 번 다시 엮이지 않겠다고 다짐했지만 남자와 불가침 조약을 맺은 것도 아니었다. 그리고 그는 상대가 거부한다고 자신의 요구를 철회할 상식적인 사람이 아니었다. 그 사실은 어젯밤 나눈 대화로도 충분히 깨달았으면서.

이곳에서 계속 작업한다면 그 사람을 피할 수 없다. 상대가 포기하고 먼저 떠나기 전까지는.

그리고 얼마 지나지 않아 슈퍼마켓 근무 시간이 변경되어 매일 저녁 8시 30분쯤 폐공장에 가게 됐다. 기꺼운 변화였지만 남자와 마주칠 확률도 그만큼 높아졌다.

니토리는 서로 간섭하지 않았으면 했지만 상대는 아니었다. 그림 그리는 손을 뒤에서 훔쳐보거나 완성한 작품을 놓고 이러쿵저러쿵 비평하거나 물감 냄새 때문에 술맛 떨어진다고 구시렁댔다. 급기야 작품에 멋대로 이름을 붙이기 시작했다 처음 그린 말은 후하이노테이오, 공작은 트리찬, 곰은 안토니오 구마다……. 규칙은 없는 듯했다.

제발 그만했으면 좋겠다고 생각했지만 말하지는 않았다. 요구나 주장은 잘 못하는 성격이었고 설령 말한다고 해도 소용없다는 사실을 이미 알았기 때문이었다. 역시 니토리가 주먹이라면 남자는 보, 멈추지 않는 수다와 무논리라는 이름의 개똥철학을 가만히 듣고 있을 뿐 이길 방법이 없다고 생각했다.

다만 그가 들려주는 경주마 에피소드가 조금은 재미있어서 마음에 들었다.

1차 경마 붐을 일으킨 괴물 하이세이코. 1970년대, 고도 경제 성장의 여파로 지친 일본인들은 지방 경마 출신의 거친 말이 중앙 경마의 엘리트 말들을 뛰어넘는 모습을 보고 열광했다. 젊은 시절의 남자도 그중 한 사람이었는데 은퇴 레이스인 아리마 기념* 때는 저도 모르게 눈물을 흘렸다고 했다.

　"당시 나는 여자와 헤어지고 도쿄로 돌아온 지 얼마 안 됐을 때였거든. 사치에라고, 나보다 나이 많은 가수이자 배우였어. 내가 아르바이트하던 찻집 손님이었지. 순진한 고등학생이었던 나는 어른 여자의 성적 매력에 정신을 못 차리고 완전히 빠져든 거야."

　그는 사치에가 출연했다는 영화 제목을 읊었다. 전부 배역 이름조차 없는 엑스트라에 가까웠지만 당시 그에게 사치에는 여신이었다.

　"사치에가 도호쿠 지방에 활동하러 간다고 해서 학교를 그만두고 따라갔어. 여자한테 빌붙은 남자였지. 사치에의 일상생활을 살피고 공연을 도우면서 이곳저곳 떠돌았어. 지금은 사라진 지방 놀이공원이나 기누가와의 대형 호텔이나 후쿠시마의 하와이안 센터 같은 데도 갔지."

　거기서 말을 끊고는 마음이 쓰라린 듯 코밑을 문질렀다.

---

* 일본중앙경마회가 실시하는 G1급 경주.

"사치에는 다른 남자와 도망쳤어. 참 무정한 여자야. 그런 내게 힘이 되어준 건 하이세이코였어."

그가 사랑한 말의 이야기는 그의 삶과 얽혀 있었다. 이름도 모르는 남자의 과거를 점점 자세히 알게 되는 것은 매우 이상한 기분이었다. 말의 이름은 줄줄이 말하면서 정작 본인의 이름은 말하지 않았다. 니토리의 이름도 묻지 않았다.

알고 싶지는 않았지만 궁금해서 자신이 먼저 물었다.

"그런데 할아버지 성함이 어떻게 되세요?"

남자는 허를 찔린 듯 니토리를 바라봤다.

"나? ……이름 없는 사람이야."

"무명이세요? 딱히 밝히기 싫으시다면 안 여쭐게요. 저는……."

"아이고, 말 안 해도 돼."

요란하게 손사례를 치더니 남자는 지금까지 보이던 쾌활한 분위기와 달리 씁쓸한 표정을 지었다. 서로의 이름을 몰랐던 이유는 단순히 소개할 기회가 없어서가 아니라 남자가 의도적으로 피했기 때문이었다. 이유는 모르지만.

남자는 말 없이 폐공장을 빠져나간 뒤 한동안 모습을 보이지 않았다.

원하던 전개였지만 가슴이 술렁였다. 그리는 사람의 마음은 그림에 고스란히 담기기 때문에 코끼리의 코가 엉망이 됐다. 붓을 움직이는 손도 점점 둔해졌다.

그래서 남자가 다시 찾아왔을 때는 저도 모르게 안심했다. 그는 평소와 다름없이 코끼리에게 긴 코 루시라는 이름을 붙인 다음 "빌릴게"라며 니토리의 지갑에서 멋대로 천 엔 지폐를 빼갔다.

남자와의 교류는 서로 이름을 밝히지 않은 채 반년 넘게 이어졌다. 이제 폐공장 벽의 사 분의 삼이 메워졌고 처음 그린 작품은 물감이 벗겨지기 시작했다. 캔버스를 바닥으로 확장하는 것까지 염두에 둔 터라 니토리는 조금 전부터 떠올린 생각을 꺼내놨다.
"말을 한 마리 더 그리려고요. 뭐가 좋으세요?"
남자와 니토리를 이어준 말. 이름은 후하이노테이오였지. 기념할 만한 1호 작품이었지만 콘크리트 벽에 그림을 그리는 것이 익숙하지 않던 시절이었던 데다 아무런 계획 없이 기분에 따라 붓을 움직인 그림이기에 완성도는 만족스럽지 않았다. 그래서 언젠가 다시 도전하고 싶었다. 이왕 그리는 그림, 남자가 원하는 경주마를 그리고 싶었다.
좋아할 줄 알았는데 남자의 반응은 뜨뜻미지근했다.
"갑자기 그런 소리를 하니 난감하네."
"처음 만나자마자 이름을 줄줄이 말하실 때는 언제고?"
"그거랑 이거랑은 이야기가 다르지. 야단났네."
남자는 마시다 만 캔맥주를 바닥에 놓고 목덜미를 벅벅 긁었다. 잰 체하는 모습이 아니라 진심으로 곤란해하는 듯했다.

 원하지도 않는 선물을 의기양양하게 떠넘겼을 때 느끼는 민망함은 이루 말할 수 없었다. 황급히 취소하려고 할 때 남자가 니토리를 봤다.

 "현실에 존재하는 말 말고 자네가 생각하는 최고의 말을 그려줘."

 "그게 뭔가요, 최고의 말이라니."

 "최고가 최고지 뭐. 자네, 동물 많이 그리잖아. 가장 멋있거나 귀엽다고 생각하는 동물을 그리는 거지?"

 "그건 아니에요. 그냥 마음 가는 대로 그리고 싶은 걸 그릴 뿐이에요."

 "그럼 됐어. 아니, 그게 좋겠다. 그게 자네에게 최고란 뜻이잖아."

 남자는 결정했다는 듯 니토리를 향해 캔맥주를 들어 올리더니 벌컥벌컥 마셨다. 처음 만났을 때는 사케만 마셨지만 날이 더워지자 주로 맥주를 마셨다. 술을 거르는 날은 하루도 없다고 했다.

 니토리도 페트병에 담긴 콜라를 마시고 이마에 맺힌 땀을 닦았다. 얼떨결에 떠밀린 느낌이었다. 최고의 말을 그리라니. 최고의 정의가 모호한 만큼 몹시 어려운 주제였다.

 그 후 니토리의 머릿속에는 틈만 나면 상상의 말이 뛰어다녔다. 강철 같은 근육을 가진 서러브레드. 색깔은 밤색, 회색,

황갈색 중 어떤 색이 좋을까. 상상 속 경주마가 갈기를 휘날리며 경주장을 질주했다. 역시 밤색이 좋은 것 같다. 단단하게 올라붙은 커다란 엉덩이와 유연하고 가느다란 다리. 영리해 보이는 검은 눈. 이마에 기다란 흰 무늬를 그리자.

수많은 말들의 동영상을 봤다. 경주마뿐 아니라 목장의 말들을 방송하는 일상 풍경도. 그러던 어느 날 인터넷에서 흥미로운 말을 발견했다. 킨쳄이라는 서러브레드 암말이었다. 킨쳄의 가장 친한 친구는 고양이였는데 각지를 돌아다닐 때도 언제나 그 고양이와 함께였다고 한다.

생각해 보면 니토리를 폐공장으로 이끈 것은 고양이 울음소리였다. 한 번도 본 적 없고 2월의 그날 밤 이후 울음소리조차 듣지 못했지만 그 고양이가 없었다면 니토리가 벽에 그림을 그리지도, 남자와 마주치지도 않았을 것이다.

말 등에는 고양이를 태우기로 마음먹었다. 달리는 모습이 아니라 초목 속에서 평화롭게 서 있는 모습이 좋겠다. 풀을 뜯는 말의 등에서 고양이가 졸고 있는 그림. 나뭇잎 사이로 비치는 볕뉘가 말 한 마리와 고양이 한 마리를 따뜻하게 감싼다.

니토리는 순식간에 아이디어를 완성했고 곧바로 작업에 들어갔다. 그림을 그리는 동안 남자는 나타나지 않았다.

그가 다시 찾아온 것은 그림을 완성한 지 며칠 지난 뒤였다. 볼이 움푹 들어가고 안색이 나빠 보여서 니토리는 가슴이 철렁했다. 건강이 나쁜 것인가 걱정했는데 옷을 얇게 입고 다녔더니 감기에 걸려 한동안 몸져누워 있었다고 했다.

새로 태어난 말을 발견한 남자의 눈에 힘이 들어왔다.

니토리의 눈에는 밤색 털을 가진, 이마에 기다란 흰 무늬가 있는 말이 풀을 뜯다 말고 남자를 향해 고개를 돌리는 모습으로 보였다. 등에 올라탄 절친한 고양이가 긴 꼬리를 기분 좋게 흔들며 크게 하품했다.

"어떠세요?"

남자는 아무 말도 하지 않았다. 초조한 마음에 감상을 묻다니, 니토리로서는 드문 일이었다. 남자가 정신을 차린 듯 눈을 깜빡였다.

"어떠냐고……? 왜 고양이를 그렸어?"

"그걸 물으실 줄은 몰랐는데."

우선 말을 칭찬해 주길 바랐는데.

킨쳄의 일화와 폐공장에서 들었던 고양이 울음소리를 이야기하자 남자는 벽 속의 말에게서 눈을 떼고 니토리의 얼굴을 물끄러미 바라봤다. 그리고 진지하게 중얼거렸다.

"신기한 일이라는 게 진짜로 있구나."

"무슨 뜻이에요?"

남자는 그저 말없이 고개를 저었다. 이번에도. 이름을 물었을 때와 같았다. 평소에는 그렇게나 수다스러운 사람이 니토리가 궁금한 것을 물으면 입을 꾹 다물었다. 니토리도 집요하게 파고들 정도로 적극적인 성격은 아니었다.

끝은 갑자기 찾아왔다.

"저기요."

평소처럼 폐공장 부지 앞에 자전거를 세우고 바구니에 실은 화구가 든 봉투를 들어 올리려고 했을 때 건설 노동자 같은 중년 남성이 불만 가득한 얼굴로 팔짱을 끼고 말을 걸었다.

"우리 공장에 무슨 일입니까?"

우리. 그렇다면 공장의 소유주라는 말이다.

"설마 낙서한 사람?"

"죄송합니다!"

몸이 굳어버린 니토리는 곧바로 사과하고 또 사과했다. 경찰에 끌려가도 어쩔 수 없다고 각오했지만 공장 주인은 그 자리에서 경고만 하고 선처해줬다. 곧 철거될 건물이라며 너그럽게 용서한 것이다. 이 공장은 십 년도 더 전에 폐업해서 계속 철거 시기만 기다렸는데 선대 사장이 허락하지 않아서 오랫동안 방치됐다고 했다. 그 선대 사장이 지난달에 세상을 떠나면서 마침내 철거하게 되었고 젊은이와 가족들이 모일 수 있는 화덕피자 레스토랑으로 만든다고 했다.

폐공장이 레스토랑이 되다니 소유주뿐 아니라 지역에도 긍정적인 소식이었다. 그러나 니토리에게는 큰 문제였다. 그림이 움직여 보이는 증상은 여전했고 일러스트레이터로 복귀할 수 있는 기미도 보이지 않았다. 그래도 이곳에서는 마음대로 그릴 수 있어서 꿈을 포기하지 않고 버틸 수 있었는데.

소유주가 떠난 뒤 캔맥주를 들고 교대하듯 나타난 남자는 그 소식을 듣고 안색이 바뀌었다. 그 소식을 전한 니토리의 안색도 비슷했다.

"미안, 내 탓이야."

고개를 떨군 니토리는 그 말에 머리를 들었다. 무슨 의미인지 알 수 없지만 남자는 어느 때보다 진지한 얼굴이었다.

"나는 다른 사람을 불행하게 만드는 체질이야. 그래서 자네도 불행해진 거야."

"그게 무슨……."

"믿지 못하는 얼굴이네. 하지만 사실이야. 전에 사치에 이야기를 해줬잖아. 그 여자는 나와 헤어지자마자 남자에게 버림받아 목을 맸어. 아버지와 어머니도 교통사고로 일찍 돌아가셨고. 누나도 나쁜 남자에게 속아 결국 노인네가 될 때까지 홀로 살고 있지. 나를 다정하게 챙겨준 사람은 모두 불행해졌어. 그래서 나는 지금도 직장에서 누군가와 친하게 지내지 않아. 아침부터 저녁까지 말 한마디 없이 일하고 퇴근하지. 지금까지 쭈욱 그렇게 지냈어."

당황한 니토리에게 남자는 쓸쓸히 웃어 보였다.

"내가 이름을 알려주지 않은 이유도, 자네 이름을 묻지 않은 이유도 그 때문이야. 이름을 알면 정들잖아."

"그럴 수가……."

말도 안 된다고 생각했지만 제대로 말로 표현할 수 없었다.

남자는 니토리가 그린 최고의 말로 눈길을 돌렸다. 고양이를 함께 그린 것을 몹시 신기해했다.

"저걸 보고 깜짝 놀랐어. 나 말이야, 자네가 여기 드나들기 전에 이곳에 살던 고양이한테 밥을 줬거든. 검은색과 흰색 얼룩무늬가 있는. 애교 있는 소리로 울더라고. 귀여웠지. 미케코*라는 이름을 지어줬어. 줄무늬가 아니라 얼룩무늬인데. 그 아이를 보고 싶어서 여기 들르게 된 거야."

"그러면……."

니토리가 들은 소리는 그 고양이의 울음소리였을까. 남자는 고개를 저었다.

"차에 치인 모양이더라고. 길고양이였으니까. 내가 거둬 키웠다면 좋았을 텐데, 내 주제에 무슨 동물을 돌보겠어. 어설프게 예뻐한 결과 녀석을 불행하게 만들었어. 그때 자네가 등장한 거야. 게다가 고양이가 불렀다니, 공교로운 이야기지."

"고양이가 죽은 건 할아버지 잘못이 아니에요. 다른 사람들의 불행도요."

"착하기도 하지. 하지만 역시 내 탓이야."

남자는 벽 한 면에 완성된 그림을 바라봤다.

"진짜 살아 있는 동물이 아니라고 내 감성에 취해 여기 그

---

* 삼색 털을 일본어로 미케(三毛)라고 발음하기 때문에 보통 삼색 털 고양이에게 미케고리는 이름을 지어준다.

린 녀석들에게 이름을 지어 줬잖아. 녀석들도 결국 나 때문에 죽을 거야."

"그렇지 않다고요."

거듭 반박했지만 그 말이 와닿지 않음을 짐작할 수 있었다.

남자는 이 나이 먹도록 사람들을 멀리하며 살았다. 당연히 외로웠겠지. 수많은 슬픈 일이 그런 삶을 선택할 수밖에 없도록 만들었으리라.

기름 같은 것이 묻은 남자의 손이 최고의 말을 쓰다듬었다. 말 등에서 잠들었던 고양이가 살포시 뛰어내려 남자의 다리에 엉겨 붙었다.

"냐옹."

"너도 미케코처럼 귀엽구나."

발밑의 고양이를 내려다보는 남자의 눈빛에 따스한 온기가 서렸다.

너무나 자연스러운 광경이어서 니토리는 잠시 위화감을 눈치채지 못했다. 그러나 깨달은 순간 충격으로 숨이 멎을 뻔했다.

"방금 뭐예요?"

남자가 어리둥절한 표정을 지었다.

"뭐냐니, 뭐가?"

"마치……, 마치 고양이가 발밑에 있는 것처럼 말씀하셨잖아요."

"아아, 그래. 말 등에서 폴짝 뛰어내리더라고."

"보이세요?"

다급하고 거세게 묻는 니토리와 달리 남자는 아무렇지 않게 대답했다.

"옛날부터 그랬어. 좋은 그림은 움직여 보이더라고. 역시 자네는 아티스트야, 대단해."

말문이 막혔다. 부들부들 떨리는 몸속에 뜨거운 덩어리가 자리 잡았다.

"……예전부터 고민이 많았어요."

"응?"

"제가 그린 그림이 움직였거든요. 그것 때문에 그림을 못 그리게 됐어요."

의사 외에 다른 사람에게는 말한 적 없다. 동종 업계 종사자에게도 친구에게도 말할 수 없었다. 줄곧 혼자서 끌어안고 끙끙대던 괴로운 마음을 처음으로 타인에게 털어놓았다.

남자의 반응은 맥이 빠질 정도로 성의 없었다.

"흐응. 이해는 안 가지만 괴로웠나 보구나. 그런데 그게 왜 괴롭지?"

"어……, 그게 왜냐하면, 당황해서 그림을 제대로 그릴 수 없거든요."

"여기 그린 그림들은 잘 그렸잖아."

남자가 양팔을 펼쳐 벽화를 가리키자 그 동작에 맞춰 동물과 식물들이 몸을 내밀었다.

"이 그림들은 특별해요. 의뢰받아 그린 것도 아니고 정해진 틀 안에서 그린 것도 아니거든요."

"의뢰를 받고 그리거나 틀이 정해진 곳에 그릴 때만 그림이 움직이는 게 괴로운가?"

"원하는 그림을 마음껏 그릴 수 없으니까요……."

"그렇구나. 아티스트는 원래 남들과 다른 게 당연하다고 생각했거든. 그런데 그런 게 힘들구나."

편견에 찬 말을 던지고는 다시 벽화를 둘러봤다.

"나는 남을 불행하게 만드는 건 괴로운데 그림이 움직여 보이는 건 설레거든. 사람마다 다르네."

"아……."

그렇게 생각해 본 적은 없었다.

"사치에게 버림받은 뒤에 처음으로 그림이 움직여 보였어. 도쿄로 돌아와서 우에노역의 영화관 앞에 있던 벤치에 앉아 간판을 올려다보다가 그 여자가 험프리 보가트를 좋아했지, 하고 멍하니 생각에 잠겼거든. 그런데 간판에 그려져 있던 여배우가 윙크를 하더라고. 나 같은 사람도 위로해 준다는 생각에 기뻤어."

서툴게 윙크해 보이는 남자의 옆모습을 뚫어지게 바라봤다. 눈꼬리와 입가에 깊은 주름이 새겨진 얼굴이었다.

"……그렇군요, 사람마다 다르네요."

깨달음을 얻으니 저도 모르게 대답이 나왔다. 어렵게 털어놓은 고민에 시큰둥한 반응이 돌아왔지만 이상하게도 기분이 나쁘지 않았다.

그런데 그 증상의 계기는 실연인가. 생각해 보면 니토리도 리리코와 헤어진 직후 증상이 나타난 것 같았다.

설마 하면서도 전철에서 나눈 대화를 떠올렸다. 전철 광고에 니토리의 일러스트가 담겨 있는 것을 리리코가 발견했다. 사실은 니토리가 먼저 발견했지만 굳이 말하지 않았다. 그 점이 오히려 리리코의 심기를 건드렸는지도 모른다. 모두에게 사랑받는 니토리의 일러스트를 리리코는 '도전정신이 부족하다'라고 평했다. 늘 있는 일이었다. 일감이 늘지 않고 평가도 저조한 리리코는 그 어떤 것도 칭찬할 여유가 없었다. 같은 일을 하는 사람으로서 그 초조함은 이해했지만 니토리의 인내심도 한계에 다다랐다.

"좋은 평가를 받지 못해 불만이면서도 네 스타일을 고집하며 바꾸지 않는 게 더 도전정신이 없는 거 아니야?"

그 말이 도화선이었다. 리리코는 다음 역에서 내렸고 팔 년을 이어온 관계는 끝났다. 니토리가 끝냈다.

니토리가 그 일화를 털어놓자 남자는 "바로 그거야, 분명해!"라고 단언했다.

"오랜 사랑을 잃은 결과 세상을 보는 눈이 달라진 거야. 정말 예술가의 삶이잖아."

"어떻게 포장하든 결국 실연 때문에 마음의 상처를 얻었다는 말이잖아요. 참."

리리코에게 말하면 싸늘하게 코웃음 칠 이야기였다.

"뭐든 부정적으로 생각하지 마. 내 말 들어 봐. 우리는 그림이 움직여 보이지만 이 넓은 세상에는 유령을 보는 사람도 있다고."

"그래요?"

"아, 내가 아는 사람 중에는 없지만. 예시야, 예시. 그러니까 마음먹기에 따라 세상은 얼마든지 달라 보인다는 말이야."

이 나이까지 외롭게 살 것을 스스로에게 강요한 남자가 마음먹기에 달렸다는 말을 하니 설득력이 전혀 없었다. 정말 모순된 사람이었다. 그런데도 왠지 믿고 싶어지는 이유는 연륜의 힘 때문일지도 모른다.

"앞으로 보름만 있으면 완성될 거예요, 이 벽화."

철거 공사가 시작되기 전 보름 동안은 마음껏 그려도 좋다고 소유주가 너그럽게 허락했다.

"어?"

"결국 마음먹기에 달린 거잖아요. 철거는 아쉽지만 기한이 정해졌다고 생각하고 최선을 다하려고요."

벽을 전부 작품으로 메운다. 그것으로 끝낼 것이다. 앞으로의 일은 그 후에 생각하자.

그것도 괜찮겠네, 라며 남자는 고개를 끄덕였다.

니토리는 다음 날 바로 막바지 작업에 들어갔다. 화구를 더 구매해서 모든 열정을 벽화에 쏟아부었다.

짬짬이 시간을 내 폐공장을 드나든 니토리와 달리 남자는 그날 이후 모습을 드러내지 않았다. 남자의 안부가 궁금했지만 작품을 그리는 데만 집중하려고 애썼다. 완성품을 봐주기만 한다면 그것으로 족했다.

폐공장 철거를 이틀 앞두고 드디어 작품을 완성했다. 회색이었던 벽은 다양한 색으로 물든 낙원으로 거듭났다. 후하이 노테이오, 트리찬, 안토니오 구마다, 긴 코 루시, 사이킥 반초, 퐁포코폴, 후라미, 낙타 로렌스, 모비딕 선장, 굴 튀김 3세. 개성 넘치는 이름을 가진 다양한 동물들. 그들이 사는 환경도 여름 초원, 가을 호수, 겨울 바다, 봄 산 등 다양했다.

그리고 싶은 것은 다 그렸다. 완성도도 높았다. 그러나 니토리는 불만스러웠다. 남자가 오지 않았기 때문이다. 다음 날도, 그다음 날도. 그와 둘이서 그린 것이나 다름없는 작품인데. 남자에게 보여줘야 완성했다고 할 수 있는데.

마침내 폐공장 철거일이 다가왔고 중장비의 단단한 이빨이 벽을 부수는 그 순간까지 기다렸으나 그는 끝내 나타나지 않았다.

공장 소유주와 철거업자는 니토리가 완성한 그림을 보고 감동해 휴대폰 카메라로 찍어갔다. 기쁜 일이었다. 하지만 니토리가 가장 보여주고 싶었던 사람은 그 이름도 모르는 남자였다. 이름을 알면 정이 든다고 했지만 그 말은 틀렸다고 지금은 단언할 수 있다. 이름 같은 것은 상관없다.

니토리는 철거 작업을 마지막까지 지켜봤다. 벽의 생물들은 비명을 지르지도 않고 평소처럼 활기찬 모습 그대로 세상에서 사라졌다.

그리고 그때부터 니토리의 그림은 움직이지 않았다. 남자의 말을 빌리자면 세상을 보는 방식이 다시 바뀐 것이다.

니토리는 일러스트레이터 활동을 재개했다. 감사하게도 많은 사람이 기다려줬고 일감도 휴업하기 전 수준으로 회복됐다.

그리고 일 년이 지났을 무렵, 뜻하지 않은 형태로 남자와 재회했다.

지하철 S선 무차별 칼부림 사건.

그 사건으로 승객이 한 명 사망했다. 남자 이름은 무카이 마사미치. 텔레비전 화면에 등장한 그 얼굴은 니토리가 잘 아는 사람이었다.

언론은 무카이를 영웅이라고 불렀다. 그는 가장 먼저 범인과 맞섰고 그의 희생으로 임산부가 목숨을 건졌다고 했다.

슬프지는 않았다. 언론이 보도하는 영웅이 니토리의 기억 속에 남아 있는 남자와 일치하지 않는 탓에 현실감이 전혀 없었다. 폐공장에 멋대로 들어가 술을 마시고 쓰레기를 버리고 돌아가는 그런 남자였다. 일방적으로 떠들어대며 자기중심적인 핑계를 늘어놓는 남자였다. 잘 모르는 타인의 지갑에서 천 엔짜리 지폐를 빼가는 남자였다. 그러고 보니 그 천 엔은 돌려받지 못했다.

무카이 마사미치는 평소에 지하철을 이용하지 않았는데 그날은 왜 탔는지 이유는 밝혀지지 않은 듯했다. 트렌치코트 차림이었다고 하는데 늘 지저분한 작업복을 입었던 남자의 모습에서 트렌치코트를 입은 모습도 상상이 가지 않았다.

그 무렵 개인전 이야기가 나왔다. 니토리는 고민 끝에 '문'이라는 작품을 전시회의 메인 작품으로 정했다.

닫힌 문. 아이디어의 근원은 경마 게이트였다. 최고의 말을 그리려고 수많은 레이스 영상을 보다 보니 아무런 신호도 없이 게이트가 열리면서 갑자기 레이스가 시작되는 모습이 인상적이었다. 그 폐공장의 문에서도 영감을 얻었다.

갤러리에 전시된 '문'을 올려다보며 '움직여'라고 간절히 빌었다. 문이 열리고 그 남자가 나타나는 광경을 기대했지만 아무 일도 일어나지 않았다. 그림은 이제 움직이지 않는다. 변화를 기대한다면 그 이미지를 스스로 그릴 수밖에 없다.

연이어 그룹 전시회 제안이 들어와서 '문'의 시리즈 작품을 발표했다. '문 act 2'라는 제목을 단 그 그림은 전작에서 닫혀 있던 문을 살짝 열었다. 문 너머 세상은 색을 입히지 않고 캔버스 그대로 남겨 뒀다.

이 작품은 호평을 받았다. 같은 전시회에서 작품을 발표한 리리코도 "멋진 그림이네"라고 칭찬했다. 헤어진 뒤 처음으로 말을 주고받은 리리코의 코에는 피어싱이 하나 더 늘어 있었다.

남자의 죽음을 실감하지 못한 채 시간은 계속해서 흘렀다.

지하철 칼부림 사건이 일어난 지 삼 년이 지났을 때 책 한 권이 세상에 나왔다. 저자는 언론인인 우에하라 이타루. 니토리가 그 책을 고른 이유는 사건 자체가 아니라 사건 이후의 이야기를 다룬 내용이었기 때문이다.

계산대에 가지고 갈 때까지는 역시 읽지 말까 하고 망설였다. 그의 죽음에 대해서는 사건 당시 보도된 내용만 알 뿐 그 이상으로 찾아보려고 생각하지 않았다. 그의 죽음을 실감하지 못했을 뿐 아니라 그것에 대해 자세히 알게 되는 것이 두려웠기 때문이었다. 그런데 왜 이제 와서?

하지만 결국 우에하라의 책을 샀다. 혼자 있는 공간에서 읽자니 왠지 마음이 무거워서 한낮의 카페에서 읽었다. 사건 상황이 상세하게 기록되어 있었지만 자극적이지 않고 담담한 문체로 풀어가서 좋았다.

우에하라는 사건 하나가 인터넷과 SNS를 통해 많은 사람에게 미칠 수 있는 영향에 대해 논했다. 현장에서 도망친 남성이 비난을 받아 PTSD에 시달린 사례, 무카이의 도움을 받은 임산부의 죄책감, 무카이에게 "죽어"라고 말한 여고생의 후회 등, 사건 현장에 있던 사람들이 겪은 정신적 고통을 서술했다. 심지어 사건 영상을 본 뒤 대중교통을 탈 수 없게 되는 등 2차 피해를 입은 사람도 많았다고 한다. 저자가 파악하지 못한 사례가 더 있을 것이라고 우에하라는 서술했다.

사건에 대한 이해는 깊어졌지만 사회적인 대형 사건의 중심에 그 남자가 존재했다는 사실은 여전히 받아들이기 힘들었다.

"나는 다른 사람을 불행하게 만드는 체질이야."

그가 공장에서 한 말이 되살아나서 머리를 흔들었다. 말도 안 돼. 이렇게 많은 사람이 영향을 받다니 전염병 수준이잖아. 그는 그렇게 대단한 존재가 아니었다. 게다가 정말 그런 힘이 있는 사람이었다면 니토리는 불행해졌을 것이다. 짧지 않은 시간을 함께 보냈다. 그런데도 일은 순조로웠고 화집 제작까지 진행되고 있었다.

"어쩌면 무카이 씨는 한 번쯤 남을 행복하게 만들고 싶었는지도 모르겠어요. 그게 임산부를 보호한 동기였을 겁니다."

니토리의 이야기를 들은 우에하라가 말했다.

자신이 아는 무카이를 이야기하고 싶어서 출판사를 통해 우에하라에게 연락했다. 우에하라의 옆에는 노에 히비키라는 젊은 여성이 앉아 있었다. 그의 사무실에서 아르바이트하는 학생이었는데 고등학생 때 무카이에게 죽으라는 말을 퍼부었다고 했다. 하지만 그런 말을 했다고는 생각할 수 없을 정도로 지적인 인상이었다.

니토리와 무카이의 대화를 듣던 노에가 슬픈 미소를 지었다.

"무카이 씨는 다정한 분이셨군요."

"그런, 가요?"

"말씀하신 이야기를 들으니 그렇다는 생각이 들어요. 완성된 작품을 보러 오지 않은 이유도 배려심 있는 분이셨기 때문 아닐까 싶습니다."

보여주지 못한 채 가루가 되어 버린 작품. 그때 느낀 쓰라린 마음이 되살아났다.

"무카이 씨는 본인이 남을 불행하게 만드는 체질이라고 믿었죠. 그래서 니토리 씨의 중요한 작업에 관여하면 안 된다고 생각했을지 모릅니다. 그런 관점으로 생각할 수도 있죠."

자신 때문에 길고양이가 죽었다고 말하던 목소리가 떠올랐다. 자신이 이름을 지어주는 바람에 동물들이 죽었다고 한탄하는 목소리도 있었고 그림에서 튀어나온 고양이를 바라보던 부드러운 눈빛도.

"……바보 같네요."

우에하라가 내민 휴지를 받아 코를 눌렀다.

그 사람이 죽었구나, 비로소 실감했다.

갈 곳을 찾지 못했던 감정이 마침내 제자리를 찾은 것 같았다. 상실감과 슬픔이 가슴을 가득 채웠다.

　우에하라의 사무실을 떠나면서 진심으로 감사 인사를 건넸다. 노에는 "저야말로 감사합니다"라며 머리를 숙였다.

　"무카이 씨의 새로운 면을 알게 돼서 진심으로 기뻐요."

　과연, 언론인답게 균형 잡힌 시각이었다. 무카이의 내면에 자신을 방패 삼아 사람을 구하는 영웅적인 면이 없었다고 단언할 수는 없다. 니토리가 아는 그의 모습도 그저 한 면에 불과하다.

　그런데 노에가 뜻밖의 말을 했다.

　"고등학생 때 니토리 씨가 참가한 그룹 전시회를 보러 갔어요. '문 act 2'라는 그림이 정말 좋았습니다. 그 그림을 보고 저도 문을 열자고 다짐했죠."

　니토리는 눈을 깜빡였다.

　"……감사합니다."

　무카이가 한 말은 대부분 허튼소리 같았지만 적어도 한 가지는 맞았다.

　정말로 세상은 마음먹기에 달렸다.

　그날 밤 우에하라가 보낸 메일을 받았다. 니토리가 지하철 칼부림 사건 때 전철 안에서 승객이 촬영한 동영상을 보내달라고 부탁했기 때문이다. 사건 직후에는 각종 동영상 사이트에 올라왔지만 현재는 볼 수 없다. 줄곧 볼 엄두가 안 났는데 이제야 마음의 준비가 됐다.

심호흡하고 마음을 가라앉힌 뒤 태블릿 화면의 아이콘을 탭했다. 지하철 굉음과 함께 영상이 시작됐다. 본래는 사건과 무관하게 촬영한 영상이라 전철 내부 풍경은 일상 그 자체였다.

촬영자의 정면에서 남성이 경마 신문을 보고 있었다.

—이키리오조, 고미야 경마대회 참가 포기

—서스테이너블 소울 은퇴

무카이인 줄 알고 가슴이 철렁했지만 아니었다.

숨을 고르기도 잠시, 갑자기 화면이 격렬하게 흔들렸다. 여기저기 난무하는 비명. 도망치는 사람들. 흔들리는 화면 속에서 청년이 칼을 휘두르고 있었다.

그 옆에 찍힌 인물을 보자마자 가슴이 턱 막혔다. 어울리지 않는 트렌치코트를 입고 굳은 표정으로 범인을 바라보는 노인. 틀림없이 그 사람이었다.

앞으로 무슨 일이 일어날지 안다. 그래도 마음속으로 빌었다. 제발 도망가. 맞서지 마. 영웅이라니, 당신과 어울리지 않아요. 불행한 사건이 일어난 것은 당신 탓이 아니야.

그가 자리에서 일어선 순간 저도 모르게 눈을 질끈 감았다. 악문 이들 사이로 오열이 새어 나와 울음을 그치는 데 시간이 걸렸다.

그리고 잠시, 니토리는 우에하라에게 메일을 보냈다.

'S선을 함께 타 주시지 않겠습니까'라고 부탁했다. 몇 차례 문장을 고쳐 썼지만 결국 간결하게 적었다. 생각해 보면 도쿄에 오래 살았지만 S선을 이용한 적은 없다. 무카이의 죽음을 안 뒤에도 한 번도.

곧바로 답장이 왔는데 우에하라는 취재를 하러 도쿄를 떠난 상태라 그 대신 노에가 함께 가겠다는 내용이었다. 며칠 후 S선의 시발역에서 그녀를 만났다.

노에의 얼굴을 보고서야 우에하라의 책을 읽고 안 사실이 떠올랐다. 노에는 PTSD로 전철을 탈 수 없다고 했다. 괜찮냐고 물었더니 이제는 과거의 일이라고 서늘한 얼굴로 대답했다.

평일 낮이라 플랫폼에 있는 사람은 셀 수 있을 정도로 적었다. 히노하라행 보통 열차, 다섯 번째 칸에 탑승해 무카이가 앉았던 자리에서 잠시 눈을 감고 나서 문 바로 옆자리에 앉았다. 노에도 옆에 앉았다.

문이 닫히고 전철이 출발했다. 흘긋 본 노에의 옆모습에 긴장한 기색은 느껴지지 않았다. 정말로 극복한 듯했다. 가슴을 쓸어내렸을 때 노에가 말했다.

"두려운 마음 자체는 없어지지 않아요."

그녀의 시선은 니토리가 아니라 정면을 향했다.

"전철을 탈 수 있게 됐지만 그날 같은 사건을 맞닥뜨릴 수 있다는 생각이 들어서요. 편하게 휴대폰을 보거나 책을 읽을 수 없습니다."

멀리 있는 좌석에 부모와 자식이 함께 있는 모습이 보였다. 아버지와 어린 두 딸. 아버지는 검색할 것이 있는지 휴대폰 화면을 주시했다. 지금 이 순간 칼을 휘두르는 남자가 나타나도 금방 눈치채지 못 하리라. 그것이 일상이니까.

"저는 사건 현장에 있지는 않았습니다. 그래도 사건을 상상하면 무섭다는 생각이 들어요. 같은 일이 발생했을 때 다른 사람을 위해 행동할 수 있을지 자신이 없어요. 무카이 씨는 정말 용감했다고 생각합니다."

니토리는 좌석 등받이에 몸을 기대고 숨을 깊게 들이마셨다. 그리고 다시 그날 무카이가 앉았던 좌석으로 시선을 돌렸다.

"무카이 씨가 어느 역에서 타고 어느 역에서 내릴 예정이었는지는 모릅니다."

"네."

노에가 말하길 우에하라가 무카이의 누나에게 취재를 요청했을 때는 이미 유품을 정리한 상황이었기 때문에 당일 그가 사용한 교통카드도 없었다.

"어울리지 않는 트렌치코트를 입고 어디를 가고 있었을까요?"

경찰 수사로 당일 범인의 행적은 매우 세세하게 드러났다. 청년이 왜 그런 흉악한 범죄를 저질렀는지도. 그러나 피해자인 무카이에 대한 보도는 전철에 탔다가 우연히 사건에 휘말렸다는 사실이 다였다.

잠시 흔들리는 열차에 몸을 맡기며 전철 안 풍경을 바라봤다. 화려한 러닝화를 신은 중년 남성이 있었다. 어디로 뛰러 가는 걸까.

역에 멈춰 서고, 문이 열리고, 누군가 내리고, 누군가가 타고, 출발하고, 다시 정차한다. 그것의 반복. 어느새 러닝화를 신은 남성은 사라지고 없었다.

미나미스이오, 미나미스이오라고 안내방송이 흘러나왔다. 노에가 플랫폼을 보면서 말했다.

"저는 그날 이 역에서 탔습니다."

혼잡한 전철 안에서 노에는 바싹 붙어 서 있던 무카이를 치한이라고 생각해 신랄한 말을 던졌다. 노에가 전철에서 내린 뒤 무카이는 빈자리로 이동했고 사건과 만나게 된다.

"정말 치한이었을 수도 있어요. 어쨌든 어딘가 이상한 사람이었으니까. 나도 좀 더 강하게 말할 걸 그랬어요. 남의 지갑을 함부로 만지지 말라, 가져간 돈을 갚아라, 라고."

쩨쩨하게 굴지 말라는 뻔뻔한 목소리가 들려오는 듯했다.

"그 사람이 범인과 맞선 이유 말입니다, 그때 우에하라 씨가 이런 거 아닐까요, 하고 추측하지 않았습니까. 그래도 저는 역시 와닿지 않아서 제 나름대로 계속 생각해 봤어요."

오늘 우에하라와 동행하려던 이유는 이 이야기를 하고 싶었기 때문이었다. 동영상을 보고 무카이의 마지막 행동을 받아들이고 싶었지만 역시 아무래도 석연치 않았다.

"말씀하세요."

"사건 영상을 보니 같은 차량에서 경마 신문을 보는 사람이 있었더라고요. 헤드라인에 서스테이너블 소울에 대해 적혀 있었습니다. 큼지막한 글씨로 적혀 있어서 무카이 씨 자리에서도 보였을 겁니다."

노에는 곧바로 고개를 끄덕였다. 기억력에 감탄하며 니토리는 말을 이었다.

"범인이 그 신문을 밟고 있었어요. 난동을 피우면서 신문이 구깃구깃해졌죠. 서스테이너블 소울은 무카이 씨가 좋아한 경주마였어요. 그것을 짓밟은 데 분노했겠죠. 그래서 범인에게 달려든 겁니다. 흉악 범죄를 막으려거나 임산부를 구하려던 의도가 아니라."

한숨도 웃음도 아닌 탄식이 흘러나왔다.

"어이없으신가요? 하지만 그 사람답기도 하죠. 이 가설이 더."

영웅이 아니라 그저 성미 급한 노인. 그것이 니토리가 아는 남자였다.

노에는 무카이가 칼에 찔린 자리 주변을 물끄러미 바라보다가 입을 열었다.

"니토리 씨가 폐공장 벽에 그렸다는 그림을 보고 싶네요.

분명 멋진 작품이었겠죠."

"멋진지는 모르겠지만 정말 즐겁게 그린 작품이었어요. 무카이 씨가 동물에게 붙인 이름도 하나같이 이상했고, 어쨌든 자유롭고 재미있어서……. 그래, 최고였어요. 할 수만 있다면 그들과 다시 만나고 싶네요."

전철 여행은 요코쿠라역까지 이어졌다. 다음 역인 아오사토역에 도착하기 전에 사건이 벌어졌다.

눈을 감고 마음속으로 합장했다. "우울한 짓 하지 마"라는 볼멘소리가 들려올 것 같았다.

아오사토역을 지나 종점인 히노하라역에 도착했다. 그곳에서 점심을 먹고 돌아가기로 했다.

니토리도 노에도 처음 내리는 역이었다.

역에서 나가자 스낵바*를 포함해 개인이 하는 작은 음식점들이 모여 있었다. 을씨년스러운 풍경이었지만 니토리는 이런 분위기가 좋았다.

정식집에서 풍겨 오는 고소한 냄새에 이끌려 저 가게로 갈까요? 라며 노에에게 제안했다. 1시가 지나서인지 기다리지 않고 바로 자리를 안내받았다.

"영화 포스터가 가득하네요."

---

* 주인이 술을 따라주고 말 상대가 되어주는 바 형태 술집으로, 음식과 가라오케를 함께 즐길 수 있다. 이용자 연령대가 비교적 높은 편이다

노에가 호기심 어린 눈으로 가게를 둘러봤다. 니토리도 뒤늦게 벽에 붙어 있는 수많은 포스터로 시선을 돌렸다. 디자인부터 모두 오래된 시대의 작품들 같았다. 어디선가 들은 기억이 있는 제목도 드문드문 보였는데 어디서 들었는지 기억이 나지는 않았다.

카운터 너머에서 가게 주인이 프라이팬을 흔들면서 "대단하죠?"라며 웃었다.

"우리 가게 2층은 작은 영화관인데 옛날 작품들만 상영해요."

가게 밖에 간판도 있었던 것 같은데 배가 고파서 미처 보지 못했나 보다.

"명화뿐 아니라 마니아만 볼 법한, 어지간하면 상영되지 않는 작품들도 많이 상영해서 그런지 영화 팬들이 많이 찾아오시더라고요. 그러면서 겸사겸사 우리 가게에도 들르고."

카운터석에 앉은 초로의 남성 손님이 말없이 고개를 끄덕이는 모습을 보니 그도 영화 팬일지 모른다. 세월이 묻어나는 재킷을 입고 여유롭게 젓가락을 움직인다.

벽 쪽으로 시선을 돌렸을 때 포스터 한 장이 눈에 들어왔다. 주인공으로 보이는 남자가 트렌치코트를 입고 있었다.

순간 머릿속에 어떤 생각이 번득였다. 심장이 쿵 하고 울렸다.

니토리는 자리에서 일어나서 다가가 포스터를 자세히 살

폈다. 제목은 'Casablanca', 영어로 적혀 있었다.

"이 배우, 누구예요?"

고개를 들고 묻자 가게 주인보다 카운터석에 앉은 손님이 먼저 대답했다.

"험프리 보가트. 요즘 사람은 '카사블랑카'도 모르나. 명화 중의 명화인데."

"험프리 보가트……."

되뇌며 자리로 돌아왔다. 흥분으로 몸이 떨렸다.

"니토리 씨?"

의아해하는 노에에게 제대로 대답할 수 없었다. 믿을 수 없는 마음과 그것 말고는 있을 수 없다는 생각이 엇갈렸다. 그러나 확신은 점점 강해졌다.

가게 주인에게 메뉴 가장 위에 있는 A정식을 주문했다. "저도 같은 걸로요"라고 노에가 말했다.

유리잔에 담긴 물을 단번에 반쯤 마신 뒤 노에를 향해 몸을 돌렸다. 진지한 얼굴을 바라보며 입을 열었다.

"아까 제가 한 말은 틀렸어요."

"무카이 씨가 그렇게 행동한 동기 말이죠?"

"네. 서스테이너블 소울 때문이 아니었습니다. 무카이 씨는 이 가게로 영화를 보러 오는 길이었어요. 상영시간에 늦고 싶지 않아서 한시라도 빨리 사태를 수습하기 위해 서둘러 범인을 잡으려 한 겁니다."

무카이의 과거 연인이었던 사치에는 무명 배우였다. 이곳에 붙은 포스터 속 영화 제목이 익숙한 이유는 사치에의 출연작이었기 때문이다. 폐공장에서 무카이가 말한 제목이 어렴풋이 머릿속에 남아 있었다.

"무카이 씨는 가끔 스크린 속 옛 연인을 만나러 왔다고 생각해요. 트렌치코트를 입은 이유는 옛 연인이 험프리 보가트의 팬이었으니까. 그녀와 만나는 날인 만큼 차려입고 싶었을 거예요."

어울리지도 않는데. 12월 말에 낡은 트렌치코트를 입으면 추웠을 텐데.

돌이켜보면 그가 "밤에 옷을 얇게 입고 나가서 감기에 걸렸다"라고 말한 적이 있다. 그때도 이 영화관에 오지 않았을까. 트렌치코트를 입고. 가게 주인에게 사진을 보여주면 아아 이 사람, 하고 고개를 끄덕일지도 모른다.

그렇게 생각했을 때 갑자기 눈앞에 투명한 캔버스가 나타났다. 현실 풍경과 겹쳐진 거대한 캔버스. 거기에 멋대로 선이 생겨나고 색이 입혀졌다. 역사를 간직한 가게에서 눈을 떼지 않으며 니토리의 말에 경청하는 노에의 주변으로 전혀 다른 풍경이 펼쳐졌다. 콘크리트 벽, 높은 창문, 바닥에 놓인 화구.

어지러웠다. 이게 뭐지? 당황하면서도 점점 완성되어 가는 환상 속 그림에서 시선을 뗄 수 없었다. 강렬한 자극에 의식이 빨려 들어가고 현실이 점점 흐릿해졌다.

정신을 차리고 보니 사방이 캔버스였고 니토리는 환상의 그림 속에 있었다. 그곳은 폐공장이었다. 생각할 것도 없이 마음이 기억했다. 벽 한 면에 그려진 동물들. 나동그라진 빈 술병.

선이 더해졌다. 새롭게 그려진 그림은 나란히 놓인 두 좌석. 질서 정연하게 배열된 손잡이. 전철 풍경이었다. 지하철 S선의.

덩치가 큰 젊은 남자가 있다. 어머니와 함께 쇼핑 가는 길이다.

화목해 보이는 가족이 있다. 부모님과 어린 아들. 아들은 미니카를 들고 있다.

남자 고등학생 두 명. 테니스용 라켓 백을 메고 있다.

우에하라의 책을 읽고 알게 된 사건에 휘말린 사람들. 사건 후에 다시 시작된 일상을 살아가는 사람들. 무카이의 행동은 그 자신의 의지를 크게 뛰어넘어 많은 사람의 운명을 바꿔 놓았다.

정식집과 폐공장과 S선 전철 내, 시간도 장소도 다른 세 풍경이 니토리의 앞에서 하나가 됐다.

맞은편에 앉은 노에가 눈을 내리깔며 중얼거렸다.

"……드디어 공범에서 졸업했나."

조금 갈라진 그 목소리가 귀에 닿자 저절로 그려지던 그림이 멈췄다. 니토리는 자신이 무심코 그린 기이한 그림을 천천히 둘러봤다. 오직 자신만 볼 수 있는 그림을.

이 그림에는 아직 부족한 것이 있다.

지하철 좌석 하나가 비어 있었다. 니토리는 그곳에 작업복 차림의 남자를 그려 넣었다. 아주 조금 고개를 돌리고 손에는 컵술을 들고 있는. 혼자가 되려고 하지만 사실은 누군가와 말하는 것을 좋아하는 입. 작업복을 트렌치코트로 고쳐 그렸다. 험프리 보가트와 하나도 안 닮았지만 괜찮지 않을까.

"……내 이름은 니토리 유이치*예요. 셋째 아들인데 유이치라니. 이상하죠?"

노에가 고개를 들었다. 니토리는 노에 뒤 어딘가에 있는 그를 향해 말을 이었다.

"할아버지가 걱정하던 거, 사실이었을지도 몰라요. 나는 지금 불행하거든요. 당신이 없어서 너무 외로워요."

무카이는 순간 니토리를 바라보다가 얼굴을 찡그리고는 성가시다는 듯 손을 휘휘 저었다.

"그래."

다시는 그럴 일 없으리라 생각했다. 그림이 다시 살아 움직

---

* 유이치의 일본어 한자 표기는 雄一다.

였다. 말이 고개를 흔들고 고양이가 냐옹 하고 울었다.

확실히 설레는 감각일지도 모른다. 아니, 최고이지 않은가.

시야가 눈물로 흐려지기 전에 니토리는 얼른 무카이 옆에 여자 한 명을 그렸다. 여배우였다. 그 품에는 흰색과 검은색 얼룩이 있는 고양이가 안겨 있었다. 이름은 미케코다.

가게 주인의 시선이 부끄러웠지만 상관없다는 생각으로 눈가를 훔치며 웃었다.

니토리 유이치는 세상이 아주 조금 달라 보였다.

옮긴이의 말
사건은 끝나지 않았다

 크리스마스 분위기가 감도는 12월 20일 저녁 7시 21분, 도쿄 도에이 지하철 S선은 평소처럼 일과를 마치고 집으로 돌아가는 시민들로 붐볐습니다. 그런데 그때, 같은 차량에 탑승한 위장무늬 패딩을 입은 한 남자가 칼부림을 일으켰습니다. 범인은 바로 옆에 앉아 있던 임산부를 가장 먼저 공격했고 이를 저지하는 노인을 칼로 잔인하게 찔러 살해한 뒤 승무원과 일부 승객에게 붙잡혔습니다. 불과 삼 분 남짓한 시간. 그렇게 사건은 끝났고 모두 일상으로 돌아갔습니다. 아니, 돌아간 줄 알았습니다. 그 짧은 시간 펼쳐진 아비규환 속에서 전철에 타고 있던 승객들은 일상을 빼앗겼고 그 비일상은 여전히 끝나지 않았습니다.

 지하철 S선 칼부림 사건의 현장에 있던 승객들의 후일담을 그린 『사건은 끝났다』. 이 작품은 회사원, 임산부, 고등학생, 호스트 등 다양한 피해자들이 사건 후 저마다 일상으로 돌아간 시점에서 이야기가 시작됩니다. 보통 사건의 양태와 범인에 주목한 작품이 많은 반면 『사건은 끝났다』는 사건 현장에 있던 피해자들이 마음의 나락으로 떨어져 겪는 후유증과 그것을 극복해 나가는 가슴 아프고도 뭉클한 모습을 조명했습니다.

『사건은 끝났다』에서 또 하나 인상 깊은 사실은 각 단편들이 유기적으로 이어진 연작 단편집이라는 점입니다. 피해자들이 각자 주인공이 되어 풀어놓은 이야기가 각각 단편 소설로 등장하는데 이 이야기들이 매우 치밀하게 유기적으로 연결되면서 종국에는 하나의 이야기로 마무리됩니다. 조각 난 퍼즐을 하나하나 맞춰가듯 서사를 쌓아가는 작가의 뛰어난 솜씨가 돋보이는 작품이라는 생각이 들었습니다. 이러한 틀 안에서 피해자들의 감정을 설득력 있게 풀어놓음으로써 단순히 사건 하나를 재구성하는 것을 넘어 등장인물 개개인의 내면 갈등을 드러내 독자의 감성을 더욱 자극하고 깊은 인상을 남겼다고 생각합니다. 또한 이야기를 따라가면서 '아, 이 인물이 그때 사건 현장에 있던 누구구나' 하며 알게 되는 재미도 쏠쏠했습니다. 사건 현장에 있던 그저 스쳐 지나가는 것 같았던 사람에게도 역할을 부여해 야무지게 활용한 점도 흥미로웠습니다.

이 작품에서 가장 중요한 인물이지만 유일하게 자신의 이야기를 할 수 없던 사람이 있습니다. 바로 피해자인 무카이 마사미치입니다. 도대체 이 인물의 이야기는 어떻게 풀어낼까 궁금했는데 슬럼프에 빠진 일러스트레이터의 일화와 연결해 승화할 줄이야. 저는 개인적으로 마지막 편인 '벽과 남자'가 가장 인상 깊고 뭉클했습니다. '벽과 남자'에서는 '그림'이 주요 소재로 등장하는데, 『사건은 끝났다』가 전체적으로 다소 어두운 톤으로 진행되기 때문에 마지막은 '그림'이라는 소재를 활용해 컬러풀한 이야기로 장식하고 싶었다는 플롯 담당 하기노 에이 작가님의 의도를 충분히 이해할 수 있었습니다. 그 확연한 콘트라스트가 이 작품의 매력을 한층 더 돋보이게 하는 장치 아니었을까 생각합니다.

사건의 끝은 어디일까요?
비참한 범죄 사건이 일어났다면 범인이 체포되어 죗값을 치렀을 때일까요? 전쟁이 일어났다면 종전에 합의했을 때일까요? 진정한 끝은 피해자들이 집으로 돌아간 뒤 비로소 평범한 일상을 시작할 수 있게 되었을 때가 아닐까요?
그러나 불행한 사건일수록 슬픔과 고통이 더 오래가는 법입니다. 사건은 잊혀도 피해자들이 받은 마음의 상처는 쉽게 치유되지 않고 그들이 일상을 회복하는 데는 오랜 시간이 걸립니다. 어쩌면 그들이 과거에 보냈던 일상은 돌아오지 않을 수도 있습니다. 하지만 사람은 역경을 겪으면서 성장하고 그

과정에서 더욱 강해지는 존재이기에 갑자기 내던져진 비일상 속에서도 마음의 상처를 자양분 삼아 다시 일상을 쌓아갈 수 있습니다. 그런 사람들이 답을 찾고 치유 받고 강해져 가는 과정을 그린 『사건은 끝났다』가 독자 여러분에게 작은 감동을 전했기를 바랍니다.

2025 여름
문지원

사건은 끝났다

1판 1쇄 인쇄 2025년 6월 10일 **1판 1쇄 발행** 2025년 6월 23일

지은이 후루타 덴 **옮긴이** 문지원

발행인 송호준 **편집장** 민현주 **총괄이사** 황인용

표지디자인 솔트앤블루 **본문디자인** 송재원 **제작** 송승욱

발행처 블루홀식스 **출판등록** 2016년 4월 5일 제 2016-000100호

주소 경기도 파주시 회동길 483-1 **전화** 031-955-9777 **팩스** 031-955-9779

이메일 blueholesix@naver.com

ISBN 979-11-93149-48-5 03830

· 저자와 출판사의 서면 허락 없이 내용의 일부를 무단 인용하거나 발췌하는 것을 금합니다.
· 책값은 뒤표지에 있습니다. 잘못된 책은 구입하신 곳에서 교환해 드립니다.